古典文學研究輯刊

五　編

曾永義主編

第16冊

歐陽脩建物記研究

楊子儀著

國家圖書館出版品預行編目資料

歐陽脩建物記研究／楊子儀 著 -- 初版 -- 新北市：花木蘭文化出版社，2012〔民 101〕

目 4+212 面；19×26 公分

（古典文學研究輯刊 五編；第 16 冊）

ISBN：978-986-254-937-7（精裝）

1.（宋）歐陽修 2. 雜文 3. 文學評論

820.8 101014721

古典文學研究輯刊

五 編 第十六冊 ISBN：978-986-254-937-7

歐陽脩建物記研究

作 者 楊子儀

主 編 曾永義

總編輯 杜潔祥

出 版 花木蘭文化出版社

發行所 花木蘭文化出版社

發行人 高小娟

聯絡地址 新北市永和區中正路五九五號七樓

電話：02-2923-1455／傳真：02-2923-1452

網 址 http://www.huamulan.tw 信箱 sut81518@gmail.com

印 刷 普羅文化出版廣告事業

初 版 2012 年 9 月

定 價 五編 20 冊（精裝）新台幣 33,000 元

歐陽脩建物記研究

楊子儀　著

作者簡介

楊子儀，國立臺灣師範大學國文研究所碩士。曾獲師大紅樓文學獎、基督教雄善文學獎。作品有〈李白大鵬賦與杜甫雕賦禽鳥形象研究〉（第 11 屆師大國文所研究生論文研討會）、〈2000~2003 台灣地區唐代文學研究目錄〉（中國唐代學會會刊 13 期）、《欲上青天攬明月：李白》（臺北：三民，2007 年），與明倫高中國文科同仁們合著《原來閱讀這麼有趣》《原來推動閱讀這麼容易》（臺北：智庫，2011 年）。

提　　要

建物記多以所記敘之建物為篇名，本為記敘，歐蘇以降，議論成分增多。

歐陽脩建物記中的感悟議論，如強調宋朝的「正統」地位、反映與民同樂的襟懷、抒發對禮樂教化與人倫孝悌等儒家理想的渴慕，呈現出北宋儒道盛行、正統觀大興的時代背景，以及北宋崇文抑武政策下，人們喜好遊宴的時代風尚。

歐陽脩作建物記多以「敘結法」交代創作原由，或以「讚美結法」稱美建物主人，呈現建物記特色。脈絡多以建物為中心，以緩筆引至主題，氣韻曲折、暢達舒緩，又巧用虛字使偶句散化，「也」字則頻繁使用於肯定句尾，使語意層層推進，層次分明。

歐文「紆餘委備」之評在宋代已然確立，名篇如〈醉翁亭〉在宋代卻因體製而受到批評，金元以後方得翻案。「宋格」、「風神」等術語至明代才出現，明人並指出最能代表歐陽脩「紆餘委備」特色的文體，便是記、序。清代出現「神韻」、「綿邈」等評語，民末清初以明人「俗調」觀念、清人「神韻」觀念評文。

比較〈燕喜亭記〉與〈峽州至喜亭記〉、〈晝錦堂記〉與〈醉白堂記〉，可以發現韓、歐、蘇記建物多以簡筆帶過，著重個人抒情與議論。歐、蘇繼承韓愈文道合一理論，建物記中呈現儒家愛民情懷，為文平易暢達，而歐、蘇又比韓愈更加自然流暢，三人各具特色。

致謝詞

謝謝親愛的王老師基倫先生，謝謝您教導我做學問的方法與態度，讓我從天眞無知的研究生，慢慢長成一個大人。從在學校修課開始，到進入中學實習、正式跨入職場，無論是寫論文或是教國文，您都像牧羊人一樣引領著我，督促我要趕快跟上，關心我的身體健康，期許我能比昨天更進步。因爲您的帶領，在這段學術旅程中，我的生命有了美好的改變。

謝謝辛苦的謝老師佩芬女士、魏王老師妙櫻女士，謝謝您耐心地批閱我不成熟的論文，溫柔的給我建議，讓我能不害怕困難，繼續努力向前。

謝謝愛我的爸爸媽媽，謝謝您在我求學過程中無條件的支持我，張開臂膀擁抱我，陪伴我走過一個又一個低谷，走向芳美之地。

謝謝娣明學姊、佩蓉學妹以及可愛的朋友們，謝謝您在我生命中的扶持與安慰，這是彌足珍貴的禮物。

「愛裡沒有懼怕，愛既完全，就把懼怕除去。因爲懼怕裡含著刑罰，懼怕的人在愛裡未得完全。我們愛，因爲　神先愛我們。」（約翰一書 4:18-19）

——謹將這本論文獻給我們在天上的父神——

目次

第一章 緒 論

歐陽脩〔註 1〕生於眞宗景德四年（西元 1007 年），仁宗天聖八年（西元 1030 年），在崇文殿試中榮選爲甲科進士，同年五月特授爲將士郎、試祕書省校書郎、西京留守推官，就此展開他的政治生涯。他在西京結識尹洙、梅堯臣，相互切磋，寫作古文能力大增。

景祐三年（1036 年），宰相呂夷簡讒陷范仲淹越職言事，諫官高若訥與宰相同聲一氣，歐陽脩憤慨陳詞，因此被貶夷陵，這是他第一次被貶謫。直到康定元年（西元 1040 年），北宋與西夏在延州激戰，宋軍慘敗，仁宗驚懼之下解除「戒越職言事」禁令，歐陽脩也恢復館閣校勘職務，返回京師，不久

〔註 1〕歐陽脩，其名作「修」或是「脩」，學者說法紛紜。于大成〈醉翁亭記研究中的幾個問題〉一文主張應作「脩」，原因是歐陽文忠公的親筆墨跡署名作「脩」；且〈集古錄跋尾〉第二則〈跋漢楊君碑〉末有「脩」字名章；〈瀧岡阡表〉石刻提及自己名字時亦作「脩」字；此外其門生、朋友寫歐陽公的文章以立石碑，碑上對歐陽公的名諱都作「脩」；而四部叢刊景元刊本《歐陽文忠公集》中凡有自書己名者都寫作「脩」字。蔡世明《歐陽修的生平與學術》、劉德清〈歐陽修名號別稱考略〉皆探究歐陽公名諱問題，並認爲應用「脩」字。蔡根祥〈歐陽「修」？抑或歐陽「脩」？〉一文主張應作「修」，由《尚書・皋陶謨》:「愼厥身修，思永」認爲歐公因名「修」字「永叔」。參見于大成〈醉翁亭記研究中的幾個問題〉，《古典文學研索》（臺北：木鐸出版社，1984 年），頁 196～197；蔡世明《歐陽修的生平與學術》（臺北：文史哲出版社，1986 年修訂再版），頁 11；劉德清〈歐陽修名號別稱考略〉，《井岡山師範學院學報（哲學社會科學）》第二十五卷第三期（井岡山師範學院，2004 年 6 月）；蔡根祥〈歐陽「修」？抑或歐陽「脩」？〉，《中國學術年刊》第二十九期（臺北：國立臺灣師範大學國文系，2007 年 3 月），頁 43～84。本論文在寫作時，考量歐陽文忠公的親筆墨跡署名作「脩」，因此採用「脩」字。

遷升爲集賢校理。在京師期間，他曾任知諫院、知制誥，並曾建議實行「按察法」，參與推行新政。

慶曆三年（西元 1043 年），歐陽脩任諫官，論事切直。慶曆五年（西元 1045 年），歐陽脩遭謗入獄，被貶滁州，這是他第二次被貶謫。歐陽脩勤政愛民，在滁州頗有建樹，此時期的文章以〈豐樂亭記〉、〈醉翁亭記〉等雜記作品最具盛名。至和元年（西元 1054 年），歐陽脩返回京師。

嘉祐二年（西元 1057 年），歐陽脩知禮部貢舉，提倡古文，力斥險怪奇澀之四六文，此次貢舉拔擢了蘇軾、蘇轍、曾鞏等人，自此場屋風習幡然轉變，人們紛紛研讀寫作古文；六年（西元 1061 年）任參知政事，與韓琦同心輔政。

治平四年（西元 1067 年），英宗去世，歐陽脩因在喪服內穿了紫襖，遭御史彈劾，又遭蔣之奇誣罔誹謗，因此被解去尚書左丞、參知政事等職，被貶亳州，這是他第三次被貶謫。熙寧四年（西元 1071 年）六月，以太子少師、觀文殿學士帶職致仕，歸隱穎州。熙寧五年（西元 1072 年）去世，謚號文忠。〔註 2〕

歐陽脩平生好古嗜學，文章豐約中度，積極獎掖後進，在北宋詩文革新運動中居領袖地位。陳衍云：「永叔以序跋雜記爲最長。」〔註 3〕雜記是歐陽脩古文創作中極爲傑出的部份，反映出歐陽脩生活經驗與人生感慨，呈現「六一風神」特色。

本論文欲探究歐陽脩「建物類」雜記的內容形式特色及文學史地位，以下即依「研究動機」、「文獻探討」、「研究方法」分別論述。

第一節　研究動機

歐陽脩是北宋舉足輕重的學者及散文家，他的散文成就在宋代已經備受當時文人所肯定，在元、明、清各朝也持續發揮影響力。他所樹立的文學理論，爲宋人以及後人所尊崇；而他筆下精采的文章，也爲後代文人所反覆誦讀、評論。在古典散文的研究領域，歐陽脩無疑是一位值得深入探究的大家。

在歐陽脩散文作品中，〈豐樂亭記〉、〈醉翁亭記〉等「記」體文常常受到

〔註 2〕參見脫脫等撰、楊家駱主編《新校本宋史并附編三種》（臺北：鼎文書局，1991 年）卷三百一十九，以下《新校本宋史并附編三種》簡稱《宋史》。

〔註 3〕陳衍《石遺室論文》卷五，收錄於《陳石遺集》（福州：福建人民出版社，2001 年）。

評論者關注，不僅在歐公散文成就上據一席之地，在了解歐公生平的研究中，也是不可或缺的研究資料。「記」體文屬於雜記類，雜記是自唐代才開始興盛的文體，內容駁雜，舉凡記人物、記建築、記山水、記器物，皆可以雜記文寫就，更以其使用貼近生活，內容眞實深刻，語近情眞，富文學價值。歐陽脩以雜記書寫生活百事，不僅爲其曲折的人生際遇留下第一手資料，更爲此種文體創作結出豐碩的果實，對北宋文壇以及後世造成深遠影響。

身爲宋代古文運動的盟主，歐陽脩畢生最深遠的影響之一，就是承繼了韓愈在唐代耕耘的古文成果。就唐宋古文的傳承而言，歐陽脩的雜記是研究韓、歐關聯的重要文體。他繼承韓愈文道並重的理念，並具體實踐在創作之上。他也對韓愈所開創的數種新文體持續耕耘，雜記即爲其中之一。可以說雜記隨著唐代古文運動的推行而日漸興盛，又因宋代古文運動的推行而有更豐富的創作。因此，要探討歐陽脩的文學成就，就不能不提唐宋古文運動；要提唐宋古文運動，就不能不關注雜記體。

文體往往隨時代變異，發展出不同的特色。宋代雜記較諸前代，展現出兩個不同於前人文章的特點。首先，在內容上，雜記中的議論成分較唐代更多，這種以議論作雜記的手法，標誌著文體性質的轉變。其次，在題材上，宋人進一步拓展雜記書寫內容。王水照指出：

> 學記和藏書記是宋人於記體散文中開闢出的兩大題材。〔註4〕

歐陽脩的雜記，議論成分較韓愈更多；又在韓柳「記書畫」、「記官署」、「記亭池」、「記祠廟」、「記山水」等題材之外，至少開拓了「記學」、「記碑石」、「記器物」、「記瑣事」、「記園林」等題材。〔註5〕就雜記體的流變而言，由韓愈發展到歐陽脩，發生了轉變，歐陽脩作品位居關鍵地位，是探討雜記發展不可或缺的面向。

在歐陽脩所有雜記作品中，建物記數量豐碩、佳作迭出。「建物」即人工建築物，包括宮殿、房舍、亭臺、寺廟、堤防、園林等等；「建物記」即記錄各類人工建築的雜記，多以所記敘之建物爲篇名，如某某亭記、某某堂記，內容記述建物修築以及作者感懷，反映出人與建築空間的緊密關係。尤其是當所記建

〔註4〕王水照《宋代文學通論》（高雄：高雄復文圖書出版社，2000年6月），第三章第一節〈記、序的長足發展與文賦的脱穎獨立〉，頁482。

〔註5〕劉少雄〈歐陽脩雜記文的思想內涵與表現特色〉，《中國文學研究》1期（臺北：國立臺灣大學中國文學研究所，1987年5月），頁139。

物是作家日日徘徊休憩的書齋、園亭時，透過文章中對建物內部起居活動的描述，以及作家個人偃息期間所生感悟的抒發，讀者能更深入了解歐陽脩的生活與思想。就認識歐陽脩其人其文來說，建物記是值得探究的領域。

宋人喜好宴樂，每每在風景優美之處興建亭臺、修築園林；又喜好爲建物命名，藉以寄託情志、自我勉勵，因此建物記寫作興盛。歐陽脩受時代文化思想的影響，作品中也呈現對園林的愛好，並將對自我的期許寄託在建物的命名及寫作之中。透過研究歐陽脩建物記，可一觀宋人喜好遊賞、注重命名的時代風尚，反映出北宋文化思想。

無論由文體的流變觀察，或是由歐陽脩其人其作品觀察，甚或由宋代文化觀察，歐陽脩建物記皆是重要的研究資料。本論文擬由歐陽脩建物記出發，以期能在這些重要的研究面向上有所收穫。

第二節　文獻探討

歷來與歐陽脩相關的研究論著頗爲豐碩，然而至目前爲止，尚無專就歐陽脩的建物記加以討論的專書。在從事文獻探討時，爲求兼顧作家與文體特色，因此分別由「歐陽脩古文」及「雜記」兩個方向探究前人研究成果。

以下將研究文獻分爲兩大類，第一類是與歐陽脩古文研究相關的學位論文與專書，包含其古文成就、古文理論等；第二類則是與雜記相關的研究論文與專書，包含亭臺樓閣諸記、山水遊記、園亭記等。最後綜合以上文獻研究成果，作爲論文研究基礎。至於專門研究歐陽脩經學、史學、政治作爲的著作，以及專事探討文體分類的書籍，因爲與論文主題關聯性較遠，所以不列在文獻探討之中。

一、關於歐陽脩散文的研究

（一）學位論文

江正誠《歐陽修的生平及其文學》（國立臺灣大學中國文學研究所博士論文，1979 年）探究歐陽修生平與古文、詩、詞以及金石學成就，他指出歐公內宦時間比外宦長，且內宦政績較外宦爲優；歐公的金石學興趣與其史學才能相關；歐公學習韓愈文章之平易，而不學韓文之奇險；歐公雜記類富文藝氣氛，序跋則具文學評介價值。

李慕如《歐陽脩古文之研究》（國立高雄師範大學中國文學研究所碩士論文，1990 年）從古文運動、古文理論、古文創作三方面分析討論歐陽脩古文寫作上的成就，並由其「創作動機」、「創作態度」、「創作方法」、「作者涵養」、「古文批評」各方面之理論探求歐陽脩的文學理念：歐公繼承韓愈「文道合一」理念，然而重道甚於重文，又主張「道勝文至」、「知古明道」；歐公以仁義勝佛，較韓愈溫婉；就「文窮益工」的主張而言，歐公較韓愈更深入；在創作方法上，韓歐同宗六經，韓愈重獨創、歐公重平易，而歐公文章之所以能在奔馳中舒放自如，來自其秉性樂易、位居權要。

王基倫《韓歐古文比較研究》（國立臺灣大學中國文學研究所博士論文，1991 年）由文體、題材內容、章法與修辭各方面分析比較韓愈與歐陽脩古文作品，對於韓愈雜記作品「開創新體」的成就，以及歐陽脩雜記作品對韓愈成就的繼承與開新亦多所論述，包含二人對文類的定義以及作品的特色等等，都有詳盡的研究。書中指出韓、歐二人皆長於論辯、序跋、書牘、贈序、哀祭、碑誌、雜記，能寫作舊有文體也能開創新局；二人作品各類題材皆有，只是歐陽脩缺少託詞寄情作品，不喜怪奇造意，不願譬喻成篇。在作法上，韓愈繼承騷賦傳統，能作「托詞之文」，雅好淩空起步、無中生有。此爲歐文所無；歐陽脩則重「事」，寫作方向與韓文不同。書中又指出韓歐文章風格差異，乃是因氣性之剛柔不同。

綜觀以上三本研究歐陽脩古文的學位論文，可發現三者皆以歐陽脩各體散文爲研究對象，「雜記」只是其中之一。江正誠《歐陽修的生平及其文學》不言「雜記」而言「記類」，概述其內容思想、形式特色及古人評論。李慕如《歐陽脩古文之研究》認爲歐陽脩「兼長各體」，並分析「雜記」在數量與內容上的表現。王基倫《韓歐古文比較研究》在第二章「文體比較」中，除了論述韓、歐雜記成就之外，也探究歐文對韓文「以詩爲文」的繼承，以及二人在文體分類上的異同，不只呈現韓愈對歐陽脩的影響，也呈現文學史的發展情形。

本論文擬在這些研究基礎上，將建物記由歐公所有古文作品中拉出來單獨討論，透過內容思想與作法的分析，期望能深入解析建物記所展現的作家思想及藝術風格。王基倫《韓歐古文比較研究》所論及之文體的特色、韓歐的關聯，更是本論文期望深究的問題，本論文擬透過文體演變的軌跡，以及韓、歐建物記的比較，深入探究歐陽脩建物記特色，以及在文學史的位置。

（二）專　書

劉若愚《歐陽脩研究》綜合胡珂、楊希閔所製年譜整理出歐公生平，記述他對范仲淹十事疏及慶曆興學的貢獻，指出歐文與韓、柳文都以序、記、碑誌數量最多，顯示這些文體是正統文學中心。他由歷代選本觀察入選的歐文篇章，又探討各體文章的作法與特色，並取十篇文章，透過歷代評論，加以評述其成就，指出歐文溫厚和平乃是作者學養之功。書中又論述歐陽脩開宋詩之首，並改善宋詞格調，認爲其詞成就低於古文而高於詩歌。書中也記述其經學、史學成就，包括疑經態度、正統觀念以及「六經皆史」的看法。〔註 6〕

劉德清《歐陽脩論稿》由時代背景、家世生平、人格、政治理念、經學研究、史學著述、文學創作各方面研究歐陽脩的成就與地位。他推崇歐陽脩在古文運動的影響，讚譽他在文學創作理論與實踐的「開創」精神，強調並列舉〈醉翁亭記〉等文，說明「六一風神」的意涵、特色、影響。〔註 7〕

嚴杰《歐陽脩年譜》以胡珂所編之年譜爲基礎，由眞宗景德四年（歐公一歲）起，編至徽宗政和三年（歐公三子卒），書中參考《宋史》本紀以及李燾《續資治通鑑長編》，收入有關時局的大事，在每一年下，先列時事、次列事迹與交往，最後將作品繫於其末。〔註 8〕

黃進德《歐陽脩評傳》由歐陽脩所處的時代背景、家世生平寫起，逐一探究其政治思想、經學見解、史學成就、文學成就。除了記述歐陽脩任官、交游、創作之外，旁人事蹟如蘇洵的上書與任官、英宗與太后兩宮嫌隙、王安石青苗法的施行等等，亦擇要詳述之。書中又指出歐公施政「務本興農」、「擇吏爲先」，且治經、史、文皆以「經世致用」爲歸旨。於經探究《詩本義》、《繫辭》眞僞及《春秋》筆法。於史學重人事、輕天命，編修《新五代史》，並歸結出借鑑處表述於序論之中，又將金石之學納入治史系統。在文學上，他整理出歐陽脩「通經學古」、「窮而後工」、「取其自然」等文學主張，並指出歐公在政論所下的功夫；他亦指出歐陽脩詩歌以理取勝，詞則繼往開來，於辭賦、駢文均突破成規。〔註 9〕

黃一權《歐陽脩散文研究》分就歐陽脩散文的創作歷程、分類及內容、藝

〔註 6〕劉若愚《歐陽脩研究》，（臺北：臺灣商務印書館，1989 年）。

〔註 7〕劉德清《歐陽脩論稿》，（北京：北京師範大學出版社，1991 年）。

〔註 8〕嚴杰《歐陽脩年譜》，（南京：南京出版社，1993 年）。

〔註 9〕黃進德《歐陽脩評傳》（南京：南京大學出版社，1998 年 1 月 1 版，2007 年 2 月 3 刷）。

術成就，以及傳播、評論與研究加以探討。書中以夷陵、滁州之貶以及辭官歸隱將歐陽脩創作時期畫而爲四，指出第二期開始形成「六一風神」，第三期則提出「簡而有法」，第四期以創作墓誌銘等應酬文字爲主。黃一權以歐陽脩創作〈秋聲賦〉爲第三、四期分界，有其缺失之處，〔註 10〕然而黃氏分析歐文內容卻清楚透徹，書中跳脫傳統文體分類，採議論、記敘、抒情三類分法：其議論文包含對哲理的思考及對政經國防的見解；其記敘散文則描寫高士、循吏、烈士等形象，以及記山水器物，並指出文中山水往往與人相對應，是理想生活的體現；其抒情文則對親友表達哀悼或憐恤，抒發對現實的不滿、對人生的感慨。書中又分析「六一風神」的意涵：在結構上紆餘委備，在語言上善用虛詞，在內容上則融入感慨，並指出「平易自然」對風神的影響。書中又羅列中國、韓國由古代到現代對歐文的編纂以及批評，在中國歷代批評方面，宋人主要集中討論歐陽脩在文體改革的功績，未探索其藝術美；明代則深入探索歐文審美特點，清人則集其大成，對「風神」也有進一步闡發。〔註 11〕

東英壽《復古與創新——歐陽脩散文與古文復興》分爲三大部分，一是處理北宋古文家與行卷問題，一是處理歐陽脩散文特色與古文復興，一是處理歐陽脩文集的編纂與版本問題。他指出宋人藉行卷擴張文學、政治勢力，故行卷也影響北宋詩文革新；他探討《五代史記》，指出其中的古文實踐，分析論贊中虛詞使用多於列傳，並指出徐無黨注本的價值。他分析慶曆革新與嘉祐二年的貢舉對古文的影響，他指出歐陽脩所謂「文」即文采，而歐陽脩本身認可駢文，只是反對文質分離的文章。他又探究《歐陽文忠公集》的編纂與版本：日本天理大學圖書館所藏南宋版本完整而價值高，中華書局所採歐陽衡所編纂版本，其資料性質不及周必大所編纂版本。他敘述江戶時代的歐陽脩評論，介紹伊藤仁齋、荻生徂徠、皆川淇園、鹽谷宕陰等研究者，其中荻生徂徠排斥宋學，批評歐文；皆川淇園扭轉風氣，開重視宋學風氣之先。

〔註 10〕王基倫〈歐陽脩古文的創作階段及風格嬗變〉：「黃一權以 1059 年歐陽脩創作〈秋聲賦〉（《歐集》卷 15，《居士集》卷 15）他忽然改變了以生活事迹爲分期的依據，轉由一篇文章風格進行討論，這是奇怪的作法。……我們很難由一篇文章論定歐陽文第四階段都有這種風格。……實則，黃氏有意『以歐文風格的變化爲依據』，這涉及每個人對文章風格的主觀判斷，處理方式比較危險；倒不如以作家生平經歷爲判準。」參見王基倫〈歐陽脩散文分期意義之探討〉，《紀念歐陽脩一千年誕辰國際學術研討會論文集》（臺北：國立臺灣大學中國文學系，2009 年 6 月），頁 369。

〔註 11〕黃一權《歐陽脩散文研究》（上海：華東師範大學出版社，2003 年 11 月）。

他探究《居士集》編纂，認為歐陽脩刪去〈本論上〉這篇文章，反映出歐公排佛的激烈態度。〔註 12〕

劉德清《歐陽脩紀年錄》則以胡珂所編之年譜為基礎，由眞宗景德四年（歐公一歲）起，編至清仁宗嘉慶二十五年（歐公去世七百四十八年），詳列其生平事蹟與死後封誥建廟等。又參考李燾《續資治通鑑長編》、杜大珪《名臣碑傳琬琰之集》、《宋會要輯稿》、茅坤《唐宋八大家文鈔》……種種相關史書、總集、別集等，補充資料於各事蹟之下，十分詳贍。〔註 13〕

劉若愚《歐陽脩研究》、劉德清《歐陽脩論稿》、黃進德《歐陽脩評傳》皆以「歐陽脩」為研究主體，全面性研究歐陽脩生平、文學、學術；黃一權《歐陽脩散文研究》、東英壽《復古與創新——歐陽脩散文與古文復興》則專就「歐陽脩古文」深入探討，較之前人的研究更為細緻深入。

綜觀以上研究成果，可將歐文的研究分成幾個面向：（1）處理歐陽脩詩文內容與形式特色。（2）將歐陽脩文學成就與其經學、史學、政治觀並而論之。（3）由歷史背景探究歐文。本論文擬以這些研究成果作為資料基礎，並以歐陽脩建物記內容思想與形式為主，參酌相關歷史背景、史學觀與政治觀加以探究，以求在前人的基礎上，對歐陽脩建物記有深入心得。

二、關於雜記的研究

（一）學位論文

1、與本論文直接相關的研究

本部分列出的研究文獻，以研究範圍中包含歐陽脩建物記的論文為主。雖然目前為止尚無研究歐陽脩建物記的專著，但是在研究宋代山水遊記、亭臺樓閣記、園亭記的論文中，仍然可以看到歐陽脩建物記的相關研究。

亭、臺等建物可供遊憩登覽，因此研究山水遊記的學者，有時會將記述亭、臺等建物的文章劃入山水遊記範圍。如陳素貞《宋代山水遊記研究》（國立臺灣師範大學國文研究所碩士論文，1987 年）即以歐陽脩〈醉翁亭記〉、曾鞏〈醒心亭記〉等文章為研究對象。陳氏論述宋代山水遊記的發展及其文化淵源，提出「山水內涵與精神的轉變」以及「文藝創作尺度與批評標準的改

〔註 12〕東英壽《復古與創新——歐陽脩散文與古文復興》（上海：上海古籍出版社，2005 年 8 月）。

〔註 13〕劉德清《歐陽脩紀年錄》（上海：上海古籍出版社，2006 年 7 月）。

變」兩項發展原因。又指出宋代科舉制度以及儒家政治對散文的影響，以及禪學靜觀對藝術審美產生的影響。書中將遊記題材分成自然地理與人文地理，並歸納其藝術成就爲：題材的拓展、形式結構的完成、表現技巧的成熟；對後世的影響亦有三：開啓徐霞客遊記類的長篇日記體遊記、開創晚明小品先鋒、奠定清代老殘遊記式小說體裁的雛形。

張瑞興《北宋山水小品文研究》（私立玄奘人文社會學院中國語文研究所碩士論文，2001 年）的研究對象亦包括歐陽脩〈豐樂亭記〉、〈有美堂記〉等文章。文中指出北宋山水小品包含雜記、贈序、書信、序跋賦體等樣式，指出古文家駢散兼行的寫作特色。在思想內涵上，北宋小品除了包含儒家積極入世的主題之外，還包括「超然物外」、「天人合一」等主題，以及考證辨誣的理性精神，洋溢樂觀進取、以天下爲己任的精神，唐文、明文皆難以企及。山水文的寫作至北宋已十分純熟，歐、曾文章影響了明代唐宋派散文家平易自然的風格；蘇、黃山水題跋則影響晚明公安派，至清代桐城派也以北宋文家爲圭臬。張瑞興將歐陽脩散文內容以主題式的歸納加以整理，使其主題思想更爲鮮明。

陳素貞與張瑞興的研究，在界定「山水遊記」、「山水小品文」時，將某些建物記也劃入研究範圍，顯示出山水遊記與建物記界線之模糊。因此，本論文擬由古人對雜記的定義、分類出發，界定出建物記的範圍，與山水遊記區隔開來。此外，陳素貞由歷史時空角度探究文學特色，是本論文欲仿效之處。本論文擬採張瑞興主題式的歸納手法，歸納出歐陽修建物記主要思想，結合北宋時空背景，作爲探究歐陽脩建物記內容思想的研究策略。

黃麗月《北宋亭臺樓閣諸記以賦爲文研究》（國立成功大學中國文學研究所博士論文，2005 年）指出宋代文人趨於平淡、回歸園林，且盛行「中隱」，因此亭臺樓閣興盛。文中探討辭賦題材對雜記的影響：漢賦起初有「宮殿賦」，之後增加了「亭臺樓閣賦」；「亭臺樓閣賦」影響雜記，遂有「亭臺樓閣記」產生。宋代賦學興盛影響文人「以賦爲文」，北宋亭臺樓閣諸記「以賦爲文」的篇章高達 37%，以「樓」、「臺」記比例最高，足見建築性質不同的影響。亭臺樓閣記受賦體的浸染，呈現以下特色：委婉諷諫、三段式結構、設辭問答；「以賦爲記」上承「以文爲詩」、「以賦爲詩」，以及唐傳奇中辭賦的運用，下則影響明清傳奇、戲曲裡辭賦的滲透。

陳怡蓉《北宋園亭記散文研究》（私立東海大學中國文學研究所碩士論文，

2007 年）指出園亭記與山水記、山水遊記的不同，包含刻石特性、不必親游以及定點式靜態描繪，且以人工建築與自然景物的和諧相襯爲與山水文學的最大差別。文中爬梳園林文化自上古至北宋發展情形，北宋君王重視文人、隱士，促進士人園林的發展，園亭記散文遂興盛。北宋園亭記內容包含頌德同樂、憂國憂民、嚮往隱逸、超然物外、治國勉德，且修建園亭成爲政績表徵，園名與花木則寄寓理想人格，因此透過園亭記，可一窺北宋士人生活。

黃麗月、陳怡蓉的研究屬於建物記範圍，黃麗月將建物限定在亭、臺、樓、閣四類，陳怡蓉雖進一步將堂、廳、書院、館、園、齋、庵、軒等記納入研究範圍，然而二人皆聚焦在園林建築，未能顧及堤防、寺廟等建物。本論文擬以其定義爲基礎，進一步界定出「建物記」的範圍與判斷標準，期望使「建物記」有更明確的定義。此外，黃麗月「以賦爲文」的研究成果也給予筆者概念的啓發，本論文擬由文體變革的角度探討歐陽脩建物記在文學史中的意義，由於黃麗月另有期刊論文討論歐陽脩諸記「以賦爲文」特色，〔註 14〕本論文將另闢蹊徑，由古人的評論探究歐陽脩古文被稱爲「賦」的原因，以期對歐陽脩文章特色，以及北宋文體性質，有更深入的了解。

2、與本論文間接相關的研究

本部分列出的文獻，研究範圍雖然不包含歐陽脩建物記，但是仍然包含其他作家的雜記作品，可供研究參考。

林井圭《柳宗元的遊記研究》（國立高雄師範大學國文研究所碩士論文，1985 年）以柳宗元山水遊記爲研究對象，分析柳宗元仕宦生涯貶謫與創作之間的關係，探究其寫作技巧、形式結構，並論述永州、柳州文化以評述柳文寫作淵源，指出柳宗元遊記反映民間疾苦、寄託自我遭遇。

童好蘭《柳宗元謫永期間山水小品文研究》（國立彰化師範大學中國文學研究所碩士論文，2003 年）探討柳文與古文運動之間的關係，以及柳宗元人生經驗對山水小品文的影響，透過分析其生平與哲學、文學思想，探究其貶謫永州時期山水小品的辭采、意境以及各篇之間的內在結構。

徐浩祥《蘇軾記遊作品研究》（國立中興大學中國文學研究所碩士論文，2004 年）考察遊記與遊記作品的定義，以作品與文人間的關係爲討論主軸，探究蘇軾不同時期的思考面向以及作品特色，詮釋詩、詞、文、賦等各類記

〔註 14〕黃麗月〈試論「以賦爲文」—以歐陽脩諸記爲例〉，《新竹師範學院語文學報》，（新竹：新竹師範學院，2002 年 12 月）。

遊作品意義。書中提出「回歸」角度探析蘇軾記遊作品中的「遊」意涵。

黃以潔《柳宗元遊記觀物方式研究》（佛光人文社會學院碩士論文，2005年）以柳宗元山水遊記爲研究對象，論述遊記中的物我關係，將原本以記述事物爲主的內容朝向個人感悟發展，對宋、明遊記散文產生影響。

李純瑀《柳宗元與蘇軾山水遊記研究》（國立臺灣師範大學國文研究所碩士論文，2006 年）指出柳、蘇貶謫後同樣秉持儒家精神，然而心境卻各異，原因在於佛學對二人發揮影響與否。文中又指出柳宗元重情、重語言表達以及蘇軾重理、重氣氛營造的區別；柳宗元「物我兩執」，而蘇軾「物我相忘」；柳宗元重局部，而蘇軾重整體；柳宗元重時空感，而蘇軾重歷史感、精神體悟；柳文風格凝重刻意，而蘇文風格澹泊自然。

黃瑋琪《元代文人的隱逸態度——以建物命名記爲考察對象兼談其文學》（國立臺灣師範大學國文系在職進修碩士論文，2005 年）以述及命名源起的「建物命名記」爲研究對象，以「記」爲主，包含序、箴、銘、說等。指出元人繼承宋代雜記「以記爲論」，建物命名常取「退」、「縮」等消極字眼，與宋人「自我期許」式命名不同，大抵可歸納出「名以明志」、「閒退隱議」等主題，後者包含隱於仕、隱於農、隱於孝親等，並反映出政治時局，及文人心中隱者典範。又指出隱逸文化藉園林生活落實，並呈現在建物命名記中。

湯愛芳《明代園記散文研究》（國立高雄師範大學國文研究所碩士論文，2005 年）將「園記」歸在「遊記」支脈下，指出明代因追求隱逸而園林繁盛，並歸納出「點景」、「借景」、「動線」、「層次感」四個方向討論園記建造原則，並探究園記作品內容形式，歸納出「樂」、「趣」、「游」、「人物象徵」四種符號，此外「景致題額」的名稱、「園林軸線」的敘述都使園林之美更完全。

楊雅貴《蘇軾記體文章辭章意象研究》（國立臺灣師範大學國文系在職進修碩士論文，2006 年）以蘇軾「記」體文之辭章意象爲研究中心，將蘇文分期，對其文章之意象形成、表現、組織、統合四層面作全綜合分析與考察，以觀照其整體表現。

初期對雜記的研究，集中在山水遊記上，作家以柳宗元、蘇軾爲主，時代則以宋代爲主。研究建物記的專著直至近期才出現，如黃瑋琪《元代文人的隱逸態度——以建物命名記爲考察對象兼談其文學》、湯愛芳《明代園記散文研究》等，其中黃瑋琪所研究的「建物命名記」與本論文欲研究的「建物記」十分相近，然而黃瑋琪是以雜記爲主、兼融其他文體，本論文則專以「建物記」爲對象；黃瑋琪專以「建物命名」爲主題，本論文研究的「建物記」則含蓋建物命名記以及未記述命名的建物記。另一方面，湯愛芳因其遊覽性質而將園記視爲「遊記」支脈，與前文所述「山水遊記」與「建物記」界線模糊，是同一問題，也是本論文擬解決之處。

與柳宗元、蘇軾山水遊記相關的蓬勃研究令人關注，這些作品多半以單一作家爲研究對象，並以雜記中「山水遊覽」類作爲研究題材，研究者在分析文章內容、作法之際，大多將作家思想、生平際遇與作品相聯結，探究其影響。本論文擬採用相同的研究策略，在分析歐陽脩建物記內容、作法之際，結合歐公思想人格、生平際遇以及時代背景，探究作品與作家、時代間的關聯。

（二）專　書

王立群《中國古代山水遊記研究（修訂本）》是以雜記中「山水遊覽」類爲研究對象。書中依時代畫分數個時期，指出漢代已有山水意識以及山水描寫的產生，晉宋時代則產生地記類山水散文，六朝則有行記與遊蹤記寫，至唐代「記」體文的開拓方使山水遊記成爲獨立的文體。書中依輿地知識與模山範水比例的不同，將遊記分成「輿地遊記」、「文學遊記」。其中「文學遊記」又分成三種模式，包括以柳宗元爲代表的再現型、以蘇軾爲代表的表現型以及以陸游爲代表的文化型。至明清以後，出現遊記小品以及結合考證的學者遊記。他指出山水遊記的集結出版至清代達到高峰，又指出古人「山以賢稱」、「仁者樂山」等創作理念。〔註15〕

梅新林、俞樟華《中國遊記文學史》指出「記」是遊記文學的正宗文體，在魏晉已產生，至唐隨文體成熟而興盛，柳宗元雜記因其抒情、詩化意境而稱爲「詩人遊記」，奠定山水遊記典範。宋代則出現尚理傾向的「哲人遊記」，以及筆記體、日記體遊記，而蘇軾文章的哲理深度超越同時代遊記。晚明遊記繁盛，出現小品形式的「才人遊記」，以及以《徐霞客遊記》爲代表的科學考察遊記。清代出現以樸學精神爲基礎的「學人遊記」，桐城派則在遊記中追求文道溝通的實踐。書中又論述清代旅外記、出使記等記述外國風俗制度的文章，以及白話文遊記的創作。〔註16〕

王立群《中國古代山水遊記研究（修訂本）》、梅新林、俞樟華《中國遊

〔註15〕王立群《中國古代山水遊記研究（修訂本）》（北京：中國社會科學出版社，2008年5月1刷）。

〔註16〕梅新林、俞樟華《中國遊記文學史》（上海：學林出版社，2004年12月）。

記文學史》雖非研究建物記的專著，但書中對雜記體製與沿革的討論十分清楚，尤其王立群《中國古代山水遊記研究（修訂本）》對柳宗元、蘇軾、陸游等古文家遊記風格的討論，簡明扼要地交代出山水遊記的變化情形。本論文擬以這些研究成果，作爲寫作時的資料基礎，並透過韓愈、歐陽脩、蘇軾三位古文家建物記風格的討論，研究建物記的變化情形。

第三節　研究方法

本論文可約略分成三部分：第一部分是文體性質研究，界定建物記定義，畫出研究範圍；第二部分是作家作品研究，分析文章內容、作法，探究歐公思想、風格；第三部分是文學史研究，透過後人的評價，以及韓、歐、蘇作品的比較，呈現歐陽修建物記在文學史上的地位。

第一章敘述研究動機，從事文獻探討並說明研究方法。

第二章先追溯雜記起源，探討雜記名稱，由古人的解釋歸納出文體特色。接著探討漢代辭賦及唐代古文運動對雜記的影響，並透過韓、柳、歐、蘇等古文家的雜記，分析其發展脈絡。最後針對建物記定義加以說明，簡述各類雜記內容，劃分其界線，同時辨析歐陽脩諸篇雜記所屬類別，界定建物記研究篇章。

第三章首先由作品的記敘主體出發，分析歐陽脩建物記各篇所敘述的主要內容；然後由作者感悟部分出發，分析作品中的抒情與議論；最後由時代關聯出發，探討北宋文化思想對當時文士的影響。透過作品與作者、時代的關聯性，探究歐陽脩建物記中所呈現的內容思想與成因。

第四章由布局、句式、詞語三方面切入，探討歐陽修建物記的特色。首先分析其布局，分別由其脈絡安排、首尾安排及層次關聯，探討歐陽脩建物記作品中謀篇布局之法；其次分析其句式，歸納出歐陽脩建物記中別具特色的句式，研究它們在文章中的效果；最後分析其字詞，分別由虛詞、實詞兩方面切入，探討建物記中的字詞運用情形及成就。

第五章以歐公建物記之批評爲主，並將相關批評納入本章。其下依宋代、金元時代、明代、清代、清末民初畫分五節，每節先就該時代對歐公雜記與散文的批評，進行整體探討，再選取具代表性的建物記批評，進行深入研究。

第六章進行韓、歐、蘇建物記的比較，先以〈燕喜亭記〉、〈峽州至喜亭記〉爲例，透過比較其寫作背景、寫作內容及寫作手法，觀察韓、歐建物記的異同。其次以〈相州晝錦堂記〉、〈醉白堂記〉爲例，透過比較其寫作背景、寫作內容及寫作手法，觀察歐、蘇建物記的異同。然後探究建物記由韓愈到歐陽脩，再到蘇軾手中所產生的變化，歸納韓、歐、蘇承襲與創新之處，以及三人個別特色。期望經由這樣的比較與分析歸納，使歐陽脩在建物記流變史上的地位更加明晰。

第七章提出結論，歸納歐陽脩建物記內容思想與其成因，分析其形式特色，總結歷代評論結果，並指出歐陽脩建物記在文學史上的意義。

第二章　建物記的名義與分類

吳訥《文章辨體》云：「文辭以體製爲先。」〔註 1〕古人作文、評文，皆須考量文體性質，以決定文章體式、風格。

雜記是古代文體的一種，以其內容廣博、名稱繁複，在辨別時未必能由篇名判斷，偶爾甚至會與其他文體混淆，須釐清雜記名義，然後審愼判別。且雜記題材包羅萬象，各家分類意見不一，在研究建物記之前，須先統整出較適合的分類方法，以利後續的作品分類及研究範圍設定。

本章首先討論雜記定義，以作爲判別文體的標準；其次考察雜記發展過程，以觀察其演變軌跡；最後研究歐陽脩雜記分類及建物記定義，界定本文研究範圍。

劉勰《文心雕龍》云：「釋名以彰義。」本章第一節先追溯雜記起源，探討雜記名稱，接著探究其「義」，由古人的解釋歸納出文體特色，以求對雜記之名義與內容有更深入的了解。第二節則由作品以及文體二者加以討論，探討漢代辭賦及唐代古文運動對雜記的影響，又透過韓、柳、歐、蘇等古文家的雜記，分析其發展脈絡。第三節針對建物記定義加以說明，簡述各類雜記之內容，並劃分其界線，同時辨析歐陽脩諸篇雜記所屬類別，界定建物記研究篇章。

第一節　雜記的定義

「雜記」爲中國古代文體類別之一，它的內容較其他文類來得繁雜，而文章標題則琳瑯滿目，甚至與其他文類重疊。本節首先追溯雜記起源，考察

〔註 1〕吳訥《文章辨體》（臺南：莊嚴文化，1997 年），卷一。

雜記正式成為文體名稱的時間。其次羅列歷代「記」之名稱，辨析哪些屬於雜記、哪些屬於其他文體；分析歷代對雜記內容的陳述，歸納其內容性質，以及與其他相近文體的區別。經由考其「名」「實」、察其細目，清楚認識「雜記」文體特性。

一、雜記的起源

最早的雜記作品為何，各家說法不一，或認為是〈禹貢〉、〈顧命〉等篇；〔註2〕或認為是《禮記》〈深衣〉、〈投壺〉等篇。〔註3〕細查〈禹貢〉、〈顧命〉、〈深衣〉、〈投壺〉等被視為「記」之祖的文章及篇名，可以發現：儘管雜記出現的時間甚早，其篇名並非都有「記」字，而且在唐以前尚未發展成重要文體，故未曾被唐以前的人重視。

相對於其他文體，雜記成為獨立文體的時間較晚，儘管在先秦時已有雜記作品出現，然而在唐以前，雜記都沒有被視為獨立文體。以下即依「醞釀時期」、「成熟時期」兩個不同的階段，探究雜記作品與文體的起源。

（一）醞釀時期

先秦至魏晉是雜記的醞釀階段，此時已經有〈禹貢〉、〈顧命〉、〈深衣〉、〈投壺〉等雜記類文章，然而在文體分類上，卻尚未出現專屬的文體歸類。

曹丕〈典論論文〉：「奏、議宜雅；書、論宜理；銘、誄尚實；詩、賦欲麗。」他把奏、議、書、論、銘、誄、詩、賦八類文體歸於雅、理、實、麗四種風格類型，並指出作家性情與文體風格的聯繫；〔註4〕陸機的〈文賦〉論

〔註2〕眞德秀：「有紀一事之始終者，〈禹貢〉、〈武成〉、〈金縢〉、〈顧命〉是也。」吳訥云：「西山曰：『記以善敘事為主，〈禹貢〉、〈顧命〉，乃記之祖。」徐師曾云：「〈禹貢〉、〈顧命〉，乃記之祖。」參見眞德秀《文章正宗》（臺北：臺灣商務印書館四部叢刊三編本，1975年），〈文目〉；吳訥《文章辨體》（臺南：莊嚴文化，1997年）卷二十九；徐師曾《文體明辨》卷四十九，《四庫全書存目叢書》（臺南：莊嚴文化，1997年6月）312冊。

〔註3〕曾國藩《經史百家雜鈔》：「雜記類，所以記雜事者。經如《禮記》〈投壺〉、〈深衣〉、〈內則〉、〈少儀〉；《周禮》之〈考工記〉皆是。」馮書耕《古文通論》說：「雜記之最早者，應為《禮記・檀弓》、〈深衣〉、〈投壺〉、〈周禮〉、〈梓人〉、〈匠人〉、〈輪人〉、〈輿人〉、〈輈人〉、〈弓人〉、〈矢人〉。」參見曾國藩《經史百家雜鈔・序例》（臺北：世界書局出版，1972年7月）、馮書耕《古文通論》（臺北：國立編譯館中華叢書編審委員會，1979年4月）頁667。

〔註4〕蕭統編《六臣註文選》（四部叢刊正編本，臺北：臺灣商務印書館，1979年）卷五十二，以下《六臣註文選》簡稱《文選》。

及詩、賦、碑、誄、銘、箴、頌、論、奏、說十種文體（《文選》卷十七）；摯虞〈文章流別論〉，則已論及頌、賦、詩、七、箴、銘、誄、哀辭、解嘲、碑、圖讖等十一種文體。〔註5〕以上曹丕、陸機、摯虞雖然已開啓文體的分類，但其所羅列文體皆無雜記之痕跡。

《昭明文選》是中國文學史上第一部按文體聚類區分的總集，依內容分爲三十八類，各類之中再以時代先後爲次序，分類如下：賦、詩、騷、辭、七、詔、冊、令、教、策、表、上書、啓、彈事、牋、奏記、書、檄（難）、移、對問、設論、序、史論、論、頌、贊、史述贊、符命、連珠、箴、銘、誄、哀、碑文、墓誌、行狀、弔文、祭文。〔註6〕雖有「奏記」，卻屬於奏議書牘類。

《文心雕龍》文體論有二十篇：明詩、樂府、詮賦、頌讚、祝盟、銘箴、誄碑、哀弔、雜文、諧隱、史傳、諸子、論說、詔策、檄移、封禪、章表、奏啓、議對、書記。〔註7〕劉勰將無韻之文中，不能歸入「史傳、諸子、論說、詔策、檄移、封禪、章表、奏啓、議對」諸類的，全部歸入「書記」類，以概括其他雜體，並說：「書記廣大，衣被事體，筆箚雜名，古今多品。」可以看出此類文體內容龐雜，種類繁多，包括譜、籍、簿、錄、方、術、占、式、律、令、法、制、符、契、券、疏、關、刺、解、牒、狀、列、辭、諺等體。「書記」之「記」，指的是「奏記」，劉勰將上書三公之府之書牘稱「奏記」，行於郡守之文書稱爲「奏牋」，用以「並有司之實務」，爲政府官吏處理公務之用。

綜觀魏晉南北朝之文體分類，可知「記」之名的出現，早於雜記文體的出現，當時文體雖有「記」，指的卻是奏記體，而雜記尚未成爲獨立文體。

（二）成熟時期

唐以後記體文章勃興，李昉《文苑英華》首先將「記」依照內容不同分出許多子目，包括：宮殿、廳壁、公署、館驛、樓、閣、城、城門、水門、橋、井、河渠、祠廟、祈禱、學校、文章、釋氏、觀、宴遊、紀事、刻候、歌樂、圖書、災祥、質疑、寓言、雜記等二十七類，子目中「雜記」蓋指「記」類文體中，無法歸入宮殿、廳壁等其他子目的記體篇章。〔註8〕

〔註5〕摯虞〈文章流別論〉，參見張溥輯《漢魏六朝百三名家集》（臺北：文津出版社，1979年8月），頁1683。

〔註6〕參見蕭統編《文選》。

〔註7〕參見劉勰著、范文瀾注《文心雕龍》（臺北：臺灣開明書店，1985年10月）。

〔註8〕參見李昉《文苑英華》（臺北：新文豐出版公司，1979年）。

姚鉉《唐文粹》也將記分成分若干項：記甲（子目四：（1）古跡、（2）陵廟、（3）水石、岩穴、（4）外物），記乙（府署類上），記丙（府署類下），記丁（堂樓亭閣），記戊（子目五：（1）興利、（2）卜勝、（3）館舍、（4）橋梁、（5）井），記己（子目二：（1）浮圖、（2）災沴），記庚（子目四：（1）議會、（2）讌犒、（3）書畫、琴古物、（4）種植），共十七類。〔註9〕

比較《文苑英華》與《唐文粹》的分類，可以發現：

1、與建築物有關的類別多於其他子類。《文苑英華》中，與建築物相關的子類有「宮殿、廳壁、公署、館驛、樓、閣、城、城門、水門、橋、井、河渠、祠廟、學校、釋氏、觀」等共十六類；《唐文粹》中，與建築物相關的子類有「古跡、陵廟、府署、堂樓亭閣、館舍、橋梁、井、浮圖」等共八類。《唐文粹》的子目與《文苑英華》不完全相同，然而它將《文苑英華》「樓」「閣」一併歸入「堂樓亭閣」記，又將此類建築與公家建築「府署」相別，展現其不同特色，在分類觀念上又更勝一籌。建物記種類繁多，可見當時廣泛運用「記」記錄各類建築物修造事宜的現象。

2、與書畫名物相關的類別最少。《文苑英華》有「文章、圖書」二類；《唐文粹》有「書畫、琴古物」二類。二書所立類別不同，後代讀者可相互參照發明。

3、與山水、遊賞相關的類別，《文苑英華》與《唐文粹》的分類各有特色。《文苑英華》有記遊賞的「宴遊」類，而無純粹記自然山水的類別；《唐文粹》有記自然山水的「水石、岩穴、外物、種植」等類，卻無記遊賞的類別，雖有「讌犒」類，卻與遊覽山水關係不大。

4、與各類瑣事相關的類別，《文苑英華》與《唐文粹》都有與宗教占卜相關的記類，如《文苑英華》有「祈禱、災祥」，《唐文粹》有「卜勝、災沴」，展現當時的風俗信仰。《文苑英華》將「寓言」也列入記類中，頗能掌握文體特色。

《文苑英華》與《唐文粹》對「記」分類繁瑣，而「建物」就佔了許多子目。

清代薛熙《明文在》將雜記分成九類：學宮記、書院記、應制記、德政

〔註9〕參見姚鉉《唐文粹》（四部叢刊初編初印本，臺北：臺灣商務印書館，1965年）。

記、圖像記、寺廟記、書齋記、山水記、工作記，其中「建物」就佔了四類：學宮記、書院記、寺廟記、書齋記等皆是建物記。〔註10〕

曾國藩《經史百家雜鈔》將雜記分成四類：

> 後世古文家，修造宮室有記，遊覽山水有記，以及記器物、記瑣事，皆是。〔註11〕

曾國藩將雜記分爲：「修造宮室」、「遊覽山水」、「記器物」、「記瑣事」。他將宮殿、廳壁、樓、閣、書齋……等各類建築物記合爲一類，以「修造宮室」統稱；將文章、圖書、書畫、琴古物合爲一類，以「記器物」統稱；將祈禱、歌樂……各種瑣事合爲一類，以「記瑣事」統稱。曾國藩的分類較之品目繁多的《文苑英華》與《唐文粹》，類別簡易而清楚。

林紓云：

> 然勘災、濬渠、築塘、修祠宇、紀亭臺，當爲一類；記書畫、記古器物，又別爲一類；記山水又別爲一類；記瑣細奇駭之事，不能入正傳者，其名爲書某事，又別爲一類；學記則爲說理之文，不當歸入廳壁；至遊讌觴詠之事，又別爲一類：綜名爲記，而體例實非一。〔註12〕

林紓在曾國藩的分類基礎上，將「學記」由一般建物記分割出來，強調其「說理」色彩；又將山水遊記分割成「記山水」與「記遊讌觴詠」。從林紓的分類，可以發現「學記」不同於一般建物記的特色，提供後代學者研究探討。

王葆心將雜記分成「修宮室」、「游山水」、「程塗器物」、「雜事瑣言」；〔註13〕褚斌杰將雜記分成「臺閣名勝記」、「山水遊記」、「書畫雜記」、「人事雜記」；〔註14〕姜濤則在曾國藩的基礎上，除「名勝營造記」、「山水遊記」、「書畫器物記」、「人事雜記」之外，又分別出「託物寓意記」、「日記」。〔註15〕這些分

〔註10〕參見薛熙《明文在》（臺南：莊嚴文化，1997年）。

〔註11〕參見曾國藩《經史百家雜鈔・序例》。

〔註12〕林紓《畏盧論文・流別論》，收錄於《畏盧論文等三種》（臺北：文津出版社，1978年7月），頁20。

〔註13〕王葆心《古文辭通義》將古代記事之文，以及筆記、小品文、唐以後興起之記體文，皆歸入雜記類：「所以合記諸類及雜事瑣言者。經如禮記上下、雜記上下、及周禮考工記等。瑣言如世說新語及幽夢影。凡明季人清言小品皆是。後世如修宮室、游山水及程塗器物之記。」參見王葆心《古文辭通義》（臺北：臺灣中華書局，1984年4月臺二版）卷十三。

〔註14〕參見褚斌杰《中國古代文體概論》（北京：北京大學出版社，1992年8月二刷），頁353。

〔註15〕姜濤《古代散文文體概論》（太原：山西人民出版社，1990年6月），頁206。

類方法，皆隱約可見曾國藩的分類架構，可推測這些學者皆受到曾國藩影響，茲以表格呈現如下：〔註 16〕

<table>
<tr><td>姓　名</td><td colspan="8">分　　類</td></tr>
<tr><td>曾國藩</td><td colspan="2">修造宮室</td><td colspan="2">遊覽山水</td><td>記器物</td><td colspan="3">記瑣事</td></tr>
<tr><td>林　紓</td><td>勘災、浚渠、築塘、修祠宇、紀亭臺</td><td>學記</td><td>記山水</td><td>游讌觴詠</td><td>記書畫、記古器物</td><td colspan="3">記瑣細奇駭之事</td></tr>
<tr><td>王葆心</td><td colspan="2">修宮室</td><td colspan="2">游山水</td><td>程塗器物</td><td colspan="3">雜事瑣言</td></tr>
<tr><td>姜　濤</td><td colspan="2">名勝營造記</td><td colspan="2">山水遊記</td><td>書畫什物記</td><td>人事雜記</td><td>託物寓意記</td><td>日記</td></tr>
<tr><td>褚斌杰</td><td colspan="2">臺閣名勝記</td><td colspan="2">山水遊記</td><td>書畫雜記</td><td colspan="3">人事雜記</td></tr>
</table>

綜觀歷代研究者對記的分類，可以發現其類別數量呈現以下特色：其一，學者將「記」分類之初，記建物、記器玩、記人物瑣事等類作品皆已具備雛形，而山水遊記則不盡完整：《文苑英華》有「宴遊」類，而無純粹記自然山水的類別；《唐文粹》有記自然山水諸類，卻無記遊賞的類別。其二，學者將「記」分類之初，以記建物類別最爲繁多，記器玩類別最少。其三，分類大抵由繁至簡。由《文苑英華》到曾國藩《經史百家雜鈔》，記之種類由二十七類統整爲四大類，其中又以建物記變化最大，由十六類統整爲一類。

觀察文體分類，可以發現文學作品的出現與該作品文體觀念的成熟，有時不盡然同步。如山水遊記作品發展甚早，唐代柳宗元永州八記更宣告山水遊記的成熟，然而《文苑英華》、《唐文粹》卻未能相對地在分類上呈現此類作品的獨特地位。

二、名稱辨析與文體性質

雜記內容駁雜，名稱多變，且文體性質與其他文體十分相近。以下將審視雜記的各式篇名，辨析以「記」爲名之文章的文體歸屬；並分析歷代對雜記內容的陳述，歸納文體特色，俾能更清楚認識「雜記」文體特性。

〔註 16〕表格製作乃是依據下列資料：曾國藩《經史百家雜鈔・序例》；林紓《畏盧論文等三種》頁 20；王葆心《古文辭通義》卷十三；姜濤《古代散文文體概論》頁 206；褚斌杰《中國古代文體概論》頁 353。

（一）「雜記」釋義

雜記屬於記敘文中的一類，「雜記」之「記」字即記敘之意，吳訥指出：「記之名，始於《戴記》〈學記〉等篇。」〔註17〕徐師曾：「〈禹貢〉、〈顧命〉，乃記之祖，而記之名，則昉於《戴記》、〈學記〉諸篇。」〔註18〕「記」之名起源甚早，然而「雜記」成爲文體的名稱，則待清代姚鼐《古文辭類纂》提出「雜記類」方確立。姚鼐云：

> 雜記類者，亦碑文之屬。碑主於稱頌功德，記則所記大小事殊，取義各異。故有作序與銘詩全用碑文體者，又有爲記事而不以刻石者。柳子厚記事小文，或謂之序，然實記之類也。〔註19〕

姚鼐將「記」稱爲「雜記類」，認爲事無分大小好壞皆可爲雜記題材，與專用以記載豐功偉業的「碑」不同，無涉家國大業，而以陳述禮儀民生、瑣事器物爲主，更貼近生活日用。它的內容甚廣，記事、記物、記人、記景、記遊，無一不可以雜記寫之。

「雜記」名稱之「雜」字，乃言其內容駁雜。它的名稱多變，但多以「記」爲名。姚鼐指出雜記與其他文體的不同：雜記多刻石，這點與碑誌類似，然而碑誌內容在稱頌人物功德，雜記則所記之事大小、褒貶不一。雜記可刻石，然而刻石之文卻不一定是雜記，如碑誌類雖刻石，內容性質卻與雜記不同；且雜記也有不刻石者。雜記諸文有的以「記」爲名，也有的不稱爲「記」，而以「序」「志」爲篇名，如柳宗元〈序飲〉、〈序棊〉（《柳集》卷二十四），〔註20〕歸有光〈項脊軒志〉等。〔註21〕

「序」即「敘」，有陳述、敘談的意思。〈序飲〉一文篇名雖稱爲「序」，卻非書序或贈序，而是柳宗元記敘與友人飲酒的文章，文章一開始記敘購置、整理小丘，然後用詳細生動的筆墨描寫與友人投酒籌於溪水作爲酒令的經過，最後以「以窮日夜而不知歸」作結。〈序棊〉前半部份記敘房生與柳宗元兩個弟弟玩棋子，隨意將棋子塗成紅黑二色區分貴賤，而遊戲對局時，往往

〔註17〕吳訥《文章辨體》，卷二十九。

〔註18〕徐師曾《文體明辨》，卷四十九。

〔註19〕參見姚鼐輯、王文濡評註《大字本評註古文辭類纂》（臺北：華正書局有限公司，1980年9月），〈序目〉。

〔註20〕柳宗元《柳河東全集》（臺北：臺灣中華書局，1965年），卷二十六至二十九。以下《柳河東全集》皆簡稱《柳集》。

〔註21〕歸有光《震川先生集》（四部叢刊正編本，臺北：臺灣商務印書館，1979年），卷十七。

重視紅棋、輕視黑棋；後半部份藉此事爲喻，感嘆朝廷舉拔人才也如房生塗棋，對在上位者用人唯親、不辨賢愚的態度提出尖銳質疑。「志」即「誌」，有記載的意思，〈項脊軒志〉是歸有光記錄他的書齋「項脊軒」，以及其中所發生的深刻往事，藉著書齋貫串對祖母、母親、妻子的思念。這類文章雖無「記」之名，但仍以記敘筆法爲主，內容不記人物功勳、不記朝代興替，所記乃爲生活雜事，因此不屬於碑或史傳，而應歸入雜記。

薛鳳昌《文體論》分析雜記所涵蓋的作品標題，共有「記」、「序」、「書事」、「紀」、「題」等等。「書事」、「紀」類似史傳，只是所記之事微小而不入史書，「書事」記瑣細駭怪之事，「紀」則記閭里瑣事。「題」類似序跋中的「題辭」或「題後」，序跋之「題辭」、「題後」置於書中考定古籍，雜記之「題」則是題於壁上。〔註22〕足見雜記種類廣雜，名稱繁多。

古人在討論此類文體時，或言「記」，或言「雜記」，近人在探討時，也常混合使用，王葆心《古文辭通論》稱「雜記」，並加以界義：

> 所以合記諸類及雜事瑣言者，經如《禮記》〈檀弓〉上下、〈雜記〉上下，及《周禮・考工記》等。瑣言如《世說新語》及《幽夢影》。凡明季人清言小品皆是。後世如修宮室、游山水及程塗器物之記。〔註23〕

王葆心「合眞、儲、姚、曾四家」，將文體分爲三門十五類，〔註24〕其中「雜記」類包含古代記事之文，《世說新語》、《幽夢影》等筆記作品，唐以後興起之記體文，以及小品文。

兒島獻吉郎《中國文學通論》指出：

> 記是記事之文，或曰紀事，或曰述，是皆把事物客觀地觀察同時記錄之，不過欲使其爲永久不忘記念，其名雖殊，而目的則一，體裁亦同。〔註25〕

兒島獻吉郎闡述「記」的性質，認爲「記」以記敘事物爲主，強調客觀觀察

〔註22〕薛鳳昌《文體論》（臺北：臺灣商務印書館，1998年8月臺2版1刷）第三章第十節，頁101。

〔註23〕參見王葆心《古文辭通義》，卷十三。

〔註24〕同註23。按：王葆心分文體爲三門十五類，「告語門」包括詔令、奏議、書牘、贈言、祭告；「記載門」包括載言、載筆、傳誌、典志、雜記；「著述門」包括：論著、詩歌、辭賦、傳注、序跋。

〔註25〕參見兒島獻吉郎著、孫俍工譯《中國文學通論》（臺北：臺灣商務印書館，2004年5月臺一版二刷）上卷第四章，頁47。

而非主觀抒發。

馮書耕《古文通論》說：

> 《文選》與《駢體文鈔》無記，《唐文粹》第十六類曰記。《古文辭類纂》第九類曰雜記。所言「記」與「雜記」似若無甚區別，而有廣狹之分。立類曰記，凡屬記體之文，皆可納入。此種概括性之分體，又與前相反，不免籠統，無一定範圍。《古文辭類纂》曰「雜記」，其界義，以雜記類「亦碑文之屬，碑主於稱頌功德，記則所記大小事殊，取義各異」，其立雜記類，所以別於碑誌，故於「記」上加一「雜」字。今《唐文粹》但名曰「記」，而又有「碑」、「銘」、「誌狀」、「傳錄記事」之稱，分體標類，不及《古文辭類纂》之有義界。《古文辭類纂》雜記類，除碑誌外，凡記修建宮室、遊覽山水及器物瑣事之作，皆入此類。〔註26〕

馮書耕指出古人在分類與命名上不完備處。《唐文粹》以「記」這個類別名稱，來涵蓋所有以「記」爲篇名的文章，但是，有些篇名中有「記」字的文章，卻是屬於「碑」、「銘」、「誌狀」、「傳錄記事」等，不僅和書中其他文類重疊，而且顯得過於籠統，不若《古文辭類纂》以「雜記」之名較爲合宜。

名稱中有「記」字的文體，除了「雜記」，還有「敘記」、「碑記」、「傳記」、「奏記」、「序記」等。「敘記」、「碑記」、「傳記」都是記敘文，只是功用與雜記不同：「敘記」用以記會盟征伐等一國之大事，〔註27〕「碑記」用以記功勳，〔註28〕「傳記」用以記人物完整生平。〔註29〕這些文體與雜記性質近似，內容則不同。「奏記」屬於奏議體；〔註30〕「序記」屬於序跋體，如陶潛〈桃花源記〉即屬於序記。〔註31〕這些文體雖有「記」之名，性質卻與雜記不同。

〔註26〕馮書耕、金仞千《古文通論》（臺北：國立編譯館中華叢書編審委員會，1979年4月三版），頁843。

〔註27〕參見薛鳳昌《文體論》，頁122。

〔註28〕同註27，頁95。

〔註29〕同註27，頁90。

〔註30〕同註27，頁70。

〔註31〕楊慶存云：「漢揚雄〈蜀記〉，影響不廣；晉陶潛〈桃花源記〉實乃詩序，非獨立成篇；《昭明文選》「奏記」、《文心雕龍》「書記」都不具備後世所稱記體文的文體意義；故魏晉之前記體文尚未獨立成一式。」參見楊慶存《宋代文學論稿》（上海：復旦大學出版社，2007年3月），頁27。考察古人歸類，吳訥《文章辨體》將〈桃花源記〉歸入「記」體之下（卷二十九），然而姚鼐《古文辭類纂》雜記類不錄〈桃花源記〉，然陶潛寫作時此文並非單獨成篇，乃是

（二）雜記體製特色

文體之「體」字，一可指詩文類型及其體製規範，如曹丕〈典論論文〉說「文非一體，鮮能備善」，「唯通才能備其體」（《文選》卷五十二），指的就是詩文的類型及其體製作法。一可指詩文的流派、風格，如〈典論論文〉說「氣之清濁有體」，指的就是陽剛與陰柔兩種不同的風格。本節討論「文體性質」，是就散文類型、體製而言。

褚斌杰指出：「文體，指文學體裁、體製。」〔註32〕吳程學認爲文體「即不同體製、樣式的作品所具有的某種相對穩定的獨特風貌，包括文體風格、題材內容、表現手法、結構形式方面的特點。」〔註33〕不同類別的文學作品，各有其獨特樣式，對某一文體的認識越深刻，越能在閱讀文章時分辨、掌握該類作品的特質。

「雜記」屬於記敘類。眞德秀《文章正宗・文目》將文章分爲四類：「曰辭命，曰議論，曰敘事，曰詩賦」，並對「敘事」門類作了解釋：

> 按敘事起於古史官，其體有二：有紀一代之始終者，《書》之〈堯典〉、〈舜典〉，與《春秋》之經是也，後世本紀似之。有紀一事之始終者，〈禹貢〉、〈武成〉、〈金縢〉、〈顧命〉是也，後世志、記之屬似之。又有紀一人之始終者，則先秦蓋未之有，而昉於漢司馬氏，後之碑誌事狀之屬似之。今於《書》之諸篇與《史》之紀傳，皆不復錄，獨取《左氏》、《史》、《漢》敘事之尤可喜者，與後世記序傳志之典則簡嚴者，以爲作文之式。若夫有志於史筆者，自當深求《春秋》大義而參之以遷、固諸書，非此所能該也。〔註34〕

眞德秀指出敘事類文章源於史傳散文，依所記內容分爲三類：「紀一代之始終者」，專記朝代興亡始末，類似紀傳體史書之本紀；有「紀一事之始終者」，記一件事情始末，類似後代「志」、「記」等文章；此外，又有「紀一人之始終者」，專記一人生平，類似後代「傳狀」。在眞德秀的分類之中，較貼近「雜記」的種類，即「紀一事之始終者」，此類文章以〈禹貢〉、〈顧命〉等篇爲始

作爲序之用。〈桃花源記〉雖爲詩序，但已是首尾完整之寓言文章，若以此點觀之，可算是雜記文。

〔註32〕參見褚斌杰《中國古代文體概論》，頁1。

〔註33〕參見吳承學《中國古代文體形態研究》（廣州：中山大學出版社，2000年9月），頁322。

〔註34〕參見眞德秀編《文章正宗・文目》。

祖，後世以「記」、「志」爲篇名的記敘文，即屬此類。除了強調「記」、「志」善敘事的特質之外，也把「記」、「志」與其他敘事體加以區隔，記敘朝代興衰的文章、記敘人一生行誼的文章，皆不屬於於此類。由此可知，「記」、「志」爲記敘文，且與史傳、傳狀等文體有別。

元代潘昂霄《金石例》云：

記者，記事之文也。西山先生曰：「〈禹貢〉、〈武成〉、〈金縢〉、〈顧命〉，記之屬似之。」《文選》止有奏記而無此體，《古文苑》載後漢樊毅〈修西嶽廟記〉，其末有銘，亦碑文之類。至唐始盛，獨孤及〈風后八陣圖記〉，後擬題倣之。〔註35〕

潘昂霄所說的「記」是指記體文，他指出這類文章內容爲「記事」，「亦碑文之類」點出這些文章施之刻石的特性。由這段敘述可知，記體文早在東漢便已出現，樊毅〈修西嶽廟記〉即爲刻石的「記」，〔註36〕然而自唐代才開始興盛，如獨孤及〈風后八陣圖記〉即記體文作品，〔註37〕並引起後人擬題仿效。

明代吳訥云：

《金石例》云：「記者，紀事之文也。」西山曰：「記以善敘事爲主。〈禹貢〉、〈顧命〉，乃記之祖。後人作記，難免雜以議論。」后山亦曰：「退之作記，記其事耳，今之記，乃論也。」竊嘗考之，記之文，《文選》弗載。後之作者，固以韓退之〈畫記〉、柳子厚游山諸記爲體之正。然觀韓之〈燕喜亭記〉，亦微載議論於中。至柳之記新堂、鐵爐步，則議論之辭多矣。迨至歐、蘇而後，始專有以論議爲記者，宜乎后山諸老以是爲言也。大抵記者，蓋所以備不忘。如記營建，當記月日之久近，工費之多少，主佐之姓名，敘事之後，略作議論以結之，此爲正體。至若范文正公之記嚴祠、歐陽文忠公之記晝錦堂、蘇東坡之記山房藏書、張文潛之記進學齋、晦翁之作〈婺源書閣記〉，雖專尚議論，然其言足以垂世而立教，弗害其爲體之變也。學者以是求之，則必有以得之矣。〔註38〕

〔註35〕潘昂霄《金石例》（臺北縣：藝文印書館，1970年），卷九。

〔註36〕參見章樵《古文苑》（四部叢刊正編本，臺北：臺灣商務印書館，1979年），卷十八。

〔註37〕參見獨孤及《毘陵集》（四部叢刊初編初印本，臺北：臺灣商務印書館，1965年），卷十七。

〔註38〕吳訥《文章辨體》，卷二十九。

吳訥指出，「記」本為記敘之文，功用在於記錄瑣事，以「記營建」為例，此類文章原本是記錄建築物所耗費之工時、經費、主事者姓名等，即使有議論文字，所佔比例也不大。韓愈〈畫記〉純粹記畫，〔註39〕柳宗元〈永州八記〉則為山水遊記（《柳集》卷二十九），二者都以記敘為主，吳訥謂之「體之正」。然而，韓、柳「記」除了有純粹記敘的作品之外，也有夾雜議論的文章，如韓愈〈燕喜亭記〉（《韓集》卷十三）柳宗元〈永州韋使君新堂記〉（《柳集》卷二十七）、〈永州鐵爐步志〉（《柳集》卷二十八）等。由此觀之，唐代「記」大抵以「記敘」為主。

宋代之「記」性質轉變，歐蘇以降，文人逐漸將寫作重心挪至抒發議論之上，例如范仲淹〈嚴先生祠堂記〉主旨在說明漢光武帝之「大」與嚴陵先生之「高」相得益彰，對於建物主體只以「仲淹來守是邦，始構堂而奠焉」簡短帶過。〔註40〕歐陽脩〈晝錦堂記〉以「三不朽」立論，讚揚韓琦「德被生民而功施社稷」的高尚志趣，記敘主體建築僅有「公在至和中，嘗以武康之節來治於相，乃作晝錦之堂於後圃」一句（《歐集》卷四十）；〔註41〕蘇軾〈李氏山房藏書記〉對於主體只有「廬山五老峰下白石庵之僧舍」，「藏書凡九千餘卷」之描述，議論古人獲書之難，今人坐擁群籍卻不努力學習為可惜也。〔註42〕這些作品雖專主議論，屬於「變體」，然而內容發人省思，「足以垂世而立教」，其文學價值值得肯定。

徐師曾《文體明辨．序說》亦強調「記」的記敘性質及其遞變：

> 其文以敘事為主，後人不知其體，顧以議論雜之。故陳師道云：「韓退之作記，記其事耳，今之記乃論也。」蓋亦有感於此矣。然觀〈燕喜亭記〉已涉議論，而歐蘇以下，議論寖多，則記體之變，豈一朝一夕之故哉？〔註43〕

「記」在韓蘇手中成為新興文體，自韓愈開始，「要記」已染上議論色彩，其功用也由原本純實用性的「所以備不忘」，漸漸轉變成文人書寫情志、議論事

〔註39〕韓愈著、朱熹考異《朱文公校韓昌黎先生集》（四部叢刊正編本，臺北：臺灣商務印書館，1979年）卷十三，以下《朱文公校韓昌黎先生集》簡稱《韓集》。

〔註40〕《范文正公集》（四部叢刊正編本，臺北：臺灣商務印書館，1979年），卷七。

〔註41〕《歐陽文忠公集》（四部叢刊正編本，臺北：臺灣商務印書館，1979年），卷四十。以下《歐陽文忠公集》簡稱《歐集》。

〔註42〕蘇軾著、孔凡禮校注《蘇軾文集》（北京：中華書局，1986年），卷十一，頁359。

〔註43〕徐師曾《文體明辨》卷四十九，《四庫全書存目叢書》（臺北：莊嚴文化，1997年6月）312冊。

理的工具。

曾國藩《經史百家雜鈔》云：

雜記類，所以記雜事者。〔註44〕

姚永樸《文學研究法》亦認同姚鼐、曾國藩的定義；〔註45〕蔣伯潛《文體論纂要》在曾國藩的基礎上重新劃分文體，刪去「雜記」類，將雜記類文章分別歸入「碑誌」與「敘記」之中。〔註46〕事實上，「碑誌」一類，姚鼐《古文辭類纂》已指出其與雜記的差異；「敘記」一類，姚鼐《古文辭類纂》所無，是曾國藩《經史百家雜鈔》所增門類，所收錄的文章，除《尚書》之〈金縢〉、〈顧命〉，及韓愈〈平淮西碑〉之外，全爲《左傳》、《通鑑》之文，〔註47〕與雜記性質有別。薛鳳昌論述「敘記」云：

是類文字，由與雜記相近似。唯雜記則以記雜事。此則記會盟征伐一國之大事。〔註48〕

由此觀之，雜記與敘記、碑誌性質並不完全相同。在分類上，仍不能貿然將雜記歸入「碑誌」與「敘記」。

縱而觀之，雜記屬於記敘文，功用在於記錄瑣事；建物記則用以記錄建物所耗費之工時、經費、主事者姓名等，即使有議論文字，所佔比例也不大。歐蘇以降，雜記議論比例漸重，建物記也由純粹記建築轉而成爲作者寄託個

〔註44〕曾國藩《經史百家雜鈔・序例》。

〔註45〕姚永樸：「雜記類者，姚氏云：『亦碑文之屬，碑主於稱頌功德，記則所記大小事殊，取義各異。故有作序與銘詩全用碑文體者，又有爲記事而不以刻石者。』曾氏云：『如禮記之投壺、深衣、内則、少儀；《周禮》之〈考工記〉皆是。後世修造宮室有記，遊覽山水有記，以及記器物、記瑣事，皆是。』參見姚永樸《文學研究法》（臺北：新文豐出版公司，1979年8月），頁32

〔註46〕蔣伯潛認爲：「我認爲分類時特意立一『雜』類，去包括不能分入其他各類的例外，總不是一種妥當的分類法。『雜記』一名，決不能爲分類底一目。曾氏於敍記類，則云『所以記事者』；於雜記類則云，『所以記雜事者』。其意亦如姚氏所謂『所記大小事殊』而已。按之實際，則何者爲『事』，何者爲『雜事』，其界限亦至難定。我以爲凡是刻石，或預備刻石的，都當併入碑志中碑文一類；即使是鄉間造一個路亭，造一條溪橋，造一個小小的土地廟所作以刻石的記，也是碑文。其不以刻石的，則無論所記的是亭臺樓閣，是祠廟寺觀，是官署學校，是瑣事佚文，以及技巧、遊覽……，都應歸入序記類。其有記政治制度、禮儀文化者，則亦不論所記大小，那當歸入典志類中。雜記一類，便可取消了。」參見蔣伯潛《文體論纂要》（臺北：正中書局，1942年6月初版，1959年7月臺一版）第十四章，頁154～155。

〔註47〕參見曾國藩《經史百家雜鈔》卷二十二、二十三。

〔註48〕參見薛鳳昌《文體論》，頁122。

人情志的媒介。

第二節　雜記的發展過程

在雜記的蘊釀時期，辭賦的興盛開拓了許多文學題材，建物便是其中之一。經唐代古文運動的努力，散文爲之興盛，各式散文文體勃興，雜記也在這時宣告成熟。以下分別敘述辭賦發展與古文運動對雜記發展過程的影響。

一、辭賦發展與雜記題材

漢代賦體的勃興開拓了許多文學題材，蕭統所輯《昭明文選》將賦析爲若干類：京都、郊祀、耕藉、畋獵、紀行、遊覽、宮殿、江海、物色、鳥獸、志、哀傷、論文、音樂、情，凡十五類，這些辭賦題材爲散文開拓了新的寫作素材與創作手法，爲後代雜記創作發掘源頭活水。

「物色」、「音樂」等題材的辭賦，自東漢以降盛行，題材與創作量都大增，王褒〈洞簫賦〉、班固〈竹扇賦〉、稽康〈琴賦〉等，皆是此時期詠物賦代表作。〔註 49〕在客觀寫物之外，往往託物言志，藉物抒情，這種寫作手法間接影響了後代雜記，唐代韓愈、柳宗元以散文敘寫物品外觀，敘寫之後，或因物懷人，或藉物抒發議論，文字細膩，意味雋永。

「紀行」、「遊覽」等題材的辭賦，是紀遊文學初興階段最發達的創作形式。〔註 50〕如劉歆〈遂初賦〉中，敘述自河內太守徙爲五原太守宦途所見，文中記行寫景，撫今追昔，藉以抒發懷古傷今之情。〔註 51〕此類辭賦充分發揮其文體特色，詳細鋪陳山水景物，雖然有板滯累贅、誇張失實的缺點，其開創之力仍功不可沒。〔註 52〕

「京都」「宮殿」等題材的辭賦，是漢代文學的重要成就。漢代京都主題的興起與當時是否返都的政治議題有關，〔註 53〕班固〈兩都賦〉、傅毅〈洛都賦〉、

〔註 49〕以上三篇作品分別參見嚴可均編《全上古三代秦漢三國六朝文》（石家莊：河北教育出版社，1997 年 10 月）中《全漢文》卷四十二、《全後漢文》卷二十四、《全三國文》卷四十七。

〔註 50〕參見梅新林、俞章華《中國遊記文學史》（上海：學林出版社，2004 年 12 月）第一章，頁 37。

〔註 51〕參見嚴可均編《全上古三代秦漢三國六朝文・全漢文》，卷四十。

〔註 52〕同註 50，頁 42。

〔註 53〕馬積高、黃鈞《中國古代文學史——先秦、魏晉南北朝卷》（臺北：萬卷樓圖

崔駰〈反都賦〉皆為遷都洛陽辯護；〔註54〕宮殿主題始於劉歆〈甘泉宮賦〉、揚雄的〈甘泉賦〉；〔註55〕亭臺樓閣主題則始於邊讓的〈章華臺賦〉。〔註56〕京都、宮殿、亭臺樓閣皆屬於建物類別，以這些主題所創作的作品，可以說是建物寫作的正式開始。漢賦作品中，完整而詳盡地描述和直接記載建築形象的比較少，大部分篇章不專對建築進行系統而細微的描述，而且由於漢賦所具有的概括及抽象特質，造成對於許多客觀實體（如建築物和周圍環境）描述的意象化，無法確切解讀建築物具體的造型與大小。儘管如此，從漢賦的描寫中，仍可看出漢代都城和宮廷建築已臻一定水準，展現大漢帝國物力的富裕和國力的強大。

魏晉時代，西晉左思仿張衡〈兩京賦〉作〈三都賦〉，〔註57〕寫魏、蜀、吳三國山川之麗、物產之富、人文之美，一時「洛陽紙貴」。左思在賦體特有的誇張之外，復求實證，如寫蜀都時描寫成都平原景致，詳述其地理位置、四周景色、建築水利配置等等，頗能抓住其特色。〔註58〕

此時，雜記作品量雖已漸漸變多，〔註59〕但文人對雜記體的概念卻仍待建立，雜記既然不是獨立的文體，自然也沒有既定的體製，供作者在創作時做為內容與形式的依歸。兩漢至魏晉的文學成就以歷史散文與辭賦著稱，文人創作時多往這兩方面發展，雜記因非既有之詩歌藝術，又非當時受重視的辭賦等文體，更非實用的公事文書，故在此時期並不興盛。

唐賦寫建築物較有名的作品，有李白〈明堂賦〉、杜牧〈阿房宮賦〉等。〔註60〕在唐以前，雖有以建築物為題的詩歌或辭賦，卻少有以建築物為題材的散文。唐代雜記文體隨古文成熟而大興，在發展成熟之後，文人就廣以建築物為題材創作雜記。除建築物之外，文人也使用散文記敘器玩、山水、人物瑣事等等。以韓愈為例，其雜記作品中，記建築物的有〈鄆州谿堂詩並序〉、

書公司，1998年7月），頁179。

〔註54〕以上三篇文章作品分別參見嚴可均編《全上古三代秦漢三國六朝文・全後漢文》卷二十四、卷四十三、卷四十四。

〔註55〕同註54，卷四十、卷五十一。

〔註56〕同註54，卷八十四。

〔註57〕參見嚴可均編《全上古三代秦漢三國六朝文・全晉文》，卷七十四。

〔註58〕趙義山、李修生主編《中國分體文學史》（上海：上海古籍出版社，2002年6月1版3刷）中編第三章，頁276。

〔註59〕薛鳳昌論「記」曰：「至魏晉間作者始多，唐宋而下，名作不少。」參見薛鳳昌《文體論》第三章第十節，頁101。

〔註60〕以上兩篇作品分別參見董誥編《全唐文》（上海：上海古籍出版社出版，1990年），卷三百四十七、卷七百四十八。

〈藍田縣丞廳壁記〉、〈新修滕王閣記〉、〈燕喜亭記〉、〈汴州東溪水門記〉、〈徐泗濠三州節度掌書記廳石記〉等。(《韓集》卷十三)以建築物爲題材的雜記，本以記敘爲主，作爲記錄工時長短、工費多寡、主佐姓名、建築目的之用。然而韓愈雜記卻多感慨成文，〔註 61〕使雜記由實用性質轉變爲抒發情思，議論時政的文學創作，如〈藍田縣丞廳壁記〉就略帶議論，透過縣丞「對樹二松，吟哦期間」，揭露當時吏治弊端。

柳宗元雜記作品中，記錄建築物的共廿二篇，數量較韓愈爲多，以亭臺堂軒等私人燕息之所爲題材的作品，所佔比例也較韓愈雜記多。〔註 62〕柳宗元文章有純粹記建築者，如〈盩厔縣新食堂記〉記述新食堂修建的資金來源以及建成後的作用；(《柳集》卷二十六)也有抒情議論者，如〈永州韋使君新堂記〉藉新堂建造前後的不同，讚美韋使君造福人民；(《柳集》卷二十七)〈邕州柳中丞作馬退山茅亭記〉感嘆「夫美不美，因人而彰」，藉山水被埋沒而感嘆懷才不遇。(《柳集》卷二十七)郭春林指出：

> 從文學史的角度來看，柳宗元的臺閣名勝記初步定型了這種記文的文體特徵，體現了唐代記文的獨特風貌，爲這種文體的繁榮奠定堅實的基礎。〔註 63〕

在記敘之後略作議論，成爲建物記的基本特徵，柳宗元對建物記的大量創作，爲建物記的發展厚植根基。

唐代文人作建物記，多採客觀靜態記述，書寫建物建造過程、地理景觀等等，韓愈、柳宗元以優美的古文創作雜記，其作品也多以建物爲主體，在

〔註 61〕何寄澎指出韓愈雜記「感慨成文」特色：「其次，韓作碑誌雖有感慨之辭，但以親故爲限，實非主要作法。其贈序之作，雖有感慨成文（如送孟東野序），而亦不明顯。然韓愈作記體，反率以感慨成文，實韓文自身一特殊風貌，亦開後人門徑。」參見何寄澎《唐宋古文新探》(臺北：大安出版社，1998 年 4 月 1 版 2 刷)，頁 73。

〔註 62〕《柳集》中建物類雜記有：〈永州新堂記〉、〈永州萬石亭記〉、〈零陵三亭記〉、〈嶺南節度使饗軍堂記〉、〈邕州馬退山茅亭記〉、〈柳州東亭記〉、〈四門助教廳壁記〉、〈館驛使壁記〉、〈潭州東池戴氏堂記〉、〈桂州訾家洲亭記〉、〈永州龍興寺西軒記〉、〈永州龍興寺息壤記〉、〈道州毀鼻亭神記〉、〈監察使壁記〉、〈諸史兼御史中丞壁記〉、〈全義縣復北門記〉、〈永州法華寺西亭記〉、〈武功縣丞廳壁記〉、〈盩厔縣新食堂記〉、〈邠寧進奏院記〉、〈柳州復大雲寺記〉、〈永州修淨土院記〉。參見《柳集》卷二十六至二十九。

〔註 63〕郭春林〈柳宗元的臺閣名勝記略論〉，《柳州師專學報》(柳州：柳州師範高等專科學校學報編輯部，2005 年 3 月)，頁 21。

記敘之外略作議論。

唐代以「物」爲主的作品內容，至宋代轉而成爲以「人」的思想情感爲主。宋代雜記由記敘轉爲議論或抒情，建物記除了建築物本體之外，兼重人的主觀意識；在題材上，宋代雜記題材較唐代更爲寬廣開闊，學者認爲宋代更開拓出「學記」「藏書記」〔註64〕等記體散文題材。宋代名家的雜記作品在數量上遠勝韓柳，〔註65〕亭臺軒閣等建物記更是其擅長的形式。

綜觀建物寫作發展情形，可以發現古代建物寫作約可分爲兩條路徑：一爲辭賦，由漢代大賦開始發展；一爲散文，由唐代雜記開始興盛。兩者同樣是記建物，在內容與形式上卻有不同特色。就內容而言，漢賦重在鋪寫其壯麗景觀，以作爲諷喻之用；雜記重在記錄其修建與沿革，以作爲備忘參考。就形式而言，漢賦駢章麗句，充滿形式與音韻之美；雜記則受古文運動影響，以簡勁樸質爲尙。二者雖然都以建物爲題材，卻都可供作者寄託懷抱，抒發情志。至宋代，建物記大興，名家名作紛呈，光芒甚至蓋過建物賦作。

二、古文的興盛與雜記的成熟

「雜記」在古代各類文體中出現較晚，直到唐代才成爲獨立文體，它的成熟與發展得力於古文運動的成功。古文運動與當時政治改革相呼應，強調爲文應弘揚儒道，重視社會教化，反對駢文浮華空洞的形式主義，提倡質樸平易、內容充實，足以傳情達意的散文。經過幾代人的努力，至韓愈、柳宗元時，終於徹底動搖六朝以來駢文的統治地位，以能夠自由記敘、議論、抒情的散文開創文學新局，取得古文運動的勝利。韓、柳將文學改革的主張直接應用在雜記創作領域，有力的推動了此一新文體的勃興，爲雜記創作開創了新的途徑。

錢穆讚揚唐代韓愈、柳宗元對開創新文體頗具貢獻：

> 故韓柳之大貢獻，乃在於短篇散文中再創新體，如贈序，如雜記，

〔註64〕王水照：「學記和藏書記是宋人於記體散文中開闢出的兩大題材。」王水照《宋代文學通論》（高雄：復文圖書出版社，2000年6月）題材體裁編第三章，頁482。

〔註65〕王水照統計唐宋名家創作記文數量如下表，指出宋代諸家創作量遠勝韓柳：

作家	韓愈	柳宗元	歐陽修	蘇軾	王安石	曾鞏	葉適	朱熹	陸游
作品	9	36	45	63	24	34	53	81	56

參見王水照主編《宋代文學通論》題材體裁編第三章，頁475。

> 如雜說，此等文體，乃絕不爲題材所限，有題等於無題，可以純隨作者稱心所欲，恣意爲之。……故短篇散文之確能獲得其在文學上之眞地位與眞價值，則必自韓柳二公始。〔註66〕

雜記得以在唐代成爲成熟文體，並獲得其文學價值，可以說是藉古文運動的助力所達成，而此一成就又是古文運動本身豐碩的成果之一，因此，雜記的興盛，韓、柳二人可以說是最大的推手。王基倫《韓歐古文比較研究》:

> 按古文自有記體後，用途廣而內容豐盛，此實由韓柳首開風氣之先。今考韓愈記體作品不多，然就《唐文粹》入選篇次作統計，則韓愈〈徐豪泗三州節度掌書記廳壁記〉、〈新修滕王閣記〉、〈宴喜亭記〉、〈畫記〉……皆收錄在內，與柳宗元諸記獨占鰲頭。足證韓公此類作品，開創新體之地位確立不移。〔註67〕

雜記在韓柳手中所煉就的文學價值，與唐以前相較，不可同日而語。韓、柳之後，作家廣泛創作雜記文，總集與文學評論開始注意到此一文類，宋代李昉《文苑英華》將雜記列爲獨立文體，並以「記」稱之；姚鉉《唐文粹》也將韓柳的雜記文章分入「記」類中「府署」、「堂樓亭閣」、「書畫琴故物」等子目。〔註68〕

唐代之後，雜記成爲獨立文類，在內容上隨著作家不斷嘗試，擴展題材範圍，所記內容更見廣泛，其定義也隨文體發展更見明確。韓、柳作品中，已出現「府署」、「堂樓亭閣」類別的建物記。

第三節　歐陽脩建物記的界義

歐陽脩建物記是其雜記作品的一類，爲界定建物記研究範圍，必須先由第一節所討論過的雜記定義，判別歐陽脩的雜記作品有哪些，再由這些作品之中，尋找出屬於建物記的作品。

本節首先由「建物」定義著手，討論建物涵蓋內容及其分類。其次對本文雜記的分類方式加以說明，簡述各類雜記內容，並劃分其界線，以作爲判

〔註66〕參見錢穆〈雜論唐代古文運動〉，《中國學術思想史論叢（四）》（臺北：東大圖書公司，1978年1月），頁54。

〔註67〕王基倫《韓歐古文比較研究》（國立臺灣大學中國文學研究所博士論文，1991年6月）第二章第二節，頁67。

〔註68〕姚鉉《唐文粹》卷七十二「府署」下收錄柳宗元〈監察使壁記〉、〈四門助教壁記〉；卷七十四「堂樓亭閣」下收錄韓愈〈新修滕王閣記〉、〈燕喜亭記〉，柳宗元〈零陵萬石亭記〉；卷七十七「書畫琴故物」下收錄韓愈〈畫記〉。

定建物記的基礎。接著由歐陽脩作品之中，取出屬於雜記體的篇章，按照前述分類方式，一一辨析諸篇雜記所屬類別，其中屬於建物記的作品，即是本文研究對象。

一、雜記分類與「建物記」的定義

「建物」即各類人工建築，由功能觀之，可二分爲「遊憩型建物」以及「事工型建物」兩種。「遊憩型建物」指的是燕息場所，如亭、臺、樓、閣、堂、軒、園林等等，這些建築物有些屬於私人修造，有些則爲官方修造以供派任當地的官員居住，如歐陽脩貶夷陵所居住之「至喜堂」，就屬於官方修造的居所。「事工型建物」指的是辦公場所、公共建設、寺院等，爲了完成政治、經濟或宗教的事工所興建的建築，如廳壁、公署、州學、隄防、宮殿、館驛、城門、水門、橋、井、河渠、公園、佛寺、道觀等等，供不特定之人出入之用。

「建物記」是雜記的一類，本文依循曾國藩的分類法，將雜記分成四類，並在類別名稱上微作調整，以求涵蓋面更加周延。因考慮「宮室」一名可能造成閱讀歸類上的誤解，爲求涵蓋各類建築物，便以「建物記」取代「宮室記」；又以「人事記」取代「瑣事記」，以涵蓋記人、記事二方面。因此，將雜記分成「建物記」、「山水遊記」、「器物記」、「人事記」四類。

（一）建物記

「建物記」即記錄各類人工建築的雜記，多以所記敘之建物爲篇名，如某某亭記、某某堂記等。

建物記的記敘主體可分爲兩部份，一是與建築物直接相關的，如記述其外觀型制、修築經過、修造日期、命名原由、建物功能、興廢沿革等等；另一則是與建築物間接相關的，如描摹週遭山水風景、敘述相關歷史事蹟、記述在建物中發生的起居燕息、評述建物主人性格與生平等等。

古人作建物記時，並不一定兼取這兩部分的素材來寫作，而是在這兩部份涵蓋的各類事宜中，視需要擇一至數點爲寫作題材，因此一篇建物記可能兼有「與建築物直接相關」及「與建築物間接相關」的記述，也可能只有「與建築物直接相關」的內容，或者是只有「與建築物間接相關」的內容。宋代以後，雜記由記敘向議論靠攏，建物記也藉著與建物直接、間接相關的記述，進一步引出作者的興發議論。然而，無論議論成分佔全篇文章比重多寡，建物記一定包含與建物直接或間接相關的記述。

因「遊憩型建物」、「事工型建物」性質之不同，文人以之爲題作雜記時，內容特色也不同。「遊憩型建物」是文人日常起居遊憩之所，文人可以藉著書寫這類建築，寄託個人情志，而且這類建築物的命名，也往往流露建物主人的心境。〔註69〕因此，以此類建物爲題材的雜記，遂成爲文人抒發心志的工具。

「事工型建物」較少見文人懷抱的抒寫，多單純就建物本身的特性記述。其中，廳壁記、學記是較爲特殊的文類，它與一般建物記有別，有其既定體製。廳壁記著重敘述歷任官員姓名、經歷、政績，且刻石紀念並供後任官員參考；學記則以說理爲主，如歐陽脩〈吉州學記〉議論教學方法、想像日後教育成果，內容以議論成分居多。

（二）山水遊記

中國古代山水遊記淵源甚早，《尚書・禹貢》記大禹治水，描述地理狀貌；〔註 70〕漢代辭賦則模山範水，描述行旅之作大量湧現；魏晉南北朝時代山水詩盛行，而敘寫山水盛景的書信也大量產生，曹丕〈與吳質書〉、應璩〈與從第君苗君胄書〉都有記遊與寫景的成分；〔註 71〕酈道元《水經注》雖是地理書，但是描寫自然風光優美生動，開啓山水遊記的新里程碑。〔註 72〕

山水遊記成熟與定型在唐代，柳宗元爲代表人物。在柳宗元之前，山水作品重客觀、輕主觀；柳宗元則通過對客觀山水的描繪，將個人情志思想寄託其中。到了宋代，《唐文粹》立「水石、岩穴、外物、種植」等子目，文人更進一步藉寫景抒發議論。宋代文人將議論手法納入「記」，將寫景與說理巧妙結合，開闢山水遊記的嶄新途徑。

建物記與山水遊記內容相近，由於作家寫作建物記時，往往對四周空間環境加以描寫，甚至描述遊人流連其間的種種活動，山水景色之美以及人物

〔註69〕蓋琦紓〈蘇門文人私人建物記之美學意涵〉一文中，以「亭臺堂齋軒」等爲「私人建物」，並指出「文人常藉此空間書寫，寄託個人情志，其文學性往往超過實用性」，「其命名往往流露建物主人的心境」。參見蓋琦紓〈蘇門文人私人建物記之美學意涵〉，《漢學研究》24 卷 1 期（臺北：漢學研究中心，2006 年 7 月）頁 212、214。本論文所定義之「遊憩型建物」包含亭、臺、樓、閣、堂、軒、園林等，其涵蓋內容與蓋琦紓定義之「私人建物」相近。

〔註70〕參見孔安國傳、孔穎達纂正義《尚書》（臺北縣：藝文印書館，2001 年）卷六。

〔註71〕以上兩篇文章分別參見嚴可均編《全上古三代秦漢三國六朝文・全三國文》，卷七、卷三十。

〔註72〕參見酈道元《水經注》（四部叢刊初編縮本，臺北：臺灣商務印書館，1965 年）。

宴飲之樂於是成爲建物記的主要內容。建物記與山水遊記雖關係密切，性質卻不相同。建物是靜止不動的，其四周景物的描述往往是靜態的，；山水遊記的觀賞視角隨遊人移動而不同，對景物的敘述是動態的。其次，建物記是以臺樓閣堂軒等人文建築爲描寫中心；山水遊記則以自然山水爲描寫中心。此外，山水遊記是作者本人記遊之作；建物記卻可以間接擷取資料而寫。

（三）器物記

此類雜記所記內容包括器具、古玩、書畫諸類，曾國藩概括之曰「記器物」，今人或以「書畫雜物記」稱之，〔註 73〕或以「書畫器物記」稱之。〔註 74〕至於花草、鳥獸等不屬於「人」的自然界種種，若作者在寫作時，將其由整個自然環境中抽離出來，不再視爲「遊賞」經歷，而視爲單一「物品」，則不宜列入「山水遊記」，而應歸入「器物記」。歐陽脩〈洛陽牡丹記〉，所記牡丹花並非依附於某次遊賞經驗，而是被視爲獨立存在並加以賞玩，故將之歸類入「器物記」。

器物記內容或是描寫器具形狀，或是記述書畫內容，或是考察主人取得該器玩及失去的情況。寫法上偏重記實，以體物爲工，描寫見長。

（四）人事記

人事記包括記人與記事，曾國藩概括之曰「記瑣事」，本論文爲求名稱涵蓋記人、記事二方面，並兼顧用語精簡，所以稱之爲「人事記」。

人事記與敘記、傳狀略有不同。敘記所記爲「事」，且爲征伐會盟等國家大事；雜記所記之「事」則爲閭里瑣事。碑誌、傳狀類所記爲「人」，且爲其一生的行誼事蹟，以留存後世；雜記所寫之「人」，側重記錄人物的某一特徵或人生片段，而不必總括一生，且目的是抒發感慨，而非留其名於後世。

二、篇名歸屬與「建物記」的範圍

雜記中有許多以「記」名篇的作品，也有許多作品篇名並無「記」字，而所有以「記」名篇的作品之中，也有一些不屬於雜記。因此在檢視一篇作品是否屬於雜記時，宜由篇名、內容二方面加以辨別。雜記作品的分類亦如是，在考量一篇雜記作品宜歸入建物記、山水遊記、器物記或人事記時，也

〔註 73〕參見褚斌杰《中國古代文體概論》，頁 353。

〔註 74〕姜濤將雜記分成：人事雜記、名勝營造記、書畫什物記、山水遊記、託物寓意記、日記六類，參見《古代散文文體概論》，頁 206。

須由篇名、內容二方面加以判斷。

歐陽脩作品中，屬於雜記類的並不止於以「記」名篇的作品，除《居士集》、《居士外集》中的雜記之外，另有《歸田錄》、《于役志》、《筆說》、《試筆》等。

《居士集》、《居士外集》中，記體文共三十九篇；〔註 75〕不以「記」名篇而屬於雜記者，有〈九射格〉一篇。(《歐集》卷七十一）宋人編纂《聖宋文選》、《新刊國朝二百家名賢文粹》時，將〈筠州學記〉也列入歐陽脩文。〔註 76〕另有《歸田錄》、《于役志》、《筆說》、《試筆》等筆記作品，總共四十五篇雜記。

其中，〈明因大師塔記〉雖在編纂時被歸入「記」類，然而其內容用以敘明因大師生卒年及生平言行，是歐陽脩爲明因大師道詮所作的墓誌銘。(《歐集》卷六十三）看似雜記，實則爲碑誌類。〔註 77〕

據上所陳，將〈筠州學記〉以及《居士集》、《居士外集》中凡雜記類文章共四十篇，依前述「山水遊記」、「建物記」、「器玩記」、「人事記」四類分法，加以分類，共有「建物記」二十六篇、「山水遊記」一篇、「器物記」九篇、「人事記」四篇。另一方面，《歸田錄》、《于役志》屬於「人事記」;《筆說》有記物者、有記人事者，《試筆》亦然，二書部分屬「器物記」，部分屬「人事記」。

（一）建物記

歐陽脩文章建物記涵蓋許多種類的建築：堂、齋、園、隄、廟、院、寺殿、學記等。部分作品如〈醉翁亭記〉、〈豐樂亭記〉、〈叢翠亭記〉、〈峴山亭記〉等，有些學者將之視爲山水遊記。〔註 78〕事實上，它們都是以「建物」爲中心所創作之文章，故將這些文章歸類入建物記。

歐陽脩作品中，屬於私人建物記的共十八篇，其中〈泗州先春亭記〉、〈峽州至喜亭記〉、〈游鯈亭記〉、〈叢翠亭記〉、〈峴山亭記〉、〈陳氏榮鄉亭記〉、〈有

〔註 75〕參見《歐陽文忠公集》（四部叢刊正編本，臺北：臺灣商務印書館，1979 年），卷三十九、四十、六十三、七十二。以下《歐陽文忠公集》簡稱《歐集》。

〔註 76〕參見《聖宋文選》（宋乾道間刊中箱本）卷二、《新刊國朝二百家名賢文粹》（北京：線裝書局，2004 年）卷一百十六。

〔註 77〕徐師曾在記類下說：「此外又有墓碑記、墳記、塔記，則皆附於墓誌之條。」唐彪在墓誌銘類下方曰：「在釋氏則有塔銘、塔記。」參見徐師曾《文體明辨》卷四十九；唐彪《讀書作文譜》（臺北：偉文出版社，1976 年）卷十一。

〔註 78〕參見梅新林、俞章華《中國遊記文學史》（上海：學林出版社，2004 年 12 月），頁 128。

美堂記〉、〈相州晝錦堂記〉、〈東齋記〉、〈李秀才東園亭記〉、〈海陵許氏南園記〉、〈眞州東園記〉、〈御書閣記〉爲歐陽脩受人請託而作；〈夷陵縣至喜堂記〉、〈豐樂亭記〉、〈醉翁亭記〉、〈非非堂記〉、〈畫舫齋記〉則是作者爲自己所作。屬於非私人建物者共八篇：〈湘潭縣藥師院佛殿記〉、〈吉州學記〉、〈筠州學記〉、〈穀城縣夫子廟記〉、〈河南府重修使院記〉、〈偃虹隄記〉〈河南府重修淨垢院記〉、〈淅川縣興化寺廊記〉，皆歐陽脩爲他人所作。

上述這十八篇文章皆以建築物爲中心，有的直接記建物本身，如記建築過程、時間、主事者姓名等，如〈泗州先春亭記〉記亭子地理位置：「乃築州署之東城上，爲先春亭，以臨淮水，而望西山」；（《歐集》卷三十九）〈峽州至喜亭記〉記修建年月：「尙書虞部郎中朱公再治是州之三月，作至喜亭於江津」；（《歐集》卷三十九）〈游鯈亭記〉記命名緣由：「然則，水波之漣漪，遊魚之上下，其爲適也，與夫莊周所謂惠施游于濠梁之樂何以異？烏用蛟魚變怪之爲壯哉？故名其亭曰遊鯈亭。」（《歐集》卷六十三）也有的作與建物間接相關敘述，如〈叢翠亭記〉記周遭山巒之美：「傾崖怪壑，若奔若蹲，若鬬若倚」，（《歐集》卷六十三）〈東齋記〉記建物主人雅好讀書，「因多取古書文字貯齋中，少休，則探以覽焉」，（《歐集》卷六十三）〈豐樂亭記〉記滁州歷史與亭名由來：「滁於五代干戈之際，用武之地也。……使民知所以安此豐年之樂者，幸生無事之時也。」（《歐集》卷三十九）

除了與建物相關的記述之外，有些文章雜以議論，有些則雜以抒情，如〈河南府重修使院記〉由建築聯想爲政之道：「製作雖壯，不逾距；官司雖冗，執其方。君子謂是舉也，得爲政之本焉。烏有端其本而末不正者哉！」（《歐集》卷六十三）〈醉翁亭記〉因遊亭而生樂：「人知從太守游而樂，不知太守之樂其樂也」，抒發民胞物與的襟懷。（《歐集》卷三十九）〈相州晝錦堂記〉議論富貴還鄉：「仕宦而至將相，富貴而歸故鄉，此人情之所榮，而今昔之所同也。」讚揚韓琦建立功業之盛，「惟德被生民而功施社稷，勒之金石，播之聲詩，以耀後世而垂無窮。」（《歐集》卷四十）這些興發感慨之語，字字句句展現作者個人抱負與生命情懷。

學記是建物記中較特殊的一類，林紓認爲它是「說理之文」，將它別立一類；褚斌杰則將之歸入雜事記，〔註 79〕由於州學亦是建物之一，故本文仍將

〔註 79〕褚斌杰將曾鞏〈宜黃縣學記〉歸入雜事記。參見褚斌杰《中國古代文體概論》，頁 374。

之歸入建物記。歐陽脩〈吉州學記〉記吉州州學興建過程，修建日期爲「其年十月」，主事者是「李寬」，所耗人力物資「用人之力積二萬二千工，而人不以爲勞；其良材堅甓之用凡二十二萬三千五百，而人不以爲多」，呈現建物記傳統內容，並議論學校的重要，「學校，王政之本也。古者致治之盛衰，視其學之興廢」，又論述教學應該循循善誘、誨人不倦，「磨揉遷革，使趨於善，其勉於人者勤，其入於人者漸，善教者以不倦之意須遲久之功，至於禮讓興行而風俗純美，然後爲學之成。」（《歐集》卷三十九）將自己的教育觀娓娓道來，展現學記「說理」特色。

建物記共二十六篇，〔註 80〕在歐陽脩雜記文中，是數量最多的一類；而建物記又以寫私人建物的文章佔多數。歐陽脩常運用雜記議論事理，寄託懷抱，呈現宋代雜記的特殊風貌。

（二）山水遊記

〈遊大字院記〉是歐陽脩山水遊記之作品，記敘天聖九年與友人出遊普名院後園，文章中記敘夏日美景：「春筍解籜，夏潦漲渠，引流穿林，命席當水，紅薇始開，影照波上，折花弄流，銜觴對弈」，遊賞美景，飲酒對奕，何等歡樂！又記敘宴飲賦詩之樂：「太素最少飲，詩獨先成，坐者欣然繼之。日斜酒歡，不能遍以詩寫，獨留名於壁而去。」眾人飲酒、賦詩、題名於壁，故「因共索舊句，揭之於版，以志一時之勝，而爲後會之尋云」，爲這次的遊覽留下美好回憶。（《歐集》卷六十三）文章以「遊」字貫串，駢散結合，自然之美與宴遊之樂躍然筆下。

（三）器物記

歐陽脩器物記反映出其生活雅趣。〈三琴記〉記他所珍藏的三張古琴，並談及對音樂的喜愛，呈現古代文人彈琴自娛的雅興。（《歐集》卷六十三）〈浮槎山水記〉記李端愿寄來浮槎山泉，文中查考《茶經》、《煎茶水記》等書對水的品評，並讚美李端愿能兼富貴之樂與山林之樂。（《歐集》卷四十）〈大明水記〉記大明寺所得井水味甚甘美，認爲陸羽主張「井取多汲者」還是有道理的。（《歐集》卷六十三）以上這兩篇文章記「水」，是把水當成飲品視之，與描摹山川景致的山水遊記不同。

〈仁宗御飛白記〉記陸經所藏之仁宗墨寶「飛白書」，並歌詠仁宗德政、

〔註 80〕參見附表一。

感懷君王榮寵。（《歐集》卷四十）歐陽脩描述自己「相與泫然流涕而書之」，當時正值他罷參知政事出知亳州之際，見皇帝翰墨，感觸尤深。

〈王彥章畫像記〉引用舊史與家傳資料，描寫王彥章忠貞勇敢，善出奇兵，感嘆自己「嘗獨持用奇取勝之議」而被嘲笑，透過讚嘆王彥章出奇制勝，將自己的壯志寄託其中。（《歐集》卷三十九）

其餘如〈菱溪石記〉記菱溪石的來歷及變遷，（《歐集》卷四十）〈孫氏碑陰記〉記元規所獲皇祖少師之銘，（《歐集》卷六十三）〈九射格〉記九射格的圖樣與玩法，（《歐集》卷七十一）〈〈洛陽牡丹記〉詳記二十五種牡丹花特色、各品種得名由來、洛陽賞花風俗與栽培技術等等，（《歐集》卷七十二）皆是記物之作。

（四）人事記

歐陽脩人事記往往能以小見大，發人省思。

〈伐樹記〉記修治東園時除樗留杏的事件，駁正莊子「以無用處無用」的觀點，展現初入仕途、銳意進取的人生觀。（《歐集》卷六十三）〈養魚記〉記敘僮僕將買到的小魚放進池子裡，大魚棄置一旁，比喻小人得勢、君子失意，藉此感時傷懷。（《歐集》卷六十三）〈伐樹記〉、〈養魚記〉都是寓言性質的文章。敘述社會事件者，如〈戕竹記〉批評官吏爲修葺宮廷，命百姓將洛陽竹林砍伐一空，勸諫在上位者愛護人民。〈樊侯廟災記〉記樊侯廟遭人破壞神像之後雨雹大作，指出雨雹本屬自然現象，並非神靈報復。（《歐集》卷六十三）

《于役志》是歐陽修貶謫夷陵一路所寫的日記，記錄了歐陽修 110 天的坎坷經歷，有 91 條內容 1700 多字。（《歐集》卷一百二十五）《歸田錄》亦共二卷 115 條，爲歐陽脩晚年辭官閑居時作，記載朝中遺聞與文人士大夫瑣事，因所記多爲歐陽脩親身經歷，故頗有史料價值。（《歐集》卷一百二十六至一百二十七）

《筆說》、《試筆》條列筆記瑣事。（《歐集》卷一百二十九、一百三十）《筆說》中屬雜記者共四篇，含器物記三篇、人事記一篇；〔註 81〕《試筆》中屬雜記者有十一篇，含器物記四篇、人事記七篇。〔註 82〕由此觀之，《筆

〔註 81〕《筆說》記器玩者有〈辨甘菊說〉、〈李晸筆說〉、〈峽州河中紙說〉，記人事又有〈夏日學書說〉，參見《歐集》卷一百二十九。

〔註 82〕《試筆》記器玩者有〈南唐硯〉、〈宣筆〉、〈琴枕說〉、〈李邕書〉，記人事有〈學

說》、《試筆》中的雜記，屬於器物記、人事記二類。〔註 83〕

書爲樂〉、〈學書銷日〉、〈學眞草書〉、〈學書費紙〉、〈學書工拙〉等與「學書」相關的敘述，又有〈風法華〉、〈王濟譏張齊賢〉等，參見《歐集》卷一百三十。

〔註 83〕《筆說》、《試筆》所記除記敘文之外，又有議論文字，如《筆說》有〈道無常名說〉、〈誨學說〉、〈李白杜甫詩優劣說〉，《試筆》有〈繫辭說〉、〈廉恥說〉、〈郊島詩窮〉等。參見《歐集》卷一百二十九、一百三十。

第三章　歐陽脩建物記內容思想

北宋崇文抑武，文人地位高升；佛道盛行，與儒家思想抗衡；且經濟富足，舉國上下以遊覽宴樂爲尚。歐陽脩身處其間，以天下國家爲己任，以發揚儒學爲職志，寄情山水，與民同樂。除了能從記敘主體一探歐陽脩建物記的特殊內容，也能從中一窺宋代建物營造之特色，更能由作品中議論與抒情的成分，看見歐公人格以及時代氛圍對文章的影響。

本章首先由作品的記敘主體出發，分析歐陽脩建物記各篇所敘述的主要內容；然後由作者感悟部分出發，分析作品中的抒情與議論；最後由時代關聯出發，探討北宋文化思想對當時文士的影響。透過作品與作者、時代的關連性，探究歐陽脩建物記中所呈現的內容思想與成因。

第一節　記敘主體

建物記內容本以客觀記敘爲主，「敘事之後，略作議論以結之」，〔註1〕因此一篇建物記的主體即爲與建築相關之人、時、地、事、物的記述。

大抵而言，此類文章可依記述內容與建物的關聯性，將記敘主體分爲「與建物直接相關」以及「與建物間接相關」兩部份，前者與建物本身關聯緊密，包含修建過程所耗費時間、物力、人力，以及建物的沿革、規模樣式、名稱等等；後者與建物本身關聯較遠，包含建物四周的風景、當地歷史事蹟，以及人們在建物之中的活動等等。本節將分別由這兩部份切入，分析歐陽脩建物記中記敘主體的內容。

〔註1〕吳訥《文章辨體》，卷二十九。

一、與建物直接相關

「與建物直接相關」，蓋指描述建物本體的文字記錄，此類記述乃是以建物爲主要紀錄對象，圍繞著建物的興建、沿革、大小、造型、命名加以記述。這類記述在整篇文章所佔比例多寡不一，但卻是建物記不可或缺的組成要素。以下就建物的「營建過程」、「規模樣式」、「命名由來」一一論述之。

（一）營建過程

吳訥《文章辨體・序說》指出建物記「當記月日之久近，工費之多少，主佐之姓名」，〔註 2〕「月日」、「工費」、「主佐」都與建物的營造經過有關，若依吳訥所言，則記建物，應包括記其日期、工資、主事與佐理者等。

〈河南府重修淨垢院記〉記述淨垢院的興廢與修建經過：

> 淨垢院在洛北，廢最甚，無刻識，不知誰氏之爲，獨牓其梁曰長興四年建。丞相彭城錢公來鎮洛之明年，禱雨九龍祠下。過之，歎其空闊，且呼主藏者給緡錢二十萬。洛陽知縣李宋卿幹而輯焉，於是規其廣而小之，即其舊而新之。即舊焉，所以速於集工；損小焉，所以易於完修。（《歐集》卷六十三）

文中詳記兩次工程的「月日」（長興四年、丞相彭城錢公來鎮洛之明年）、「主佐」（不知誰氏之爲、李宋卿）；又記第二次修建的「工費」（二十萬）。文中敘述建物沿革，讀者可以知道淨垢院在長興四年興建後，曾經有一段時間荒廢圮毀，以致「廢最甚，無刻識」，幸賴丞相彭城錢公下令修築，「規其廣而小之，即其舊而新之」，使寺院有了新氣象。

又如〈淅川縣興化寺廊記〉：

> 匠者某人，用工之力凡若干，土木圬墁陶瓦鐵石之費、匠工傭食之資凡若干。營而主其事者，僧延遇。……寺始建于隋仁壽四年，號法相寺。太平興國中，改日興化，屋垣甚壯廣。由仁壽至明道，實四百四十有四年之間，凡幾壞幾易，未嘗有志刻，雖其始造之因，亦莫詳焉。至延遇爲此役，始求志之。（《歐集》卷六十三）

文中詳記各項開支名目以及主事者姓名（延遇），並記錄由隋仁壽四年建造之後的沿革興廢。

再以歐陽脩〈湘潭縣修藥師院佛殿記〉爲例，與營建相關的記述如下：

〔註 2〕 吳訥《文章辨體》，卷二十九。

> 湘潭縣藥師院新修佛殿者，縣民李遷之所爲也。……於是得此寺廢殿而新之，又如其法，作釋迦佛、十八羅漢塑像皆備。凡用錢二十萬，自景祐二年十二月癸酉訖三年二月甲寅以成。（《歐集》卷六十三）

文中詳記主事者姓名（李遷之）、建物形制（作釋迦佛、十八羅漢塑像皆備）、「工費」（凡用錢二十萬）、「月日」（自景祐二年十二月癸酉訖三年二月甲寅以成），十分詳盡。

修築建物，除「月日」、「工費」、「主佐」，亦少不了「人力」，〈吉州學記〉記其營建云：

> 其年十月，吉州之學成。州舊有夫子廟，在城之西北，今知州事李侯寬之至也，謀與州人遷而大之，以爲學舍，事方上請而詔已下，學遂以成。李侯治吉，敏而有方，其作學也，吉之士率其私錢一百五十萬以助。用人之力積二萬二千工，而人不以爲勞。其良材堅甓之用凡二十二萬三千五百，而人不以爲多。（《歐集》卷三十九）

文中詳記「月日」（其年十月）、主事者姓名（李寬）、人力（用人之力積二萬二千工）、「工材」（其良材堅甓之用凡二十二萬三千五百），詳盡記述修建過程。此外，文中也說明學舍是由舊有的夫子廟改建而成，交代建物沿革。

上述數篇文章，皆以詳筆一一記下日期與工資等相關數字或細目，觀察這些文章的寫作時間，〈河南府重修淨垢院記〉作於明道元年，〈淅川縣興化寺廊記〉作於景祐元年，兩篇文章作於貶夷陵之前；〈湘潭縣修藥師院佛殿記〉作於景祐三年貶夷陵時，〈吉州學記〉作於慶曆四年貶滁州時。相較之下，歐陽脩貶夷陵前所作的建物記，在記營建過程時，用詳筆的比例高於其他時期。

另一方面，歐陽脩也使用以簡馭繁的手法，將修造過程一筆帶過，對「月日」、「工費」、「主佐」等資料，擇一二簡短交代，甚至略掉數目字。如〈峴山亭記〉：

> 熙寧元年，余友史君中煇，以光祿卿來守襄陽。明年，因亭之舊，廣而新之，既周以迴廊之壯，又大其後軒，使與亭相稱。（《歐集》卷四十）

文中記錄「月日」、「主佐」，至於「工費」則略而不記。

以下再舉數例：

> ▲作亭者誰？山之僧智僊也。（〈醉翁亭記〉，《歐集》卷三十九）
>
> ▲巡檢使、內殿崇班李君，始入其署，即相其西南隅而增築之，治

亭於上，敞其南北嚮以望焉。(〈叢翠亭記〉,《歐集》卷六十三)

▲乃度地於府之西偏，斥大其舊居，列司存整按牒，以圖經久之制。夏某月，工徒告成。(〈河南府重修使院記〉,《歐集》卷六十三)

▲康定元年，道士彭知一探其私笈以市工材，悉復宮之舊，建樓若干尺以藏賜書。(〈御書閣記〉,《歐集》卷三十九)

這些文章扼要說明「主佐」、「日月」與修造形制，未記錄耗費之人力、物力。觀歐公建物記，即使筆墨儉省，「主佐」、「日月」幾乎是篇篇不可少，可知主事者姓名及修建日期是建物記的重要元素。

歐陽脩也使用精簡的句子，指明建物的竣工。例如：

▲乃築州署之東城上爲先春亭。(〈泗州先春亭記〉,《歐集》卷三十九)

▲擇其廳事之東以作斯堂。(〈夷陵縣至喜堂記〉,《歐集》卷三十九)

▲作至喜亭于江津。(〈峽州至喜亭記〉,《歐集》卷三十九)

▲於是疏泉鑿石，闢地以爲亭。(〈豐樂亭記〉,《歐集》卷三十九)

▲治其海陵郊居之南爲小園，作某亭某堂于其間。(〈海陵許氏南園記〉,《歐集》卷四十)

▲因其暇日，得州之監軍廢營以作東園。(〈眞州東園記〉,《歐集》卷四十)

▲於是始作有美之堂。(〈有美堂記〉,《歐集》卷四十)

▲乃作晝錦之堂于後圃。(〈相州晝錦堂記〉,《歐集》卷四十)

▲又構亭其間，益修先人之所爲。(〈李秀才東園亭記〉,《歐集》卷六十三)

文中並未詳述建物的規模、佈置、物力與人力耗費等等，雖交代建物的修築，然而主旨已不在建物，轉而以議論爲主。文中使用「爲」、「作」、「治」、「構」等字表達建物的修造，形式靈活多變。觀察這些文章的寫作時間，除了〈李秀才東園亭記〉之外，多在景祐三年之後，顯示出歐陽脩文章在貶夷陵之後愈見精簡，呈現與前期不同的特色。

觀察詳記修築經過的文章，都是歐陽脩應邀而作，建物主人並非自己；簡筆記修築經過的文章，則有些屬於應邀而作、有些屬於爲自己而作，特別的是，凡是歐陽脩自修建、自作記的〈豐樂亭記〉、〈畫舫齋記〉等文章，反而未見詳盡的數字記錄。

（二）樣式規模

「規模」，蓋指建物的法式、格局，《宋史‧李綱傳下》：「夫創業中興，如建大廈，堂室奧序，其規模可一日而成。」〔註3〕舉凡建物長度、寬度、縱深、堂室數量、格局安排等等，皆爲其「規模」。「樣式」，蓋指建物造型外觀。

歐公筆下，述及建物「規模」者，如〈河南府重修淨垢院記〉記錄淨垢院之重修「易壞補闕三十六間」；（《歐集》卷六十三）〈淅川縣興化寺廊記〉「新修行廊四行，總六十四間」；（《歐集》卷六十三）又如〈偃虹隄記〉記錄偃虹隄藍圖：

> 長一千尺，高三十尺，厚加二尺，而殺其上得厚三分之二，用民力萬有五千五百工，而不逾時以成。（《歐集》卷六十三）

這樣的敘述包含了建物形制、所需人力，並以具體數字詳細呈現出來。

歐陽脩學記文章對修造規模記錄詳盡，如〈吉州學記〉：

> 學有堂筵齋講，有藏書之閣，有賓客之位，有遊息之亭，嚴嚴翼翼，壯偉閎耀，而人不以爲侈。既成，而來學者常三百餘人。（《歐集》卷三十九）

文中將州學內各式各樣的房舍一一羅列，可知州學並不只是一棟房子而已，而是由許多不同機能的建物組合而成。又如〈筠州學記〉：

> 至治平三年，蓋二十有三年矣，始告于知州事、都官郎中董君儀。董乃與通判鄭君相州之東南，得亢爽之地，築宮於其上。齋祭之室，誦講之堂，休宿之廬，至於庖廚庫廄，各以立焉。經始於其春，而落成於八月之望。既而來學者常數十百人。〔註4〕

文中詳記州學內各式房舍：齋祭之室、誦講之堂、休宿之廬、庖廚庫廄，與〈吉州學記〉內容相近。觀歐陽脩其餘建物記，則無此類羅列內部各房舍的記錄。此外，兩篇學記都特別記錄了學生人數，畢竟修築學校其目的在於教育學生，能遠近招來，廣納學子，使其吟詠其間、砥礪學習，才是爲政者所樂見的。

歐陽脩建物記中，述及建物「樣式」者，如〈醉翁亭記〉云「有亭翼然」，（《歐集》卷三十九）又如〈非非堂記〉詳記其室大小形制：

> 營其西偏作堂，戶北向，植叢竹，闢戶于其南，納日月之光。設一

〔註3〕《宋史》卷三百五十九。

〔註4〕〈筠州學記〉，《聖宋文選》（宋乾道間刊中箱本），卷二。

几一榻，架書數百卷，朝夕居其中。（《歐集》卷六十三）

歐陽脩詳記其方位、規格、佈置，以及精心安排的「叢竹」、「日月」等窗景。

〈畫舫齋記〉云：

> 齋廣一室，其深七室，以户相通，凡入予室者如入乎舟中。其溫室之奥，則穴其上以爲明；其虛室之疏以達，則闌檻其兩旁以爲坐立之倚。凡偃休於吾齋者，又如偃休乎舟中。（《歐集》卷三十九）

「廣一室，其深七室」是屬於「規模」的記錄，「入予室者如入乎舟中」是屬於「樣式」的記錄，歐陽脩具體描述書齋大小，並仔細交代它形似畫舫的原因。「畫舫齋」、「非非堂」都是歐陽脩親自修築的書齋，對讀書人而言，書齋是私密的、日日俯仰其間的美好空間，這樣特別的地方，其精心規劃、巧妙設計，自然比所耗費之金錢瓦石更爲重要，於是爲文記錄，以供後人懷想。

〈眞州東園記〉敘述園林格局：

> 園之廣百畝，而流水橫其前，清池浸其右，高臺起其北。臺，吾望以拂雲之亭；池，吾俯以澄虛之閣；水，吾泛以畫舫之舟。敞其中以爲清讌之堂，闢其後以爲射賓之圃。（《歐集》卷四十）

文中一一說明「流水」、「清池」、「高臺」、「清讌之堂」、「射賓之圃」的方位，又敘述臺、亭、池、閣之間的巧妙搭配，呈現東園景觀設計之美。

（三）命名由來

建物之名大抵可分爲兩類；一類律定俗成，無法由修建者自由決定，例如公署、州學，其名往往是行政區加上機關名稱；又如寺院，往往是地名加上神祇名稱或佛家語、道家語。另一類則可自由命名，如亭、臺、堂、軒、閣、齋、園林等。宋人對建物記的命名十分講究，〔註 5〕蓋琦紓指出，「亭臺堂軒等建物記的命名多半以地理方位、姓氏地名、建物材質等來命名」，〔註 6〕此處所探討的，就是這類建物名稱。

歐陽脩所記建物中，屬自由命名者共十九篇，〔註 7〕明確記述命名原由的

〔註 5〕 黃明理〈淺談命名文學及其在北宋的開展〉，《建構與反思—中國文學史的探索學術研討會論文集》，頁 659～690。

〔註 6〕 蓋琦紓〈蘇門文人私人建物記之美學意涵〉，《漢學研究》24 卷 1 期，頁 214。

〔註 7〕 包含〈叢翠亭記〉、〈非非堂記〉、〈陳氏榮鄉亭記〉、〈李秀才東園記〉、〈東齋記〉、〈泗州先春亭記〉、〈夷陵縣至喜堂記〉、〈峽州至喜堂記〉、〈游鯈亭記〉、〈御書閣記〉、〈畫舫齋記〉、〈豐樂亭記〉、〈醉翁亭記〉、〈偃虹隄記〉、〈海陵許氏南園記〉〈眞州東園記〉、〈有美堂記〉、〈相州晝錦堂記〉、〈峴山亭記〉，

共十篇，茲分類列之如下：

1、說明環境者

此類命名與建物地理環境有關。〈叢翠亭記〉敘述其週遭景色與亭名的關係：

見山之連者、峰者、岫者，駱驛聯亙，卑相附，高相摩，亭然起，崒然止，來而向，去而背，頹崖怪壑，若奔若蹲，若鬬若倚，世所傳嵩陽三十六峰者，皆可以坐而數之。因取其蒼翠叢列之狀，遂以叢翠名其亭。（《歐集》卷六十三）

「叢翠」之名，乃是因四周山巒攢聚，蒼翠叢列，由亭名可想見周遭景觀。

2、寄託懷抱者

此類命名與作者或建物主人的心境、志趣有關。〈非非堂記〉云：

處身者不爲外物眩晃而動，則其心靜，心靜則智識明，是是非非，無所施而不中。夫是是近於諂，非非近於訕，不幸而過，寧訕無諂。……以其靜也，閉目澄心，覽今照古，思慮無所不至焉。故其堂以「非非」爲名云。（《歐集》卷六十三）

由於「心靜則智識明」，故能察辨「是是非非」；而此堂靜謐，使人「思慮無所不至」，正可思考「寧訕無諂」，故以「非非」爲名以自勉。

〈游儵亭記〉是歐陽脩爲兄長歐陽昺所作，文中云：

然則，水波之漣漪，游魚之上下，其爲適也，與夫莊周所謂惠施游于濠梁之樂何以異？烏用蛟魚變怪之爲壯哉？故名其亭曰「游儵亭」。（《歐集》卷六十三）

歐陽昺捨汪洋大江之景不顧，而以小池自足，其間樂趣，與莊周、惠施在濠梁之上觀游儵的樂趣相似。「游儵」之名，正反映出歐陽昺曠達自適的懷抱。

3、記錄事件者

此類命名常用以記錄個人或群體值得紀念的事件。〈陳氏榮鄉亭記〉：

予既友巖夫，恨不一登是亭，往拜陳君其下，且以識彼邦之長者也。又嘉巖夫之果能榮是鄉也，因以命名其亭，且志之也。（《歐集》卷六十三）

歐陽脩嘉許陳巖夫在對讀書人不友善的環境之下，沉潛讀書，考取功名，「果能榮是鄉也」，因此爲亭命名曰「榮鄉」以紀念此事。

共十九篇。

〈峽州至喜亭記〉：

尚書虞部郎中朱公再治是州之三月，作至喜亭於江津，以爲舟者之停留也。且誌夫天下之大險，至此而始平夷，以爲行人之喜幸。（《歐集》卷三十九）

長江三峽風波險惡，險象環生，江水出蜀地，流至夷陵，始轉爲平流，使行人皆爲之喜幸，因此修建者朱慶基以「至喜」爲亭子命名，是對行人至此轉危爲安一事，加以紀念。

〈豐樂亭記〉云：

又幸其民樂其歲物之豐成，而喜與予遊也。因爲本其山川，道其風俗之美，使民知所以安此豐年之樂者，幸生無事之時也。夫宣上恩德，以與民共樂，刺史之事也。遂書以名其亭焉。（《歐集》卷三十九）

「豐樂」二字的意思乃是滁人「樂其歲物之豐成」，而歐陽脩特別將此功勞歸美於皇帝，而說「宣上恩德，以與民共樂」，因此以「豐樂」爲亭命名，以感念皇帝德澤。

4、描述形貌者

此類命名與建物外型有關。〈畫舫齋記〉敘述齋名與其外型的關聯：

其深七室，以户相通，凡入予室者如入乎舟中。……凡偃休於吾齋者，又如偃休乎舟中。山石崷崒，佳花美木之植列於兩簷之外，又似汎乎中流，而左山右林之相映，皆可愛者。故因以舟名焉。（《歐集》卷三十九）

書齋格局讓人有身處舟中的錯覺，而窗外造景也使人覺得如「泛乎中流」，因此歐陽脩以「畫舫」爲書齋命名。

5、以人為名者

此類命名乃是以人的名諱作爲建物之名。〈醉翁亭記〉：

臨於泉上者，醉翁亭也。作亭者誰？山之僧曰智僊也。名之者誰?太守自謂也。太守與客來飲於此，飲少輒醉，而年又最高，故自號曰醉翁也。醉翁之意不在酒，在乎山水之間也。山水之樂，得之心而寓之酒也。（《歐集》卷三十九）

歐陽脩自號「醉翁」，文中說明以「醉翁」爲號的原因，乃是「飲少輒醉，而年又最高」。「醉翁」之意既然在「山水之間」，以「醉翁」爲名的醉翁亭，其山水之美不言而喻。

6、以詩為名者

此類命名乃是以詩名作爲建物之名。〈有美堂記〉：

> 嘉祐二年，龍圖閣直學士，尚書吏部郎中梅公，出守于杭。於其行也，天子寵之以詩，於是始作有美之堂，蓋取賜詩之首章而名之，以爲杭人之榮。(《歐集》卷四十)

皇帝賜詩梅堯臣，可說是梅堯臣極爲榮寵的過往，因此以「賜詩之首章」爲所建之堂命名爲「有美」，以紀念這件榮耀的往事。

二、與建物間接相關

建物記之寫作，往往以建築物爲中心點，並拉出時間與空間的長軸，加以描述。在空間的向度上，觀賞者看到的不只是建築物本身，還包括上下四方的高山丘壑、河川湖泊、日月星辰、草木蟲魚等等；在時間的向度上，觀賞者看到的也不只是當下的時間點，還包括了該地發生過的歷史事蹟。〔註8〕

「與建物間接相關」，蓋指描述對象非建物本體，而是以建物所處的時間、空間爲主要描述對象，包括四周的風景、發生在當地的歷史事蹟、人類在建物中的活動等等。以下就建物的「風景描摹」、「歷史溯源」、「人物活動」一一論述之。

（一）風景描摹

豐樂亭在琅邪山中，歐陽脩往遊其間，寫下〈豐樂亭記〉記述琅邪山四季之美：

> 掇幽芳而蔭喬木，風霜冰雪，刻露清秀，四時之景無不可愛。(《歐集》卷三十九)

〔註8〕柯慶明〈從「亭」、「臺」、「樓」、「閣」說起〉:「因此，建築，或者說，在某一『定點』上的，同一名稱的建築（因爲可以『屢廢屢興』）的這種『歷時長久』的特質，一方面使人在遊歷之際，可以掌握『朝暮』、『四時之景不同，而樂亦無窮也』，一種特殊的近乎『可居可遊』而不僅是『可行可望』的山水美感；一方面卻也足以使『遊』人的注意，由『山水之間』，而轉往『宴酣之樂』與『夫人之相與』，對於同遊伴侶的情意交感：『人知從太守游而樂，不知太守之樂其樂也』，甚至曾經在此遊止的歷史人物，『慕其名而思其人』，因而既『遊』『覽』其『左右山川之勝勢，與夫草木煙雲之杳靄，出沒於空曠有無之間』的自然美景，復又『襲其遺跡』而『慕叔子之風』，因而其心路歷程就轉向『懷古』，以至『則其爲人與其志之所存者可知也』的『自我認同』的表現了。」參見柯慶明《中國文學的美感》(臺北：麥田出版，2000年)，頁287～288。

敘述琅邪山中，野花、濃蔭、白霜等「無不可愛」的「四時之景」。〈醉翁亭記〉亦讚嘆山光之明媚：

> 若夫日出而林霏開，雲歸而巖穴暝，晦明變化者，山間之朝暮也。野芳發而幽香，佳木秀而繁陰，風霜高潔，水清而石出者，山間之四時也。朝而往，暮而歸，四時之景不同，而樂亦無窮也。（《歐集》卷三十九）

「林霏開」、「巖穴暝」的晨昏光影變化，以及野花、濃蔭、白霜、水石等四季風景遞嬗，使山間美景也有著不同的風貌。

（二）歷史溯源

歐陽脩身為一位史學家，對歷史典故尤其熟悉，在建物中起居遊覽之際，常興起思古幽情。

〈河南府重修淨垢院記〉指出朝代更替與河南的興衰息息相關，歐公寫淨垢院的重修，並不直接由淨垢院切入，而是由河南府的興盛過往歲月下筆：

> 河南自古天子之都，王公戚里、富商大姓處其地，喜於事佛者，往往割脂田、沐邑、貨布之贏，奉祠宇為莊嚴。故浮圖氏之居與侯家主第之樓臺屋瓦，高下相望於洛水之南北，若弈棋然。及汴建廟社，稱京師，河南空而不都，貴人、大賈廢散，浮圖之奉養亦衰。歲壞月隳，其居多不克完，與夫遊臺、釣池並為榛蕪者，十有八九。（《歐集》卷六十三）

河南府在古代曾為首都，因此祠宇、樓閣林立，「若弈棋然」。至宋因建都汴梁，河南府乃逐漸沒落，「河南空而不都」。本文所記的「淨垢院」也在頹圮之列，歐陽脩在文章開頭先敘述歷史興衰對該建築物的影響，然後才慢慢敘述修建的經過，一盛一衰之間，滄海桑田之嘆油然而生。

〈李秀才東園亭記〉因亭主李公佐世世代代住在隨州，一開頭便記敘隨州的歷史：

> 隨，春秋時稱漢東大國。魯桓之後，楚始盛，隨近之，常與為鬭國，相勝敗。然怪其山川土地，既無高深壯厚之勢，封域之廣與鄖、蓼相介，才一二百里，非有古彊諸侯制度，而為大國，何也？其春秋世，未嘗通中國盟會朝聘。僖二年，方見於經，以伐見書。哀之元年，始約列諸侯，一會而罷。其後乃希見。僻居荊夷，蓋于蒲騷、鄖、蓼小國之間，特大而已。（《歐集》卷六十三）

歐陽脩詳述這一段歷史，指出隨的地理位置以及與中國交流的紀錄，並且拋出疑問：隨一來非地勢顯要，二來也非領土廣大，爲何在古代被稱爲「大國」？古代隨國無特別可書之事，只有在《春秋》有一二條被楚攻打以及諸侯會盟的紀錄。查考史冊，隨州並不像河南擁有長久深厚發展的歷史，在宋代也非人文薈萃的名都，徒有藩鎭之名號，卻無美材貢物與達官顯要。歐陽脩感嘆：「豈其庳貧薄陋自古然也？」這樣貧乏的歷史背景，卻存在著李公佐家「家多藏書，訓子孫以學」的純樸家風，以及「佳木美草，一一手植」的可愛園林。因此隨州雖然薄陋，卻充滿作者的美好回憶，烘托出作者的一片深情。

〈峽州至喜亭記〉開篇論及蜀地古代歷史：

> 蜀于五代爲僭國，以險爲虞，以富自足，舟車之迹不通乎中國者五十有九年。宋受天命，一海內，四方次第平，太祖改元之三年，始平蜀。然後蜀之絲枲織文之富，衣被於天下，而貢輸商旅之往來者，陸輦秦、鳳，水道岷江，不絕于萬里之外。（《歐集》卷三十九）

蜀地貨物運送至天下是在宋太祖平蜀之後，夷陵從此才逐漸成爲交通樞紐，在五代之際，蜀地不僅交通不便，在政治上更是「僭國」。「僭國」即不合乎「正統」的國家，不具備執掌政權的正當性。相反的，宋朝則是「受天命，一海內」，是「正統」政權。

「正統」是歐陽脩關注的重點之一。歐陽脩研究史學，對朝代的正統與非正統頗爲關注，曾作〈正統論〉，指出：「正者，所以正天下之不正也；統者，所以合天下之不一也。」（《歐集》卷十六）「正」就是導正天下邪曲，「統」就是將分裂的國土加以統一，「居天下之正」、「合天下於一」也就是以君王德行以及國土統一作爲判別標準。〈豐樂亭記〉亦以「宋受天命」肯定宋朝居正統位置：

> 脩嘗考其山川，按其圖記，升高以望清流之關，欲求暉、鳳就擒之所，而故老皆無在者。……自唐失其政，海內分裂，豪傑並起而爭，所在爲敵國者，何可勝數！及宋受天命，聖人出而四海一。（《歐集》卷三十九）

登豐樂亭，舉目山川景物，時間的長軸無限延伸，歷史往事彷彿歷歷在目，宋太祖生擒皇甫暉、姚鳳於滁州東門之外的豐功偉業，令歐陽脩格外神往。「聖人」即宋太祖，滁州在五代時亦是干戈四起，烽煙遍布的戰場，此處特別記述、稱美宋太祖戰功，並再次強調宋朝的正統地位。

對「受天命」的敘述也見於〈有美堂記〉，文中記敘金陵、錢塘兩地的歷史，此二地曾爲物阜民豐、遊人如織之所，然而都曾經爲「僭國」：

> 然二邦皆僭竊於亂世。及聖宋受命，海內爲一，金陵以後服見誅。今其江山雖在，而頹垣廢址，荒煙野草，過而覽者，莫不爲之躊躇而悽愴。獨錢塘自五代時，知尊中國，效臣順；及其亡也，頓首請命，不煩干戈，今其民幸富完安樂。（《歐集》卷四十）

金陵、錢塘兩地都曾是富庶古都。在宋太祖開國之初，金陵因不願請降而衰敗，錢塘則因臣服大宋而得以免於戰火。歐陽脩清楚分析這兩地不同的歷史背景，說明金陵敗落、錢塘富足的原因，突顯錢塘較金陵殊勝，進一步烘托出「錢塘兼有天下之美，而斯堂者，又盡得錢塘之美」，對有美堂山水與人文之美大加讚揚。

儘管一再使用「受天命」、「受命」等詞語，歐陽脩本身的史學觀卻是重人事而輕天命，認爲以五行相生相尅之說解說朝代更替，實屬荒謬無稽。〔註 9〕歐陽脩言「天命」，只是表達宋的正統性，而非迷信。

除了思考「地」的古今異變之外，更有憑「地」懷「人」的書寫。〈峴山亭記〉遙想歷史上羊祜（字叔子）、杜預（字元凱）的功業：

> 方晉與吳以兵爭，常倚荊州以爲重，而二子相繼於此，遂以平吳，而成晉業，其功烈已蓋於當世矣。止於風流餘韻，藹然被於江、漢之間者，至今人猶思之，而於思叔子也尤深。蓋元凱以其功，而叔子以其仁，二子所爲雖不同，然皆足以垂於不朽。（《歐集》卷四十）

羊祜、杜預相繼鎮守荊州，終於平定吳國，完成晉朝統一天下的大業，爲後人傳誦思念。歐陽脩特意指出：杜預用的是武功、羊祜憑藉的則是仁愛，而人們「思叔子也尤深」；並讚揚亭主史中煇仰慕羊祜仁政，肯定他照顧襄陽百姓的治績，同時藉「豈皆自喜其名之甚，而過爲無窮之慮歟」的詰問，警惕史氏切勿執著虛名。

（三）人物活動

建物的功用在修造之初已被規劃設定，如亭臺可供遊觀、軒齋可供讀書、官署可供辦公等等，因建物性質不同，人類居處其中的主要活動也隨之改變。

〔註 9〕參見黃進德《歐陽修評傳》（南京：南京大學出版社，2007 年 2 月 3 刷），頁 361。

〈東齋記〉記述齋主張應之在齋中的起居：

> 官署之東有閤以燕休，或曰齋，謂夫閒居平心以養思慮，若於此而齋戒也，故曰齋。……應之獨能安居是齋以養思慮，又以聖人之道和平其心而忘厥疾，眞古之樂善者歟。（《歐集》卷六十三）

文章開篇已說明「齋」可「養思慮」，而張應之「安居是齋以養思慮」，在其中讀書自娛，與「齋」的作用相符。

〈醉翁亭記〉記述歐陽脩與滁人的遊宴：

> 至於負者歌于塗，行者休于樹，前者呼，後者應，傴僂提攜，往來而不絕者，滁人遊也。臨谿而漁，谿深而魚肥；釀泉爲酒，泉香而酒洌；山肴野蔌，雜然而前陳者，太守宴也。宴酣之樂，非絲非竹；射者中，奕者勝；觥籌交錯，起坐而諠譁者，眾賓懽也。蒼顏白髮，頹然乎其間者，太守醉也。（《歐集》卷三十九）

文中記述滁人遊覽的盛況，又記述宴會中鮮魚、山珍、野菜等土產的鮮美豐盛，山泉的甘美與美酒的芳醇，還記述宴會中賓客歡樂遊戲、交談甚歡的熱鬧氣氛，以及歐陽脩「頹然乎其間」的醉態。

〈豐樂亭記〉亦記述歐陽脩與滁人「仰而望山，俯而聽泉」的遊賞情景，而未提及宴會之景，可想知此亭的主要作用在於遊賞山水，宴樂之事似乎則在其次。

第二節　作者感悟

林紓云：「歐公山水廳壁諸記，多懷古傷今之作」。〔註 10〕歐陽脩建物記在記敘之外，往往撫今追昔，寄託情感，興發議論，使文章不僅可記述與建物直接相關、間接相關的內容，更能寄託懷抱、議論事裡、砥礪志節，呈現更豐富的意蘊。因此，歐陽脩建物記可以略分爲兩部分，一是記敘主體，一則是作者感悟。前者在上一節已加以探討，後者蓋指作者心有所感而加以議論、抒情。

本節分析歐陽脩建物記中作者感悟成分，歸納出三個主題：「忠君愛民」、「憂樂情懷」、「哲理思辨」，以下分就這三個主題，結合歐陽脩生平際遇，就諸篇建物記加以分析。

〔註 10〕參見林紓《畏盧論文・應之八則》中「情韻」條，《畏盧論文等三種》，頁 30。

一、忠君愛民

「樂以天下，憂以天下」的思想，〔註 11〕早在歐陽脩踏入仕途之初已流露筆下。〈泗州先春亭記〉作於貶夷陵途中。(《歐集》卷三十九) 歐陽脩應知州張夏請求，爲先春亭作記。文章雖以「先春亭」爲名，一開始卻先記錄造隄乙事：

> 景祐二年秋，清河張侯以殿中丞來守泗上。既至，問民之所素病，而治其尤暴者。曰：「暴莫大於淮。」越明年春，作城之外隄，因其舊而廣之。……是役也，隄爲大。予記其大者詳焉。(《歐集》卷三十九)

其次「治常豐倉西門二夾室」，一作爲歲漕會計之用，一作爲船員的宿舍。等一切修治好之後，才鬆了一口氣，感嘆：「吾亦有所休乎！」然後建造了先春亭。題目爲「先春亭記」，偏偏先由「隄」下筆；對造亭經過簡單交代，卻仔細記載修造隄防「度爲萬有九千二百尺，用人之力八萬五千」，泗州之民「相與出米一千三百石，以食役者」。隄成，「高三十三尺，土實石堅，捍暴備災可久而不壞」，顯示對築隄的重視，對泗州人民的福祉而言，修隄的益處自是大於築亭遊樂，而歐陽脩特別看重張夏築隄的重要成就，雖是記亭，仍詳細敘述張夏修隄禦洪的德政。

〈夷陵縣至喜堂記〉是歐陽脩到夷陵之後所作，文中敘述朱慶基治績：

> 景祐二年，尚書駕部員外郎朱公治是州，始樹木，增城柵，甓南北之街，作市門市區。又教民爲瓦屋，別竈廩，異人畜，以變其俗。(《歐集》卷三十九)

夷陵本是「通衢不能容車馬，市無百貨之列」，「竈、廩、匽、井無異位，一室之間上父子而下畜豕。其覆皆用茅竹，故歲常火災」，(《歐集》卷三十九) 然而朱慶基逐一改善夷陵的交通、市場、房屋格局與建材，可看出朱慶基對百姓的細心照顧。〈峽州至喜亭記〉亦敘述朱慶基治績：

> 自公之來，歲數大豐，因民之餘，然後有作，惠于往來，以館以勞，動不違時，而人有賴，是皆宜書。(《歐集》卷三十九)

至喜亭的建立是在峽州已經「歲數大豐」，人民豐衣足食，而且「動不違時」，使人民安居樂業，極言朱慶基治理峽州之仁厚。

慶曆四年（西元 1044 年），歐陽脩應吉州知州李寬之請，作〈吉州學記〉，

〔註 11〕《孟子・梁惠王下》：「樂以天下，憂以天下。」以下《孟子》採用《孟子趙注》(四部叢刊續編本，臺北：臺灣商務印書館，1976 年)。

從慶曆興學起議，歸美於仁宗新政，並讚揚李寬治理吉州有方。歐陽脩的政治理念，可藉此文中對吉州學子的期待略窺其面貌：

> 惟後之人，毋廢慢天子之詔而殆以中止，幸予他日因得歸榮故鄉而謁於學門，將見吉之士皆道德明秀而可爲公卿，問於其俗而婚喪飲食皆中禮節，入於其里而長幼相孝慈於其家，行於其郊而少者扶其羸老、壯者代其負荷于道路，然後樂學之道成。(《歐集》卷三十九)

文章中充滿對吉州後輩的期許，「可爲公卿」是儒家進德修業的淑世目標，文中更呈現一幅理想世界的願景：人民婚喪飲食等日常生活能合乎禮節，家庭中父慈子孝、長幼有序，社會上老年人得到青壯年良好的照顧，儼然是孔子「老者安之，朋友信之，少者懷之」〔註12〕的禮樂大同境界。

慶曆五年（西元1045年）十二月，應岳州知州滕宗諒之請，爲洞庭偃虹隄作記，文中感嘆許多立意精美的建設，往往因政府官員異動，導致人去政息，〈偃虹隄記〉：

> 夫事不患於不成，而患于易壞。蓋作者未始不欲其久存，而繼者常至於殆廢。自古賢智之士，爲其民捍患興利，其遺跡往往而在。使其繼者皆如始作之心，則民到于今受其賜，天下豈有遺利乎？(《歐集》卷六十四)

歐陽脩指出繼任者的重要，應「如始作之心」，使仁政長存，人民安樂。岳陽西濱大江，每逢夏秋，水波洶湧，因此滕宗諒急欲修造一條長隄，以便舟楫行駛，利益百姓，於是先向歐陽脩求記。歐陽脩肯定滕宗諒的工程擘劃，認爲岳陽居「四會之衝」，滕宗諒此舉必可使「無遠邇之人皆蒙其利焉」。作此記時，歐陽脩與滕宗諒同爲逐臣，感慨尤深，兩人皆抱持愛民之心，歐陽脩對岳州治績大加讚揚：

> 夫慮熟謀審，力不勞而功倍，作事可以爲後法，一宜書。不苟一時之譽，思爲利於無窮，而告來者不以廢，二宜書。岳之民人與湖中之往來者，皆欲爲滕侯紀，三宜書。(《歐集》卷六十三)

此「三宜書」，爲滕宗諒高風亮節以及歐陽脩本身的政治理念立下最好的註腳。滕宗諒求記是在五年秋，〈偃虹隄記〉寫作時，隄尚未修造，而滕宗諒於

〔註12〕參見《論語・公冶長》：「子路曰：『願聞子之志。』子曰：『老者安之，朋友信之，少者懷之。』」以下《論語》採用《論語集解》(四部叢刊續編本，臺北：臺灣商務印書館，1976年)。

慶曆六年冬末調任蘇州之後，旋即於隔年二月病逝，來不及建造這條理想中的長隄。〔註13〕

慶曆六年（西元1046年），歐陽脩作〈豐樂亭記〉，文中云：

> 又幸其民樂其歲物之豐成，而喜與予遊也。因爲本其山川，道其風俗之美，使民知所以安此豐年之樂者，幸生無事之時也。夫宣上恩德，以與民共樂，刺史之事也。遂書以名其亭焉。（《歐集》卷三十九）

除了流露愛民情懷，文中更強調「宣上恩德」的旨意，充分展現對國君的忠誠與思念。由此觀之，歐陽脩雖遭遇貶謫，仍心繫國事、惦念君王，筆下非但沒有怨懟之語，反而爲君王歌功頌德。〔註14〕

慶曆八年（西元1048年），歐陽脩作〈海陵許氏南園記〉，文中記述：

> 凡海陵之人過其園者，望其竹樹，登其臺榭，思其宗族少長相從愉愉而樂於此也。（《歐集》卷四十）

許子春孝悌著於三世，因此其園林也讓遊覽者思及儒家教化，山水亭臺在仰觀俯察之間，莫不有至理可以啓發人心，何況園囿中「禽鳥之翔集於其間者，不爭巢而棲，不擇子而哺」，鳥獸尚且仁愛如此，對觀賞者的心靈陶冶別有作用，產生潛移默化之效。因此，這些建物不僅可遊可賞，更可供人即物窮理、深思學習。

皇祐三年（西元1051年），歐陽脩〈眞州東園記〉：

> 龍圖閣直學士施君正臣、侍御史許君子春之爲使也，得監察御史裏行馬君仲塗爲其判官。……使上下給足，而東南六路之人無辛苦愁怨之聲，然後休其餘閑，又與四方之賢士大夫共樂於此。（《歐集》卷四十）

記述許子春等人政績卓越，〔註15〕而東園除了作爲官員公餘遊樂之所，更可以招待「四方之賢士大夫」，並竭力強調此郡圃修建的前提是「上下給足」，

〔註13〕參見劉德清《歐陽修紀年錄》，頁201。

〔註14〕鍾小燕〈柳宗元與歐陽脩山水記比較〉：「另外，歐陽脩不滿的只是弊政，對宋王朝仍是忠心耿耿，這也是歐記中總不忘懷國事和時有歌功頌德的原因之一。」參見《中國古代、近代文學研究》（北京：中國人民大學書報資料中心，1986年7月），頁87。

〔註15〕事實上三人並非皆爲賢臣。《宋史》卷二百九十九〈許元傳〉：「元在江、淮十三年，以聚斂刻剝爲能，急於進取，多聚珍奇以賂遺京師權貴，尤爲王堯臣所知。」可知許元之暴歛。謝有輝云：「施君名昌言，子春名元，仲塗名遵，三人中獨馬君爲賢，故敘列之筆法亦異。」參見謝有輝《古文賞音》（清嘉慶三年長洲宋氏西山堂重刊本），卷九。

政治安和，民生樂利的治績。

治平二年（西元 1065 年），歐陽脩為為韓琦作〈相州晝錦堂記〉，其時韓琦出任宰相（同平章事）、進封魏國公，富貴顯達，然而歐陽脩在文章中卻說韓琦不以富貴為榮耀，而志在為國家人民建立功業：

> 於此見公之視富貴為何如，而其志豈易量哉！故能出入將相，勤勞王家，而夷險一節。至於臨大事、決大議，垂紳正笏，不動聲氣而措天下于泰山之安，可謂社稷之臣矣！其豐功盛烈，所以銘彝鼎而被弦歌者，乃邦家之光，非閭里之榮也。（《歐集》卷四十）

文中誇讚韓琦功業光榮偉大，絕非止於誇一時、榮一鄉；進一步烘托出韓琦志向高遠，「不以昔人所誇者為榮，而以為戒」，因此能成社稷大臣，不只榮一鄉，而為邦國之光。文章中不僅讚揚韓琦，更流露自己的襟懷與抱負，不以位高權重自滿，而是兢兢業業，以求「措天下于泰山之安」。

從上述文章，可以看出歐陽脩耿耿精忠的志節和忠君愛民的情懷，文中都強調官員是在有「愛民仁政」的前提下，才享「園林趣味」。可以看出宋人將二者加以連結，園林的修建不僅蘊涵著教化人民的意義，同時也流露出「與民同樂」的思想。

二、憂樂情懷

在歐陽脩建物記中，無論處境順逆，皆不以個人際遇為憂，時而可見流露筆下的安樂，並以此與友人相互勸勉。

（一）順境之憂

明道元年（西元 1032 元），歐陽脩在洛陽任西京留守官，作〈叢翠亭記〉，文中記敘山峰壯麗之景。當時歐陽脩二十六歲，初入仕途，又與梅堯臣、尹洙等名家結識，與尹洙同校《韓愈集》，〔註 16〕在詩文創作上相互砥礪，以「終當竭其力，剗治為通衢」〔註 17〕自勉，表達恢弘儒學的壯志。此時的歐陽脩，正值春風得意、前途無量之時，故文中流露出登高遠矚、睥睨群山的氣概。

慶曆二年（西元 1042 年），歐陽脩任滑州通判，追憶昔日貶謫夷陵、行舟危急的艱險歲月，寫下〈畫舫齋記〉：

〔註 16〕參見劉德清《歐陽修紀年錄》，頁 58。
〔註 17〕〈送白秀才西歸〉，《歐集》卷六十一。

矧予又嘗以罪謫走江湖間，自汴絕淮，浮于大江，至於巴峽，轉而以入於漢沔，計其水行幾萬餘里，其羈窮不幸而卒遭風波之恐，往往叫號神明以脫須臾之命者數矣。當其恐時，顧視前後，凡舟之人非爲商賈則必仕宦，因竊自歎，以謂非冒利與不得已者孰肯至是哉？（《歐集》卷三十九）

乘舟危機四伏，幾度命在旦夕，「往往叫號神明以脫須臾之命者數矣」，可見當時處境危殆。《于役志》亦紀錄當時「夜，大風，舟不得泊」、「夜，大風擊舟，不得寢」。（《歐集》卷一百二十五）然而這份痛苦卻未見於〈峽州至喜亭記〉等貶峽州時期的文章，足見歐陽脩「不爲戚戚之文」的信念。〔註 18〕歐陽脩在滑州時已無可「憂」，卻偏要回首往日之「憂」，以警今日之「樂」，頗有居安思危的意味。文中他進一步思及隱逸泛舟的高人：

然予聞古之人，有逃世遠去江湖之上終身而不肯反者，其必有所樂也。苟非冒利於險，有罪而不得已，使順風恬波，傲然枕席之上，一日而千里，則舟之行豈不樂哉！顧予誠有所未暇，而舫者宴嬉之舟也，姑以名予齋，奚曰不宜？（《歐集》卷三十九）

隱逸江湖之上，「順風恬波」、「一日千里」，則行舟不再是驚怖恐懼，而是風光旖旎，然而此「樂」亦非當時的歐陽脩可享，作此文時他正任朝廷官吏，日日案牘勞形，「有所未暇」，僅能以「畫舫」爲齋名以自解。「憂」不可忘，「樂」未可享，以謫遷流離深自警惕，置漁樵耕讀於一旁，流露政治上可望有所作爲的思想。孫琮評點此文云：

一篇大意只欲逃去名利關頭，蓋身涉名利，雖安居陸地，自有風濤之險；脫去利名，即終日舟行，自有枕席之安。歐公此時眞有遺世之想，故以畫舫名齋。〔註 19〕

能跳脫對名利的偏執，即使坐船漂泊，依舊能怡然自得；相反的，倘若身涉名利，即使安居陸地，仍然有波濤之險。文中指出畫舫爲「宴嬉之舟」，以「畫

〔註 18〕〈與尹師魯第一書〉：「又常與安道言，每見前世有名人，當論事時，感激不避誅死，眞若知義者，及到貶所，則戚戚怨嗟，有不堪之窮愁形於文字，其心歡戚無異庸人，雖韓文公不免此累，用此戒安道慎勿作戚戚之文。」，參見《歐集》卷六十七。

〔註 19〕孫琮《重刊山曉閣古文全集》（臺大圖書館藏微捲，爲 Harvard-Yenching Library Preservation Microfilm Project; 00077，國科會補助人社研究圖書計畫〔2605658-2605659〕據重刊本縮製，2007 年攝製），卷二十四。

舫」為書齋名，暗寄作者理想。

（二）逆境之樂

1、發憤讀書，樂以忘疾

明道二年（西元 1033 年），歐陽脩應河南縣主簿張應之請託作〈東齋記〉，張應之為歐陽脩僚友，體弱多病，於縣署東面建小齋，在此休憩靜養。〈東齋記〉記敘張應之病榻上的獨特作風：

> 然每體之不康，則或取六經、百氏，若古人述作之文章誦之，愛其深博閎達、雄富偉麗之說，則必茫乎以思，暢乎以平，釋然不知疾之在體。（《歐集》卷六十三）

張應之選擇在病榻上誦讀「六經、百氏」等古人著作，且樂在其中。六經百家之文，固為韓愈所重，〈進學解〉：「口不絕吟於六藝之文，手不停披於百家之編」；（《韓集》卷十二）歐陽脩傾慕韓愈文章，認為「六經之所載，皆人事之切於世者」，（《歐集》卷四十七）特別強調經世致用。張應之對這些古書「力自為學」，發憤讀書、樂以忘疾，頗獲歐陽脩欣賞：

> 夫世之善醫者，必多畜金石百草之物以毒其疾，須其瞑眩而後瘳。應之獨能安居是齋以養思慮，又以聖人之道和平其心而忘厥疾，真古之樂善者歟。（《歐集》卷六十四）

原來聖人之書不只可以治國安邦，更可以使人心得到安寧，從而「忘厥疾」，由憂返樂！

2、樂人樂土，貶而後喜

景祐四年（西元 1037 年），歐陽脩貶官夷陵，寫下〈夷陵縣至喜堂記〉，次年作〈峽州至喜亭記〉。至喜堂、至喜亭皆為峽州知州朱慶基所建，朱慶基是歐陽脩舊交，他為歐陽脩造至喜堂，〈夷陵縣至喜堂記〉記述歐陽脩由「憂」返「樂」的心路歷程：

> 然夷陵之僻，陸走荊門、襄陽至京師，二十有八驛；水道大江、絕淮抵汴東水門，五千五百有九十里。故為吏者多不欲遠來，而居者往往不得代，至歲滿，或自罷去。然不知夷陵風俗朴野，少盜爭，而令之日食有稻與魚，又有橘、柚、茶、筍四時之味，江山美秀，而邑居繕完，無不可愛。是非惟有罪者之可以忘其憂，而凡為吏者，莫不始來而不樂，既至而後喜也。（《歐集》卷三十九）

峽州生活鄙陋，歷來官員視峽州爲蠻荒之地，多不願久留，歐陽脩亦是「始來而不樂」；然而，峽州的風土之美卻令他「既至而後喜」，因爲峽州的山明水秀、五穀豐饒，雖非冠蓋雲集的京城，但人民生活安樂、風俗純良，無一不可愛可喜。

〈峽州至喜亭記〉則記述朱慶基治理峽州，不以邊鄙之地爲「憂」，而以「人之去憂患而就樂易」爲「喜」：

> 夷陵固爲下州，廩與俸皆薄，而僻且遠，雖有善政，不足爲名譽以資進取。朱公能不以陋而安之，其心又喜夫人之去憂患而就樂易，《詩》所謂「愷悌君子」者矣。（《歐集》卷三十九）

廩俸單薄，無利可取；不足爲譽，無名可求。然而，朱慶基卻能「不以陋而安之」，與歐陽脩的心境十分契合，兩人相互勸勉，無怪乎能去「憂」返「樂」。

慶曆五年（西元 1045 年），歐陽脩遭謗入獄，被貶滁州，〔註 20〕〈醉翁亭記〉中記敘滁州山水的秀麗瑰奇，以及滁人與太守同遊之樂。歐陽脩漫遊山水之間，既喜見政通人和，又樂於與人民同遊，不禁喟然而嘆：

> 然而禽鳥知山林之樂，而不知人之樂；人知從太守遊而樂，不知太守之樂其樂也。醉能同其樂，醒能述以文者，太守也。太守謂誰？廬陵歐陽脩也。（《歐集》卷三十九）

太守所「樂」，正是與民同樂。同樣作於貶滁時期的〈豐樂亭記〉記敘：

> 又幸其民樂其歲物之豐成，而喜與予遊也。（《歐集》卷三十九）

人民生活富足，歲收豐盛，然後能夠與太守同遊，歐陽脩既樂見人民安享豐年之樂，便以此名亭。

歐陽脩一生三度貶官，雖身處貶謫之地，卻無戚戚怨嗟之心，依然忠君愛民，勤於政事，故頗有治績。宋代文人雅好山水，往往在自宅修造園林苑囿，或擇風景優美之地興建亭臺。歐陽脩重視人民的需要，樂與人民同遊同樂，這種高尚情懷，值得後世景仰。

三、哲理思辨

宋人「即物究理」的寫作方式是唐代古文運動「文以載道」思潮的結果，〔註 21〕文人面對所觀事物，感而有思，下筆成文，或是記事、或是寫景、或

〔註 20〕參見劉德清《歐陽脩紀年錄》，頁 186。

〔註 21〕參見程杰《北宋詩文革新研究》（臺北：文津出版社，1996 年 12 月）第十四

是狀物，往往汲取儒、釋、道各家思想，即物比喻、託物說理。

明道元年（西元 1032 年），歐陽脩在河南府新修官署西側建築一堂，供讀書休息，命名「非非堂」，並作〈非非堂記〉。文章開頭即強調「靜」對思慮神明的重要，以權衡與水為喻，指出人「其於靜也，聞見必審」，又緊扣堂名來立論：

> 處身者不為外物眩晃而動，則其心靜，心靜則智識明，是是非非，無所施而不中。夫是是近乎諂，非非近乎訕，不幸而過，寧訕無諂。是者，君子之常，是之何加？一以觀之，未若非非之為正也。（《歐集》卷六十三）

「是是」，意謂贊同正確的事物；「非非」，意謂指責錯誤的事物。歐陽脩認為，君子若能心靜智明，不為外物所眩迷，則能合宜妥切的是是非非；他又主張「寧訕無諂」，認為君子素來秉持的常道無需多加肯定讚揚，君子的缺失過錯卻需要指正改過，所以「非非」比「是是」更為重要。文章最後作者交代修造非非堂經過，並描述讀書其中的情景：

> 以其靜也，閉目澄心，覽今照古，思慮無所不至焉。故其堂以「非非」為名云。（《歐集》卷六十三）

〈非非堂記〉可視為歐陽脩自我砥礪的文章，指出對人對己都應該多指明不足之處，蓋君子之「是」即便不說明也無妨礙，君子之「非」若不說明，則於人於己皆有損害。此一思想為宋代士人所共有，袁枚〈宋論〉指出宋代士人特質之一：

> 以相爭為公，以乞退為高，以責備賢者為《春秋》法，以釋有罪為犯而不校，是故歐公攻狄青，唐介攻彥博，伊川、東坡互相攻，所攻者君子也，攻君子之人亦君子也。〔註 22〕

歐陽脩在仕途中力行此一理念，攻狄青乃是「所攻者君子也」，正是「寧訕無諂」思想的實踐。

〈非非堂記〉、〈畫舫齋記〉皆表達歐陽脩理想，建物命名本身即具豐富意涵，而〈非非堂記〉對哲理的思考與鋪敘，又比〈畫舫齋記〉更加清楚明晰。

歐陽脩建物記中時見儒家理想，寶元元年（西元 1038 年），於夷陵轉徙乾德之後，作〈襄州穀城縣夫子廟記〉，對主持修建孔廟的狄栗加以肯定：

章〈北宋詩文革新中觀物體物方式的變化與發展〉，頁 403。

〔註 22〕袁枚《小倉山房文集》（臺北：廣文出版社，1972 年），卷二十。

> 穀城縣政久廢，狄君居之，期月稱治，又能載國典，修禮興學，急其有司所不責者，諰諰然惟恐不及，可謂有志之士矣。(《歐集》卷三十九)

狄栗不僅使穀城縣「期月稱治」，更進一步以禮樂儒道教化人民，能符合儒家「先富後教」〔註 23〕的理想。〈吉州學記〉一文肯定教育教化人心、移風易俗的作用，並描繪出教育的理想：「入於其里而長幼相孝慈於其家」、「行於其郊而少者扶其羸老」、「壯者代其負荷于道路」，如此然後「樂學之道成」(《歐集》卷三十九)。歐陽脩期許吉州之士能下學而上達，晉身公卿之列；又期許吉州居民能廣被禮樂教化，生活中婚喪飲食皆能合乎儀節；家庭長幼有序，明人倫、守孝悌；社會尊敬長者，使老有所終。這是儒家理想的治平之世，是歐陽脩所衷心嚮往之境。

慶曆八年（西元 1048 年），於滁州轉徙揚州之後，歐陽脩作〈海陵許氏南園記〉：

> 愛其人，化其善，自一家而形一鄉，由一鄉而推之無遠邇。使許氏之子孫世久而愈篤，則不獨化及其人，將見其園間之草木，有駢枝而連理也，禽鳥之翔集于其間者，不爭巢而棲，不擇子而哺也。(《歐集》卷四十)

由「家」至「鄉」，由「鄉」至「無遠邇」，是儒家齊家治國的仁義教化，甚至可以由人類世界擴及天地萬物，連禽鳥都「不爭巢而棲，不擇子而哺」，儼然是「老者安之，少者懷之」〔註 24〕的大同世界。

宋代儒、釋、道興盛，歐陽脩繼承韓愈，以儒學護衛者自命，〈御書閣記〉中對釋、道加以評論：

> 夫老與佛之學，皆行於世久矣，爲其徒者常相訾病，若不相容於世。二家之說，皆見斥於吾儒，宜其合勢並力以爲拒守，而乃反自相攻，惟恐不能相弱者何哉？豈其死生性命所持之說相盭而然邪？故其代爲興衰，各繫於時之好惡，雖善辯者不能合二說而一之。至其好大宮室，以矜世人，則其爲事同焉。(《歐集》卷三十九)

歐陽脩認爲，釋、道的思想理論原本就無法兼容，因此非但無法結盟共抗儒家學說，甚至常常相互詆譭，「若不相容於世」；而其相同處，則在於爲名望

〔註 23〕參見《論語・子路第十三》。
〔註 24〕參見《論語・公冶長第五》。

所迷，喜好建造寬大的宮廟，以向世人炫耀。

歐陽脩雖攘斥佛老，寫作文章時卻仍受到這些思想影響。〈游鯈亭記〉即是一篇流露道家思維的文章，是歐陽脩為其兄歐陽昺所作，文中讚美歐陽昺「慷慨喜義，勇而有大志」，無奈「困於位卑，無所用以老」，並說：

> 夫視富貴而不動，處卑困而浩然其心者，眞勇者也。然則，水波之漣漪，游魚之上下，其爲適也，與夫莊周所謂惠施游于濠梁之樂何以異？烏用蛟魚變怪之爲壯哉？故名其亭曰「游鯈亭」。（《歐集》卷六十三）

歐陽脩一方面稱其兄「眞勇者」，一方面以莊子「濠梁之樂」來解釋乃兄雖位卑困處，仍能「浩然其心」的安詳閒適，肯定其陶然忘憂、自得其樂的生活態度。

歐陽脩雖攘佛，平生交游卻不乏佛門中人。明道二年（西元 1033 年），僧人延遇新修興化縣寺廊，歐陽脩為之作〈淅川縣興化寺廊記〉，文中記敘延遇一生信仰佛教，「畏且信以忘其生」，最終以平生積蓄翻修寺院。歐陽脩評論道：

> 予因嘉延遇之能果其學也。惠聰自少師之，雖老，益堅不壞。又竭其所有，期與俱就所信而盡焉。夫世之學者知患不至，不知患不能果。此果于自信者也。（《歐集》卷六十三）

歐陽脩對延遇、惠聰能堅定其所信所學，奉獻一生精力錢財以達成信念表示讚賞，並勉勵後代學者於其所學，不僅要求其「能至」，更要求其「能果」。雖是記佛教寺院，文末警句卻近似孔子「苗而不秀者有矣夫！秀而不實者有矣夫」〔註 25〕之提醒，警惕讀書人做學問務必求「能果」。

景祐三年（1036 年），湘潭縣民李遷之新修佛殿，巧遇歐陽脩趕赴夷陵途中，毆陽脩欣賞他心地純良，為之作〈湘潭縣修藥師院佛殿記〉，文中記敘李遷之對自己經商獲暴利頗感不安，對朝廷庇護心懷感激，並引用一段佛家語說明修佛殿的心志：

> 聞浮屠之爲善，其法曰：「有能舍己之有以崇飾尊嚴，我則能陰相之，凡有所欲，皆如志。」乃曰：「盍用我之有所得，于此施以報焉，且爲善也。」於是得此寺廢殿而新之，又如其法，作釋迦佛、十八羅漢塑像皆備。（《歐集》卷六十三）

李遷之發願建寺塑佛，以報朝廷的施予，於是「得此寺廢殿而新之」、「作釋迦佛、十八羅漢塑像皆備」。歐陽脩對這樣篤信佛教的商賈，非但沒有「曉以

〔註 25〕參見《論語・子罕第九》。

大義」，還對他「所爲之心又趨爲善」表示欣賞，儘管對方畏於身分不敢開口求記，歐陽脩依然爲他作了這篇文章，甚至記錄了佛家信仰，我們得以一窺宋代平民佛教信仰內容：若是捨己之財、修造寺院，神佛必加以庇祐；另一方面，也得以見到歐陽脩平易近人的人格特質。

北宋文人因崇文抑武的社會背景，以及儒道盛行的時代風氣，所以格外重視社會責任。歐陽脩建物記所呈現的思想與儒家關係緊密，肯定禮樂教育足以教化人心。忠君愛民情懷是由儒家道統而來，在貶地與民同樂亦是依憑儒家價值觀。

第三節　內容思想所反映之時代關聯

作家在創作時，往往受到當時的政治氛圍、學術思潮、民生經濟、藝術文化等因素影響，也受到自己的人生際遇、學問師承、性格操守、習慣嗜好所左右，這些事物即爲該篇作品所反映之「時代關聯」。時代關聯未必與作品的題目有關，卻影響作者的思想，連帶影響作品所呈現的內容。

北宋受崇文政策與儒家思想影響甚深，歐陽脩也不免受到這些時代思想所影響。本節將依次列舉「右文政策與文士擢黜」、「文士出處與淑世理想」、「儒學復興與學術思潮」、「園林趣味與文人集會」四點，加以說明「其世」；並在各點之下，輔述歐陽脩「其人」的思想與經歷，以呈現較完整的時代關聯。

一、右文政策與文士擢黜

「右文」，是北宋崇文抑武的國策。《宋史・選舉志三》：

> 於是吏部尚書趙汝愚等合奏曰：「國家恢儒右文，京師、郡縣皆有學，慶曆以後，文物彬彬。」〔註26〕

宋代建國時崇文抑武，積極爭取士人向新王朝認同。「文士」，指知識分子階層，或稱「士」、「士大夫」。《宋史・文苑傳一》：

> 自古創業垂統之君，即其一時之好尚，而一代之規模，可以豫知矣。藝祖革命，首用文吏而奪武臣之權，宋之尚文，端本乎此。太宗、眞宗其在藩邸，已有好學之名，及其即位，彌文日增。自時厥後，子孫相承，上之爲人君者，無不典學；下之爲人臣者，自宰相以至

〔註26〕《宋史》卷一百五十七。

令錄，無不擢科，國內文士彬彬輩出焉。〔註27〕

《宋史》記載宋太祖「首用文吏」、「奪武臣之權」，而後太宗、真宗承襲「尚文」政策，北宋官員無分官位高低，皆由科舉擢拔而出。在「右文」政策之下，「文士」得以經由考試方式進入官僚體系，「彬彬輩出焉」，不僅社會地位提高，對朝政也具有影響力。

北宋文士地位的提升，可由官員的「擢」與「黜」兩方面觀之。

（一）人才的拔擢

宋代大舉拔擢人才，廣納文士，《宋史・選舉志一》：

天聖初，宋興六十有二載，天下乂安。時取材惟進士、諸科爲最廣，名卿鉅公，皆繇此選，而仁宗亦嚮用之，登上第者不數年，輒赫然顯貴矣。(《宋史》卷一五五)

可見宋代科舉廣納賢才，且進士備受重視。宋代對進士考試甚爲慎重，自太祖、太宗以下，君王在殿試階段往往親臨試場，甚至親自閱卷。〔註28〕

官員俸祿堪稱優渥，以太宗即位後第一次貢舉爲例，本科中試者，皆先賜綠袍靴笏，賜宴開寶寺，由中使典領，供帳甚盛，太宗還親自賦詩兩章爲賀。第一第二等進士並九經授將作監丞、大理評事、通判諸州；同出身進士返諸科，並送吏部免選，優等注擬初資職事判司簿尉。赴任出發時，每人賜裝錢二十萬。〔註29〕程杰指出：

科舉制度的擴大和規範，使廣大庶族知識份子社會地位和人生前途進一步獲得了制度保障，加之各種「歷代所未有」的「寵章殊異」，使士人階層獲得了前所未有的歷史際遇，傳統詩賦中「士不遇」主題便失去了階層性悲劇的普遍基礎。〔註30〕

官員待遇優渥，無論受重用或被貶謫，其俸祿皆足以支撐日常生活，甚至可供宴飲遊樂。本章第二節所述〈峽州至喜亭記〉、〈豐樂亭記〉、〈醉翁亭記〉能展現「樂人樂土，貶而後喜」的襟懷，宋代優厚的文官待遇是原因之一。

〔註27〕《宋史》卷四百三十九。

〔註28〕《宋史・選舉一》：「凡廷試，帝（太宗）親閱卷累日，宰相屢請宜歸有司，始詔歲命官知舉。」，參見《宋史》卷一百五十五。

〔註29〕參見姚瀛艇《宋代文化史》（臺北：雲龍出版社，2002年3月初版2刷）第一章第二節〈網羅人才，選拔俊彥〉，頁24。

〔註30〕參見程杰《北宋詩文革新研究》第十三章〈北宋詩文革新中「樂」主題的發展〉，頁389。

（二）臣子的貶黜

宋代謫臣際遇，也較前代爲佳。唐五代時，處置逐臣不僅株連面廣，也常貶殺結合，將貶謫與笞、杖、徙、流、死等五刑混合疊用，處置嚴厲時，對重罪官員往往先行貶逐，繼而賜死於途，或誅殺於貶所。〔註 31〕及趙宋立國，優禮儒士，有「不殺大臣及言事官」〔註 32〕傳統，臣子因此在諫言上沒有過多的顧忌與束縛。

政治環境的寬鬆，可以從朝官遭貶後並不冷落孤單，在京都與各地依然受到尊重和禮遇上看出。〔註 33〕景祐三年（西元 1036 年），當歐陽脩被貶夷陵，一路上與友人會飲話別或烹茶，或鼓琴，或奕棋，或賦詩，至南京又遇留守推官石介等數人來迎。至蘄陽、黃州，知縣、知州等都出面接待。船至岳州，已有夷陵縣令來接。至夷陵，又有峽州知州朱慶基熱情接待，不見一點貶謫的淒涼。(《歐集》卷一百二十五)

君王對謫臣的態度，也顯示出對文士的關愛。歐陽脩貶滁州十年，元和元年（西元 1054 年）才被召回京師，歐陽發〈先公事蹟〉敘述仁宗憐惜之情：

> 入見日，仁宗惻然，怪公鬢髮之白，問公在外幾年，今年幾何，恩意甚至。(《歐集》附錄卷第五)

當時歐陽脩頭髮已花白，雖然下令歐陽脩貶滁的正是仁宗，但此次會面時，仁宗竟因歐陽脩的白鬢爲之「惻然」，對談之中，眞情流露，「恩意甚至」，呈現宋代君王恩待臣子的一面。本章第二節所述〈豐樂亭記〉在貶謫中仍爲君王歌功頌德，君王的厚愛是箇中原因之一。

二、文士出處與淑世理想

宋代文士出處的抉擇，深受儒家思想影響，他們抱持著「以天下爲己任」的信念，即使有貶謫的危險，依然堅持諫諍；一旦被貶謫蠻荒之地，仍舊心繫朝廷，胸懷社稷。這種福國淑世的理想與責任感，來自下列三個原因：

第一，朝廷重用禮遇：由於科舉制度完整，當朝重用文士，文人表現出

〔註 31〕尚永亮《唐五代逐臣與貶謫文學研究》（武漢：武漢大學出版社，2007 年 9 月）第三章第二節〈唐五代貶謫的若干重要特點〉，頁 109～111。

〔註 32〕顧炎武〈宋朝家法〉，參見顧炎武著、黃汝成集釋《日知錄集釋》（上海：上海古籍出版社，2006 年 12 月），卷一五。

〔註 33〕洪本健〈北宋士大夫的謫宦遷徙與散文創作〉，《第二屆宋代文學國際學術研討會論文集》（南京：江蘇教育出版社，2003 年 6 月），頁 644。

比以往任何時代都要強烈的責任感，他們以天下爲己任，關心宋朝的內憂外患，發展出先憂後樂的憂患意識。〔註 34〕因此舉進士的文人，自認肩負社會的期許，以人民安樂爲己任。

第二，儒家思想薰陶：宋代儒學興盛，文士從中吸收儒家政治理想。對先秦儒家而言，「民」是構成國家的主體，「民爲貴，社稷次之，君爲輕」，〔註 35〕只有愛民、保民、富民、教民，國家才能安寧。

古文運動隨經世致用思潮興起，以歐陽脩爲首的文學集團，力主「文以明道」，以古文匡救時弊。歐陽脩〈與張秀才棐第二書〉：

> 君子之於學也務爲道，爲道必求知古，知古明道，而後履之以身，施之於事，又見於文章而發之，以信後世。(《歐集》卷六十六)

〈與黃校書論文章書〉：

> 見其弊而識其所以革之者，才識兼通，然後其文博辯而深切，中於時病而不爲空言。(《歐集》卷六十七)

歐陽脩指出，儒士作文章不能粉飾太平，必須挑起社會責任，揭發弊端，以求對政治改革有所助益，眞正達到「文以明道」。

慶曆年間更積極參與范仲淹的新政，並作〈原弊〉、〈本論〉、〈朋黨論〉等文議論時病。在建物記創作中，他也表彰振興民生建設的官員，如〈泗州先春亭記〉讚揚張夏修隄，〈眞州東園記〉讚揚許元等三人的政績等。他又強調科考以策論爲先，其〈詳訂貢舉條狀〉云：

> 今先策論，則文辭者留心於治亂矣；簡其程式，則閎博者得以馳騁矣；問於大義，則執經者不專於記誦矣。(《歐集》卷一百四)

文辭者留心於治亂，閎博者得以馳騁，執經者不專於記誦，則儒士振衰救亡的理想得以達成。在經世致用的風潮影響下，儒士一改五代以來讀書人柔弱不振的性情，充滿強烈的濟世熱情與理性批判。

宋代士大夫從理論和實踐上，進一步發揚儒家的民本思想，認爲人民與社稷是緊密聯繫的整體，「愛民」與「愛國」是統一的，郭學信指出：

〔註 34〕參見郭學信〈自認以天下之重—論宋代士大夫的入世精神〉，張其凡、范立舟《宋代歷史文化研究（續編）》（北京：人民出版社，2003 年 9 月），頁 271～272。

〔註 35〕《孟子・盡心下》：「孟子曰：『民爲貴，社稷次之，君爲輕。是故得乎丘民而爲天子，得乎天子爲諸侯，得乎諸侯爲大夫。諸侯危社稷，則變置。犧牲既成，粢盛既潔，祭祀以時，然而旱乾水溢，則變置社稷。』」。

> 正是從這種以天下為心的入世精神出發，宋代士大夫為政期間，非常重視對民情風俗的調查與了解，經常深入民間，明察暗訪，關心民瘼，表現出與一般官吏不同的作風。〔註36〕

宋代儒士關心民瘼，表現出對國家民族利益以及民眾生活憂樂的終極關懷。

第三，經世致用思潮興起：宋仁宗時，積弱不振的國勢以及外敵的環伺，喚起有識之士的危機意識。張毅指出：

> 仁宗即位後，西北部的契丹和党項的掠擾加劇，平時養兵的費用和戰時的非常支出都急遽增加。《宋史・食貨志》說：「承平既久，户口歲增，兵籍亦廣，吏員益重。佛老外國耗蠹中土，縣官之費數倍於昔。百姓亦稍縱侈，而上下始困於財矣。」在這種內困外擾的社會環境中，部分士大夫文人已清醒認識到：改革官僚政治，興利除弊，已為刻不容緩之事。〔註37〕

宋朝外患有契丹、党項的侵擾，內憂則有龐大兵員、官員的開銷，加上佛老盛行，耗損國力，非但仁宗警覺到積極除弊革新的必要，士階層也都意識到經世致用、補偏救弊的重要性。在政治方面，以范仲淹為首，推動慶曆新政。

「憂以天下，樂以天下」〔註38〕的思潮，為傳統文士興起新的信念，使「道」能在世俗功名之外，具有超越權位的獨立價值。當政治失意的文人立身行「道」時，權力祿位的損失不再是失敗，反而成為值得敬佩的事。景祐三年（1036年），范仲淹上奏「百官圖」，議論宰相呂夷簡以私人關係干涉百官，宰相呂夷簡讒陷范仲淹越職言事，范仲淹於是被貶饒州。當時余靖、尹洙、歐陽脩等人皆為范仲淹直言，由於諫官高若訥與宰相同聲一氣，歐陽脩憤慨而作〈與高司諫書〉，（《歐集》卷六十七）因此被貶夷陵，這是他第一次被貶謫。後來西京留守推官蔡襄作〈四賢一不肖〉詩，讚揚范仲淹等人的耿直，並對高若訥加以斥責，一時之間士人爭相傳誦。〔註39〕

在歐陽脩的政治生涯中，諫諍一事佔了極重要的位置。當時文武官吏都有專職權限，唯獨宰相與諫官，可以參與議論有關朝廷、國家的問題是非。

〔註36〕郭學信〈自任以天下之重—論宋代士大夫的入世精神〉，張其凡、范立舟主編《宋代歷史文化研究（續編）》，頁275。

〔註37〕張毅《宋代文學思想史（修訂本）》（北京：北京中華書局，2006年6月三刷）第二章〈變革時期的文學思想〉，頁43。

〔註38〕《孟子・梁惠王下》：「樂以天下，憂以天下，然而不王者，未之有也。」

〔註39〕參見歐陽發〈先公事跡〉，《歐集》附錄卷第五。

任西京留守官時，他寫下〈上范司諫書〉，恭賀范仲淹任職司諫，並說：

> 誠以諫官者，天下之得失，一時之公議繫焉。（《歐集》卷六十六）

慶曆三年，仁宗因國家值多事之秋，欲勵精圖治，遂「增諫官員，用天下名士」，而歐陽脩「首在選中」；〔註40〕並解除禁令，允許百官「上封章言事」。〔註41〕歐陽脩任諫官期間，「上章疏百餘，其間斥去姦邪，抑絕徼倖」。〔註42〕〈論乞令百官議事札子〉是在天章閣議事之後所提出，文中特別強調輿論的重要，認為祖宗時代對於國家大事會召集百官、汲取天下「公論」彌補君王自己的不足，而今西夏議和、國事紛擾，宜召集百官共同議論、慎重處理。（《歐集》卷九十八）這種重視輿論的思想並非歐陽脩獨有之思維，而是慶曆新政改革集團的共通理念。〔註43〕當國家政策不再把持於少數一二人之手，而有更多更大的空間容納士人參與並提供意見時，士人因而得以一展抱負。

三、儒學復興與學術思潮

北宋中期以後儒學興盛，除了政治、文學的影響之外，還展現在史學風氣的變化上，「正統」之說於是盛行。歐陽脩辨析歷代政權，作〈正統論〉，將朝代興替分為四類：一是「居天下之正，合天下於一，斯正統矣。堯、舜、夏、商、周、秦、漢、唐是也」。二是「始雖不得其正，卒能合天下於一，夫一天下而居上，則是天下之君矣，斯謂之正統可矣，晉、隋是也」。三是「不幸而兩立不能相并，考其迹則皆正；較其義則均焉，則正統者將安與奪乎？」如東晉、後魏。四是「其或終始不得其正，又不能合天下於一，則可謂之正統乎？」如魏、五代，難入正統之列。（《歐集》卷十六）

陳芳明認為：

> 正統論由最初的政治神話演變到史學的討論，這個趨勢足以代表中國史學思想進步的地方，而其中貢獻最大者當推歐陽脩。他力破迷信學說，使後人能夠注意到史學的實際問題。〔註44〕

〔註40〕參見〈歐陽脩傳〉，《宋史》卷三百一十九。

〔註41〕同上註。

〔註42〕參見〈歐陽脩傳〉，《宋史》卷三百一十九。

〔註43〕小林義廣〈歐陽修的諫諍觀和輿論觀〉，朱剛、劉寧主編《歐陽修與宋代士大夫》（上海：上海人民出版社，2007年9月），頁27。

〔註44〕陳芳明〈宋代正統論的形成背景及其內容〉，《宋史研究集（八）》（臺北：國立編譯館，1976年1月），頁45。

「正統」之說由政治神話轉變成史學，正是歐陽脩對史學的貢獻。劉復生指出：

> 北宋中葉，史學領域受到儒學復興思潮的強烈影響，要求在史著中灌注儒學精神成爲風尚。……其時儒者懲矯政弊，喜言《春秋》，啖助等人捨傳求經，頗出新意，《春秋》之學顯於一時。……作爲儒學滲入史學的一個側影，「正統之辨」在北宋中葉異乎尋常地熱鬧起來。……北宋《春秋》學重在尊王，「大一統」之說得以流行，歐陽脩的「正統」論明顯受到這種影響。〔註45〕

儒學的盛行帶動《春秋》學的興盛，「正統」之說受到《春秋》「大一統」觀念影響，〈正統論〉中「合天下於一」的觀念自此而來。陳學霖則解釋「正統」是爲了解決宋朝與前朝的統屬問題而產生，並受到春秋學復興後，「居正」、「大一統」等觀念影響。〔註46〕由此可知，歐陽脩〈正統論〉史學體系的建立，仍與北宋儒學的興盛相關。

歐陽脩除了建立〈正統論〉，（《歐集》卷十六）又作〈春秋論〉肯定孔子「正名以定分，求情而責實」的努力。（《歐集》卷十八）他在創作建物記時也以「僭國」稱呼前代，強調趙宋王朝的正統性，如〈峽州至喜亭記〉開篇即以「蜀于五代爲僭國」論峽州歷史；（《歐集》卷三十九）〈有美堂記〉亦記金陵、錢塘兩地曾爲「僭國」。（《歐集》卷四十）又如〈豐樂亭記〉、〈有美堂記〉對宋太祖平定天下再三尊崇，視之爲天命所定、正統王朝的開創者。（《歐集》卷三十九、四十）

學校的設立也是儒學復興運動的主要內容之一。仁宗時，爲革新朝政，「上遂下詔勸農桑，興學校，更改庶事之弊」，〔註47〕在朝廷支持之下，透過科舉進入官場的儒士們，普遍興學，弘揚儒術，學校如雨後春筍紛紛建立，爲蓬勃興起的儒學復興運動奠定深厚堅實的基礎。

歐陽脩〈襄州穀城縣夫子廟碑記〉記穀城令於寶元元年（西元1038年）修文宣王廟，並「爲學舍於其旁，藏九經書，率其邑之子弟興於學」（《歐集》卷三十九），是當時興學之風的產物。儒學之風影響所及，除了官員奮力興學

〔註45〕劉復生《北宋中期儒學復興運動》（臺北：文津出版社，1991年7月）第四章〈史學更新與儒學復興思潮〉，頁87、99、101。

〔註46〕陳學霖〈歐陽脩正統論新釋〉，《宋史論集》（臺北：東大圖書公司，1993年1月），頁125～176。

〔註47〕歐陽發〈先公事跡〉，參見《歐集》附錄卷第五。

之外，也極力修建文宣王廟，祭祀儒家開創者——孔子。宋代君王尊崇孔子，不但追封「文宣王」，七十二弟子也受封號。〔註48〕慶曆新政改革，仁宗下詔興學，於是廣設學校於四方，歐陽脩〈吉州學記〉：「詔下之日，臣民喜幸，而奔走就事者，以後爲羞。」（《歐集》卷三十九）足見當時興辦學校風尚熾烈，爲儒學復興的展現。

儒學復興也對佛老思想帶來衝擊。宋朝初建，佛教及道教思想挾統治者的支持而擴張。劉復生指出：

> 北宋前期，統治者爲了社會秩序穩定的需要，提倡儒、釋、道「三教」並隆，佛道二教因此有了長足的發展。〔註49〕

仁宗時，儒學大興，排佛老之聲四起。歐陽脩作爲儒學倡導者，對佛老加以抵斥，他在〈御書閣記〉中指出釋、道「二家之說，皆見斥於吾儒」；（《歐集》卷三十九）其闢佛著作〈本論〉更對佛教的害處加以批評，認爲佛法傳入中國以及「撲而愈熾」的原因，是因三代以後「王政缺，禮義廢」，而佛教有隙可乘，「乘其缺廢之時來」，以致於「民之沉酣入於骨髓，非口舌之可勝」，認爲解決之道在「修其本以勝之」，認爲「然則禮義者，勝佛之本也」，主張發揚儒家思想對抗佛老思想。（《歐集》卷十七）劉復生說：

> 歐陽脩所撰〈本論〉是仁宗時期最富戰鬥性的闢佛著作之一，中心在於爲儒家禮義之說張幟。是論著力分析了佛法傳入中國及「撲而愈熾」的原因，提出了「修其本以勝之」的方法。……歐陽脩〈本論〉與韓愈〈原道〉篇，可謂異曲同工，雙璧輝映。〔註50〕

韓、歐皆站在儒家立場排佛，韓愈〈原道〉以儒家「道統」與佛教抗衡；（《韓集》卷十一）歐陽脩〈本論〉則以儒家「禮義」、「王道」與佛教對抗。

歐陽脩雖然致力排佛，但他卻也曾爲僧人延遇作〈淅川縣興化寺廊記〉，文中對延遇不吝讚美。（《歐集》卷六十三）劉金柱認爲：

> 唐宋之際，士大夫爲佛門撰寫各種題記、碑文、集序是很時尚的事，幾乎每個人一生都有數量不等的時文留世。〔註51〕

宋代儒士常與佛教大師有密切的交往，如契嵩即與歐陽脩、蘇軾等古文家爲

〔註48〕姚瀛艇《宋代文化史》第一章第一節〈尊師重道，優禮文士〉，頁20。

〔註49〕劉復生《北宋中期儒學復興運動》第二章〈反佛老思潮的高漲〉，頁30～31。

〔註50〕同註49，頁39～40。

〔註51〕劉金柱《唐宋八大家與佛教》（北京：人民出版社，2004年12月）第二章〈八大家涉佛文體辨析〉，頁48。

好友，〔註52〕歐陽脩雖與契嵩爲友，然而其排佛立場始終堅定不移。

四、園林趣味與文人集會

北宋文人往往將遊賞山水園林的歡樂，視爲政績優良的表徵，侯迺慧《唐宋時期的公園文化》：

> 宋代的官員刻意的在彰顯郡圃正面的政治意涵。首先強調郡圃是政成俗阜之後的產物，所以是優良政績的表徵。其次強調地方政府修建郡圃不是爲了個人的逸樂，而是與民同樂的王政之實踐，同時還揹負起禮待賢士的使命。〔註53〕

修建郡圃代表著「政成俗阜」，更是實現「與民同樂」、「禮待賢士」的善政，園林之趣也就與愛民仁政緊密連結。

這種樂於遊賞的觀點，根植於北宋特殊的思想背景。宋初原本就瀰漫昇平治世氣象，君王更企圖以宴樂方式達到安撫臣民的政治目的，例如眞宗就曾詔許群臣豪奢宴樂，以掩飾與契丹和議帶來的統治危機。〔註54〕另外，宋代禮遇士大夫的制度保障了士人物質生活，助長了享樂之風。

歐陽脩在任推官時，常與其他同僚讀書作文、飲酒賦詩。潘永因《宋稗類鈔》：

> 錢文僖惟演守西都，梅聖俞、謝希深、尹師魯、歐陽永叔、楊子聰、張太素、張堯夫、王幾道同在幕下，號爲八友。以文章道義相切劘，率常賦詩飲酒，間以談戲，相得尤樂，洛中山水園亭塔廟佳處，莫不遊覽。〔註55〕

錢惟演爲西京首長，他的幕府之中，網羅了歐陽脩、梅堯臣、尹洙等俊才。歐陽脩與梅堯臣、尹洙等文人常常聚集在一起「賦詩飲酒」、「以文章道義相切劘」，並被視爲一文人群體，而「號爲八友」。

歐陽脩〈遊大字院記〉、〈醉翁亭記〉中遊賞宴飲的紀錄，讓後人得以一窺歐陽脩與僚屬在公餘之暇飲酒賦詩的種種雅趣，這些遊覽與宴飲正是北宋

〔註52〕姚瀛艇《宋代文化史》第五章第一節〈佛教的流行與佛儒的融合〉，頁157。

〔註53〕侯迺慧《唐宋時期的公園文化》（臺北：東大圖書股份有限公司，1997年9月）第四章〈地方政府公園與政治績效〉，頁201。

〔註54〕參見程杰《北宋詩文革新研究》第十三章〈北宋詩文革新中「樂」主題的發展〉，頁368。

〔註55〕潘永因《宋稗類鈔》（臺北：新興出版社，1984年），卷三。

宴樂風尚的展現。〈遊大字院記〉中與友人「清吟嘯歌」的記述，呈現當時文人集會的景況：

> 太素最少飲，詩獨先成，坐者欣然繼之。日斜酒歡，不能遍以詩寫，獨留名於壁而去。他日語且道之，拂塵視壁，某人題也。因共索舊句，揭之於版，以志一時之勝，而爲後會之尋云。（《歐集》卷六十三）

歐陽脩生動描寫太素捷才壓倒眾人，又寫眾人欣然飲酒賦詩，直至傍晚仍欲罷不能、題壁留念的風雅。

宋代文人集會興盛，歐陽脩等人的文學聚集應屬於「詩社」一類，熊海英指出：「其他文人雅集雖多伴以詩詞唱酬，但詩社卻以詩文詠吟爲集會主題」。〔註56〕由集會目的觀之，以「詩文詠吟」爲重心的文人集會歸類爲「詩社」，以別於以賞花、品茗、賞月等其他目的爲主的文人聚集。

在這樣的風氣之下，宋人又同時受到儒家思想影響，因此至仁宗時，文人將宴飲遊賞之樂，進一步與「樂以天下」的仁者情操結合，使園亭的修築宴樂，成爲合乎儒家愛民思想的作爲。

〔註56〕熊海英《北宋文人集會與詩歌》（北京：中華書局，2008年5月）上篇第二章第五節〈「結友爲文會」：詩社〉，頁41。

第四章　歐陽修建物記的作法

作法，即文章的表現形式。文章的形式與內容緊密相依，劉勰《文心雕龍·情采》：「夫水性虛而淪漪結，木體實而花萼振，文附質也。虎豹無文，則鞟同犬羊；犀兕有皮，而色資丹漆，質待文也。」〔註1〕「文」即形式，「質」即作家的思想情感，文質相依，正確的思想和美好的情感，有賴於優美文辭的表現。

文章的表現形式，包括布局、句式、詞語等，本章即由這三方面切入，探討歐陽修建物記的特色。首先分析其布局，分別由其脈絡安排、首尾安排及層次關聯，探討歐陽脩謀篇布局之法；其次分析其句式，歸納出歐陽脩建物記中別具特色的句式，研究它們在文章中的效果；最後分析其字詞，分別由虛詞、實詞兩方面切入，探討文章中的字詞運用情形及成就。此外所舉文例，則依創作時間先後次序排列。

文章形式除了反映出作家個人風格之外，亦與文體特色有關。本章期望透過建物記形式的探究，對歐陽脩個人風格以及建物記文體特色，能有更進一步的認識。

第一節　布　局

布局即文章的結構經營，是內部的組織形式。布局的順序，即一篇文章的發展脈絡；布局的內容，則包含起筆、結筆，以及各段落間的承轉、照應等。

本節就三個方面來討論：首先探討文章的脈絡安排，即文章素材先後次序的安置問題；其次探討文章開頭、結尾的設計，即起法、結法的形式特色；最後探討文章各段落、層次間的關聯，即各段落、層次間的承轉關係與照應關係。

〔註1〕參見劉勰著、范文瀾注《文心雕龍》，卷七。

一、脈絡安排

劉勰《文心雕龍・章句》:「裁章貴於順序。」〔註2〕「順序」即安排文章材料先後的方法，亦即文章的脈絡安排。文章脈絡往往是以某件事物爲中心發展，或依時間先後、或依距離遠近、或依作者思考邏輯等。以下將各篇歐陽脩的建物記分別從材料安排的角度進行探討：

（一）以建物為中心

歐陽脩的建物記常將重點放在建物本體，其脈絡發展與建物相繫聯。以下依其敘述重點，再細分爲「修建經過」、「命名原由」、「所見景貌」三項。

1、修建經過

〈河南府重修使院記〉、〈河南府重修淨垢院記〉皆由遠處發端，前者先敘述使院之設置與沿革，後者先記河南寺院之頹圮，然後方引至主題，記述修建經過。(《歐集》卷六十三)

〈泗州先春亭記〉篇名雖爲「亭」，主角卻是影響民生經濟的「隄」，因此在脈絡安排上，也以「隄」爲主，由「隄」起筆、由「隄」結筆，中間逐步引出先春亭的修建，以烘托「隄」的存在。(《歐集》卷三十九)

〈偃虹隄記〉由「隄」起筆；中間由「隄」而及於「人」，讚美滕侯作隄之利、求記之慮；最後以稱美「人」作結。(《歐集》卷六十三)文章以「利」字貫串全文，首段記偃虹隄「所以作之利害」；次段記滕侯修隄「無遠邇之人皆蒙其利焉」,「爲其民捍患興利」,「天下豈有遺利乎」；文末評述滕侯「以利及物」、「思爲利於無窮」，稱美滕侯爲百姓謀利。

2、命名原由

〈非非堂記〉以「靜」貫串全文，採先議後敘的手法，首先議論「靜」與「是是」、「非非」的道理；然後敘述因非非堂安靜，所以人能心靜。(《歐集》卷六十三)

〈畫舫齋記〉以書齋的命名展開敘述，接著藉昔日貶謫的體驗興起波瀾，最後議論齋名之合宜。(《歐集》卷三十九)孫琮認爲：

> 一起詳寫舫齋，中間忽發波瀾，後幅結出正意，步驟極盡其妙。〔註3〕

建物之命名擺在文首，與〈非非堂記〉結尾點出命名手法不同。

〔註2〕 同註1。

〔註3〕 孫琮《重刊山曉閣古文全集》，卷二十四。

3、所見景貌

〈叢翠亭記〉由洛陽周圍山岳形勢寫起，寫出嵩山高聳之態；次段寫築亭經過，以及亭中所見嵩陽三十六峰奇觀；文末稱李君「居高明而遠眺望」。（《歐集》卷六十三）文章由遠至近，層層深入，從九州寫至洛陽，再由洛陽寫至嵩山，再以亭爲定點，寫嵩陽三十六峰奇觀，並藉由洛陽烘托出該地無論自然之美或人文意義都不平凡。

〈李秀才東園亭記〉起筆先記「隨地」，然後記述「東園」、「亭」，由大至小、由外而內；接著透過「亭」、「東園」感慨景物變遷，進一步推至對「隨地」不能忘情，由小至大、由內而外，層次井然。（《歐集》卷六十三）

〈眞州東園記〉起筆交代建造者與建造過程，次段書寫園中景色，文末以稱美建造者作結。（《歐集》卷四十）文章以時間爲線索，依序交代建園始末，在描摹園景一段，則特意將古今之景交錯對比，反襯園林之美。

（二）以人物為中心

建物記中亦記述人物，包括建物主人、當時名士以及與該地相關的古人等，以稱美建物主爲多。「以人物爲中心」指文章將重點放在人物的言行、品德、評價之上，其中人物可以是一人或多人，而文章脈絡發展緊扣人物事蹟。

〈東齋記〉起筆議論「齋」字的定義，以統攝全文；其次記敘張應之齋中「平心養慮」作爲，文末稱美張應之齋中生活作結。（《歐集》卷六十三）

〈游鯈亭記〉以江流爲「賓」、亭池爲「主」，以大江烘托小池，以小池烘托亭子。起筆議論「勇者之觀」，以興起煙波，然後記建亭者人格，緩筆引至文末，方點出主題「亭」。（《歐集》卷六十三）

〈相州晝錦堂記〉以「榮」字貫串全文，起筆先正面敘述晝錦之榮，接著筆勢一轉，以「不足」、「豈止」說明韓琦超越晝錦之榮，烘托韓琦功業、志趣不凡。（《歐集》卷四十）王基倫指出：「〈相州晝錦堂記〉先有煙波，後來逐步引入寫作對象——韓琦的身上，於世俗見的題材也能寫出議論發明，此種緩步引入主題的寫法，是爲『宋人之格調』。」〔註 4〕

此外，〈陳氏榮鄉亭記〉、〈淅川縣興化寺廊記〉、〈湘潭縣藥師院佛殿記〉、〈海陵許氏南園記〉亦以建物主人爲中心加以敘述。〈陳氏榮鄉亭記〉先記「地」，敘述什邡縣惡俗，興起煙波；其次記陳巖夫衣錦榮歸；最後記「亭」。

〔註 4〕參見王基倫〈「宋世格調」：歐陽脩古文的深層解讀〉，《唐宋古文論集》（臺北：里仁出版社，2001 年 10 月），頁 124。

（《歐集》卷四十）〈淅川縣興化寺廊記〉先記修建，其次倒敘延遇修造動機，最後以稱美延遇作結。（《歐集》卷六十三）〈湘潭縣藥師院佛殿記〉依時間先後作文，先記李遷之建佛殿之動機，再記修造經過，最後稱美李遷之作結。（《歐集》卷六十三）〈海陵許氏南園記〉起筆記園，其次記許子春孝德，最後稱美其南園可教化人心。（《歐集》卷四十）

又有表面稱美，實爲勸勉的文章。〈峴山亭記〉以「名」字貫串全文，起筆記述古人羊祜、杜預，以此興起煙波，緩筆引至主題「亭」，以古人爲客，今人爲主，藉羊祜烘托出史中煇，並勸勉史君莫計較後世之名。（《歐集》卷四十）

（三）以地點為中心

建物記中包括建物所在地的記述，「以地點爲中心」指文章將重點放在建物所在地的人文風俗與環境特點。

〈夷陵縣至喜堂記〉起筆記峽州鄙陋，興起煙波；其次引至主題，敘述「至喜」原由，稱美朱慶基善政；末段敘述作記原由。（《歐集》卷四十）

〈豐樂亭記〉起筆記建亭經過，接著敘述滁五代時的戰亂，興起煙波；然後描述宋代太平之樂，以及滁州百姓安居之樂；最後歸結出主題「宣上恩德」。文章以「豐樂」貫串全文，從亭說到滁，從滁說到天下，又從天下歸到滁，紆餘委備，回環往復。（《歐集》卷四十）

〈有美堂記〉起筆指出一地之富與美不可得兼，然後將羅浮、天台、衡嶽、廬阜、洞庭、金陵、錢塘等地點一一排列，層層鋪敘，反覆比較，一層高過一層，緩筆引至有美堂之盛麗，描述地點越縮越小，而其中價值越提越高。（《歐集》卷四十）

（四）以事件為中心

建物記中包括發生在建物中或周圍事件的記述，「以事件爲中心」指文章將重點放在建物或是所在地發生的事件之上，記述該事有首有尾。在這類文章中，人物或地點是事件的配角，而非主要描述對象。

〈峽州至喜亭記〉起筆交代事件背景，敘述蜀地歷史；次段說明「至喜」事件原由，極力摹寫蜀地舟行之險；末段則敘述事件結果，點出「至喜」意義並讚美朱慶基善政。（《歐集》卷四十）

〈襄州穀城縣夫子廟記〉由遠而近，先虛後實，文章由遠處起筆，敘述釋奠、釋菜爲祭之略；接著敘述古禮的亡失，以古禮之不行爲可惜；文末突

出主題，稱美狄君能復古禮。(《歐集》卷三十九)

〈御書閣記〉先以順序法記御書閣沿革，再將佛老並舉論說，最後由佛老之中單舉道家，稱美彭知一「自力而不廢」。(《歐集》卷三十九)

〈吉州學記〉以「立學」爲敘述中心，文章首先興起波瀾，由遠而近，自天子詔令天下立學寫起，逐步引至主題；然後敘述吉州立學經過，接著復興起波瀾，由近至遠，由吉州立學推至未來願景，以學成期許後生晚輩。(《歐集》卷三十九)

〈醉翁亭記〉以「樂」字貫串全文，起筆記滁州，接著層層引入，由山而泉、由泉而亭；其次敘述四周美景，接著敘述遊賞宴樂，文末點出禽鳥、滁人與太守不同的心境，收束上文。(《歐集》卷三十九)許銘全分析〈醉翁亭記〉脈絡背後的深意：

> 細繹這段文字，可以看到從「環滁皆山」開始，乃由大至小，層層翻遞……西南諸峰足以代表整個滁州，而琅邪山又足以代表西南諸峰，復次，醉翁亭與其附近之美景釀泉又足以代表琅邪，於是「醉翁亭」這個景區，基本上已能代表整個滁州。……從這個觀點回去看歐陽脩賦與醉翁亭的象徵意義，醉翁亭不單是歐陽脩的自我表徵，同時也指涉滁州。〔註5〕

由此觀之，醉翁亭的特殊結構，實則與隱含的文意相關聯，歐陽脩欲寫醉翁亭，卻由「環滁皆山」寫起，其目的可能是想傳遞醉翁亭的象徵意義。

二、首尾安排

文章起首與結尾在布局中佔有重要地位，起首若樂曲之序曲，開啓讀者對全篇思想情感的領會；結尾則如樂曲終章，將全篇思想情感作出完善的收束。起首、結尾並非獨立存在，必須與全文並觀，方能體察作者匠心。以下分別就起首、結尾的不同作法，加以討論。

(一) 起　首

唐彪《讀書作文譜》認爲，「一篇機局扼要」全在「文之發原也」，〔註6〕可知起首的重要性。古今佳篇起首作法甚多，名稱各異，以下參考古人分類，

〔註5〕許銘全〈「變」、「正」之間—論韓愈到歐陽脩亭台樓閣記之體式與美感歸趨〉，《中國文學研究》十九期(國立臺灣大學中國文學研究所，2004年12月)，頁54。

〔註6〕唐彪《讀書作文譜》，卷七。

將歐陽脩建物記起首作法加以分類，解釋各類定義，並舉歐陽修建物記作品為例，加以論述之：

1、原起法

來裕恂《漢文典·文章典》卷一：「原起者，起處原其所以然也。」〔註 7〕原起法屬於推溯事件之根本，以領起全文的筆法，用以說明當時事件發生的背景，或是古代相關的歷史典故等。歐陽脩建物記使用原起法的作品，可略分為「當時背景」、「歷史背景」兩種，前者指寫作當時的社會風俗、地理環境等等，後者指的是與建物或其所在地相關歷史事蹟。

（1）以「當時背景」起筆

〈叢翠亭記〉起筆由地理環境切入，從洛陽周圍山嶽寫起，指出「惟嵩最遠最獨出」，而正因洛陽有嵩山之景可賞，才有叢翠亭的建立，甚至亭名也是由此而來。（《歐集》卷六十三）

〈夷陵縣至喜堂記〉起筆描述峽州的鄙陋，並詳述峽州在交通、市場、屋舍各方面的粗劣落後，「州居無郭郛，通衢不能容車馬，市無百貨之列」，「一室之間上父子而下畜豕」。（《歐集》卷三十九）文章開篇交代了峽州生活落後、文化不興的背景，正烘托下文朱慶基治峽移風易俗的成功，以及歐陽脩「始來而不樂，既至而後喜」的心境。

〈游鯈亭記〉由岷江起筆：

> 禹之所治大水七，岷山導江，其一也。江出荊州，合沅、湘，合漢、沔，以輸之海。（《歐集》卷六十三）

荊州有岷江，且岷江「汪洋誕漫」，浩大壯闊。經由這樣的背景說明，方能進一步寫至歐陽昺居處荊州，「家荊州，臨大江，捨汪洋誕漫」的奇特，從而引出「不以汪洋為大，不以方丈為局」的意旨。

〈醉翁亭記〉由滁州地理環境「環滁皆山」起筆，依序寫到西南諸峰、瑯邪山，又由山寫到讓泉，由泉寫到亭，帶領讀者由外而內，一步步尋幽訪勝。（《歐集》卷三十九）〈醉翁亭記〉起首是以層層遞進的筆法寫成，由外到內，層層推衍，節節相生，次序井然。

（2）以「歷史背景」起筆

〈陳氏榮鄉亭記〉由什邡縣惡俗寫起：

〔註 7〕來裕恂《漢文典》（臺北：臺灣商務印書館，1969 年），卷一。

> 縣大以饒，吏與民尤驁惡猾驕，善貨法，爲蠹孽。……其特不喜秀才儒者，以能接見官府、知己短長以讒之爲己病也。（《歐集》卷六十三）

什邡縣非美善之鄉，官員非惜才之輩，讀書人在什邡縣地位低下，因此人們多不喜讀書，該縣因而少有進士。文章欲讚美陳君之子巖夫，卻選擇由什邡縣風俗切入，突顯下文陳巖夫勵志苦讀的可貴，以及他衣錦榮歸、光耀鄉里的可喜。

〈河南府重修淨垢院記〉首段敘述河南古今興衰，古時河南「浮圖氏之居與侯家主第之樓臺屋瓦，高下相望于洛水之南北，若弈棋然」，寺院與宅第興盛林立；而今則「與夫遊臺、釣池並爲榛蕪者，十有八九」，各建築物頹圮衰敗。（《歐集》卷六十三）本文記淨垢院的重建，起筆由時空背景切入，陪襯下文該院「廢最甚，無刻識」的荒涼，以及其後「規其廣而小之，即其舊而新之」的修造經過。

〈御書閣記〉首段記敘御飛白書由來：

> 醴陵縣東二十里，有宮曰登眞，其前有山，世傳仙人王喬煉藥於此。唐開元間，神仙道家之說興，天子爲書六大字，賜而揭焉。太宗皇帝時，詔求天下前世名山異迹，而尤好書法，聞登眞有開元時所賜字，甚奇，乃取至京師閱焉，已而還之，又賜御書飛白字使藏焉。（《歐集》卷三十九）。

這段敘述指出，「御書」的存在，一開始是因爲唐代盛行神仙道家的緣故；宋代則是因爲太宗愛好書法，再次賜下「御書」。這段敘述交代了御書閣修造背景，次段更據此事件背景，展開對佛老之學的議論，歸結出「道家非遭人主之好尚，不能獨興」的說法。

〈峽州至喜亭記〉由側面入手，不先寫至喜亭，而是交代峽州特殊的歷史背景與地理位置：在宋以前，峽州交通不便，「以險爲虞，以富自足，舟車之跡不通乎中國者五十有九年。」宋太祖平蜀後，蜀地商人貨物方與天下交流，「陸輦秦、鳳，水道岷江，不絕於萬里之外。」孫琮說：

> 名亭之意，喜其江行之安流而命之也。今欲寫江行之安流，先寫一段江行之不測，蓋不寫不測，無以見安流之可喜也，此文家襯起之法。因寫江行，先寫蜀地產物之富，并寫蜀地未通之時，此文家原敘之法。〔註8〕

〔註8〕孫琮《重刊山曉閣古文全集》，卷二十四。

對水陸交通的敘述，爲下文岷江的急流、舟人的「瀝酒再拜相賀，以爲更生」，以及「至喜」之名的由來，構築出清晰的時空背景。

〈峴山亭記〉不先談「亭」，開篇先言峴山之小，但因兩位名將而聞名，其中之一即建亭者羊祜。羊祜、杜預皆有功勳，並有廟宇、石碑在此地。（《歐集》卷四十）起筆不由建物主體切入，乃是探求歷史線索，由這兩位英雄人物寫起；不談及羊祜對亭子的建造，只以該地「而其名特著於荊州者，豈非以其人哉」概括羊祜、杜預的聲名，表面上講羊祜、杜預之「名」，實則對汲汲立功留名者委婉勸說。

2、直起法

來裕恂《漢文典》：「直起者，不用虛冒，直捷以起也。」〔註9〕「直起」是直截了當地切入文題或點明中心，以領起全文的筆法。以建物記而言，「直起」就是由與建物直接相關的記述起筆。

〈東齋記〉由建物所在地切入：「官署之東有閤以燕休」，並以「閒居平心以養思慮」解釋「齋」字，點出題目「東齋」。（《歐集》卷六十三）接著呼應前文「齋」字，敘述修建者張應之所轄之地平靜安樂，而其身體素來病羸，因此「宜其有以閒居而平心者也」。閒居平心，正可讀書修身，開啓下文對張應之力自爲學的敘述。

〈淅川縣興化寺廊記〉開頭即交代建造耗材以及主事之人：

> 興化寺新修行廊四行，總六十四間，匠者某人，用工之力凡若干，土木圬墁陶瓦鐵石之費、匠工傭食之資凡若干。營而主其事者，僧延遇。（《歐集》卷六十三）

對建造所需人力、物力的記錄甚詳，是建物記正體。

〈畫舫齋記〉起筆點出建造時間：「予至滑之三月」，並敘述書齋的修建及命名，「即其署東偏之室，治爲燕私之居，而名曰畫舫齋」，然後對書齋樣貌與畫舫的相似性加以說明。（《歐集》卷三十九）王元啓《讀歐記疑》：

> 齋式類舟；偃息其中者，如偃息舟中；齋外之景，又不異舟行所見。齋之似舟處，作三層摹寫。〔註10〕

文章由書齋的修築與命名切入，點出題目「畫舫」，並對書齋形似舟船的樣貌加以描摹。

〔註9〕來裕恂《漢文典‧文章典》，卷一。

〔註10〕參見王元啓《讀歐記疑》（臺北：新文豐出版社，1989年），卷二。

〈豐樂亭記〉一開始便點出時間：「脩既治滁之明年夏」，地點則在「州南百步之近」，接著敘述尋訪清泉的過程，並將修建過程化約爲短短數字：「於是疏泉鑿石，闢地以爲亭」。（《歐集》卷三十九）文章就「亭」切入，由訪泉說起，對尋訪所見重墨寫之，對建造過程則寥寥數語，最後以「而與滁人往遊其間」收束，記遊意味濃厚。

〈海陵許氏南園記〉首段即點出建造者「高陽許君子春」，接著簡單交代園子建造地點：「治其海陵郊居之南爲小園，作某亭某堂於其間」，短短三句之間，將題目「海陵」「許氏」「南園」一一點出。（《歐集》卷四十）然而文章主旨偏重在記人，因此接著便敘述許子春任制置發運使時，「爲之六年，厥績大著」，開啓下文中許子春孝德名世、教化人心的讚譽。

〈眞州東園記〉一開頭便點出題目「眞州」以及「東園」，文章先敘述眞州地理位置「當東南之水會」，接著敘述建造者身分，然後敘述這三名官員於公餘之暇，以「州之監軍廢營」修造此園，爲下文中園子整修前後的強烈對比埋下伏筆。（《歐集》卷三十九）

〈有美堂記〉首段說明此堂的命名，梅摯出守杭州時，「於其行也，天子寵之以詩，於是始作有美之堂，蓋取賜詩之首章而名之，以爲杭人之榮」，也解釋了「有美」此名來歷不凡；並敘述梅摯求記的迫切，「其請至六七而不倦」，說明此堂對梅摯的重要性。（《歐集》卷四十）

其餘如〈李秀才東園記〉點明園主爲「脩友李公佐」以及求記經過，（《歐集》卷六十三）〈湘潭縣藥師院佛殿記〉說明建造者爲「縣民李遷之」並詳述其修造動機，（《歐集》卷六十三）〈偃虹隄記〉透過「滕侯之書、洞庭之圖」記述偃虹隄預計規模、工資，（《歐集》卷六十三）皆屬於直起法作品。

1、喻起法

來裕恂《漢文典》：「喻起者，託他物以發端也。」〔註 11〕「喻起」即用設喻領起全文的筆法。

〈非非堂記〉起筆使用比喻法，以「權衡之平物」以及「水之鑒物」爲喻，譬喻人心之審查是非，必須在「靜」的狀態之下方能澄澈洞明。首段由側面起筆，不談「堂」，唯就堂名設喻立論，以權衡與水爲喻，議論「非非」的意義。（《歐集》卷六十三）

2、翻起法

〔註 11〕來裕恂《漢文典・文章典》，卷一。

來裕恂《漢文典》:「翻起者，翻騰題意而起也。」〔註 12〕用翻騰筆法先跳離文意以領起全文。翻起之後再切入本題，這樣能在正反對比中更加襯托、強調題旨。

〈泗州先春亭記〉中，歐陽脩並不直接記先春亭，而是由修造先春亭的背景寫起：

> 景祐二年秋，清河張侯以殿中丞來守泗上。既至，問民之所素病，而治其尤暴者。曰:「暴莫大於淮。」(《歐集》卷三十九)

這段文字交代了當時水患肆虐的背景，張侯謫守泗州，勤政愛民，為保障人民生命安全，因此先築堤防備水患，之後才建亭。

〈相州晝錦堂記〉起筆不直接敘述晝錦堂，而由議論起筆，探討「晝錦」意涵，並列舉蘇秦、朱買臣典故，指出「仕宦而至將相，富貴而歸故鄉」為人之常情。(《歐集》卷四十）首段以翻起法詮釋「晝錦」，下文則言韓琦功業遠勝晝錦還鄉，形成紆餘委備的風格。林雲銘云：

> 「晝錦」之說，起於「富貴不歸故鄉，如衣繡夜行」二語，故以當晝而錦，指富貴歸鄉而言，蓋榮之也。……作記者若單表平昔功業，又抛不下本題。是篇先就晝錦之榮翻起，倒入魏公之志，然後敘其平昔功業，以其榮歸之邦國斡旋得體，文亦光明正大，與題相稱。〔註 13〕

堂以「晝錦」為名，卻襯托出韓琦「德被生民而功施社稷」的功勳，其中的襟懷與抱負，更勝「晝錦」。

（二）結 尾

結尾為全文收束之處，劉勰《文心雕龍・附會》:「結言端直，則文骨成焉。」〔註 14〕可知結尾的重要性。以下參考古人對文章結尾作法的分類，將歐陽脩建物記結尾作法分為數類，解釋各類定義，並舉歐陽修建物記作品為例，加以論述之：

1、敘結法

來裕恂《漢文典》:「敘結者，敘事以結也。」〔註 15〕在結尾處對於前文的論述，就原因或事實上作一些必要的交代，使讀者明瞭寫作的目的、背景

〔註 12〕來裕恂《漢文典・文章典》，卷一。
〔註 13〕林雲銘《古文析義》(臺北：廣文書局，1963 年)，初編卷五。
〔註 14〕劉勰著、范文瀾注《文心雕龍》，卷九。
〔註 15〕來裕恂《漢文典・文章典》，卷一。

等因素。以建物記而言，「敘結法」即交代作記動機、寫作背景。

如〈叢翠亭記〉在敘述山巒奇峻之後，以亭子落成一事作結：

> 亭成，李君與賓客以酒食登而落之，其古所謂居高明而遠眺望者歟！既而欲紀其始造之歲月，因求脩辭而刻之云。（《歐集》卷六十三）

在這段敘述中，「紀其始造之歲月」是作記動機，李君之「求脩辭」則是歐陽脩作記原因，可知此文是代友人而作。

〈非非堂記〉末段指出非非堂安靜，「以其靜也，閉目澄心，覽今照古，思慮無所不至焉」，與首段「心靜則智識明，是是非非，無所施而不中」相呼應，點出堂名「非非」與「心靜」的關係，明示命名原由（《歐集》卷四十）。

〈陳氏榮鄉亭記〉結尾收束前文所記之「榮」，說明命名原由：

> 予既友巖夫，恨不一登是亭，往拜陳君其下，且以識彼邦之長者也。又嘉巖夫之果能榮是鄉也，因以命名其亭，且志之也。（《歐集》卷六十三）

陳巖夫之「榮」不僅在於功名，更在於其人格與風骨，這也是歐陽脩將亭子命名為「榮鄉」的原因。

〈河南府重修淨垢院記〉末段以「修舊起廢」四字總括第一段河南的興衰以及第二段寺院的修繕，文中又詳記命建者、修建者，作記動機則是「誌其復興之歲月」。（《歐集》卷六十三）

〈峽州至喜堂記〉結尾敘述作記動機：「宜志其風俗變化之善惡，使後來者有考焉爾。」（《歐集》卷三十九）可知歐陽脩之所以在文章中詳記峽州之鄙陋，是為了記述風俗變化，以彰顯朱慶基治峽之功，供往後在此地任職的官員參考。

〈峽州至喜亭記〉末段記述至喜亭命名由來：「志夫天下之大險，至此而始平夷，以為行人之喜幸」。又敘述作記動機：

> 自公之來，歲數大豐，因民之餘，然後有作，惠于往來，以館以勞，動不違時，而人有賴，是皆宜書。故凡公之佐吏，因相與謀，而屬筆于脩焉。（《歐集》卷三十九）

峽州物阜民豐，使民以時，值得載之於文字；而朱慶基勤政愛民，深受部屬愛戴，亦值得書寫流傳，這也是同為僚屬的歐陽脩作記的原因。

〈畫舫齋記〉結尾云：

> 予友蔡君謨善大書，頗怪偉，將乞其大字以題於楹，懼其疑予之所以名齋者，故具以云。（《歐集》卷三十九）

可知歐陽脩深知以「畫舫」命名燕私之所，實屬奇特，一般人對此命名必然產生疑惑，爲了求字於友人，因此特別說明書齋名由來。

〈豐樂亭記〉末段敘述作記動機，「宣上恩德以與民共樂，刺史之事也」（《歐集》卷三十九）孫琮說：

> 收尾結出主意，以見通篇皆是宣上德意，自是盛世禎祥，不同衰颯陋習。〔註16〕

結尾說明人民能安享豐年之樂，是因爲幸運的出生在太平無事的時代；宣揚皇帝恩德，與百姓同樂，則是刺史之職責，可知歐陽脩是爲「宣上恩德」而作此文。

2、總結法

來裕恂《漢文典》:「總結者，要事之終以結之也。」〔註17〕亦即統整全文意涵，點明文章主旨，體現其精髓。

如〈淅川縣興化寺廊記〉結筆交代興化寺沿革，「至延遇爲此役，始求志之」，對延遇忠於佛教信仰、全心修寺、熱心求記，歐陽脩讚道:「予因嘉延遇之能果其學也」，最後拋出警句：

> 夫世之學者知患不至，不知患不能果。此果于自信者也。(《歐集》卷六十三）

由延遇窮畢生精力於佛學,勉勵讀書人爲學應求「能果」,進一步擴張文章境界。

又如〈醉翁亭記〉末段總結滁人隨歐陽脩遊賞之樂，並將「樂」字做出不同層次的對應：

> 然而禽鳥知山林之樂，而不知人之樂；人知從太守遊而樂，而不知太守之樂其樂也。(《歐集》卷三十九）

指出歐陽脩所樂不同於一般百姓，其所關注者非唯美景與美酒，更在於人民生活安和、能與之同樂。全文記敘醉翁亭四周山水之美以及宴酣之樂，結筆更呈現民胞物與之襟懷。

3、論結法

來裕恂《漢文典》:「論結者，發大議論以結之也。」〔註18〕在以記敘爲主體的文章，結尾夾議夾論以收束之。

〔註16〕孫琮《重刊山曉閣古文全集》，卷二十四。

〔註17〕來裕恂《漢文典・文章典》，卷一。

〔註18〕同上註。

〈海陵許氏南園記〉以議論行德政之法作結。全文先談政績，次敘孝順長上，文末將二者結合，敘述許子春孝悌之風不僅可以教化人民，「自一家而形一鄉，由一鄉而推之無遠邇」，且能「世久而愈篤」，最後說：

> 嗚呼！事患不爲與夫怠而止爾，惟力行而不怠以止，然後知予言之可信也。(《歐集》卷四十)

爲政者篤行孝悌，則人民終將感化而歸於善，而且必須持志以恆，力行不息，方能見到此一成效，流露對許子春的勸勉之意。

4、讚美結法

歐陽脩建物記部分是應人求記而寫，在結尾處不免有讚美建物主人之語，因此特別將這類結尾加以區別出來，另立一類，稱之爲「讚美結法」。

如〈湘潭縣修藥師院佛殿記〉於文末補敘遇見李遷之的經過，並對他加以稱讚：

> 因善其以賈爲生，而能知夫力少而得厚以爲幸，又知在上者庇己而思有以報，顧其所爲之心又趨爲善，皆可喜也，乃爲之作記。(《歐集》卷六十三)

歐陽脩尊儒排佛，但李謙之神色「若欲得予記而不敢言」，加上喜愛李遷之謙遜善良、知恩圖報，所以爲之作記，並在文章結尾讚美之。

〈偃虹隄記〉於文章末段讚揚滕宗諒三件美事，一是「慮熟謀審，力不勞而功倍，作事可以爲後法」，二是「不苟一時之譽，思爲利於無窮，而告來者不以廢」，三是「嶽之民人與湖中之往來者，皆欲爲滕侯紀」，歸結出「以三宜書不可以不書，乃爲之書。」(《歐集》卷六十三) 蓋滕宗諒目光遠大、保民愛民，不可不記。

〈眞州東園記〉結尾讚美許元等三人「材賢足以相濟，而又協於其職，知所後先，使上下給足，而東南六路之人無辛苦愁怨之聲」，極力讚美三人治績。至於三人修園遊玩，則是「與四方之賢士大夫共樂於此」(《歐集》卷四十)，又是愛才的展現，呈現宋人對於善政的重視。

又如〈有美堂記〉結尾云：「梅公，清愼好學君子也，視其所好，可以知其人焉。」(《歐集》卷四十) 由有美堂之至美，轉而稱美梅摯其人，也是讚美結法。

5、離結法

來裕恂《漢文典》：「離結者，離題而結，以足題義，有分外之趣味者也。」

「離結法」雖在結尾處跳脫題旨，卻以與題旨相關的事情作結，以補足文章想傳達的意念、情感，乍看之下「離題」，卻能使文章呈現「分外之趣味」。

如〈東齋記〉跳脫前文對張應之「閒居平心以養思慮」的敘述，描寫張應之與朋友的歡聚，他們飲酒談笑之處甚至不是「東齋」，而是其外的小池畔：

> 傍有小池，竹樹環之，應之時時引客坐其間，飲酒言笑，終日不倦。而某嘗從應之於此，因書於其壁。（《歐集》卷六十三）

歐陽脩補充說明自己曾與張應之一同談笑其間，讀者可從中窺見張應之平日生活的愉快，進一步印證「閒居平心」確實使他忘了病羸之苦。

又如〈峴山亭記〉結尾跳脫前文對「名」的書寫，指出：

> 若其左右山川之勝勢，與夫草木雲煙之杳靄，出沒於空曠有無之間，而可以備詩人之登高，寫離騷之極目者，宜其覽者自得之。至於亭屢廢興，或自有記，或不必究其詳者，皆不復道。（《歐集》卷四十）

歐陽脩交代自己不在文章中詳寫四周景色的原因，是因此景留待觀賞者自己領會；又說明不詳記亭子歷來興廢沿革，是因為有些興廢事蹟已有他人記述流傳，有些則不必追究詳情，因此擱置不寫。

三、層次關聯

劉勰《文心雕龍・章句》:「原始要終，體必鱗次。」〔註19〕在一篇文章中，因各段落內容的不同，可分成若干層次，各層次如魚鱗般依序排列，就形成完整的文章。文章中各層次之間的關聯，可以分成兩種：一是相鄰兩個層次之間的銜接轉換，亦即「過文」；一則是相隔較遠的層次之間的連結，亦即「照應」。

（一）過　文

唐彪《讀書作文譜》:「過文乃文章筋節所在，已發之意賴此收成，未發之意，賴此開啓。此處聯絡，最宜得法，或作波瀾，用數語轉折而下，或止用一二語，直截而渡，反正長短，皆所不拘。總要迅疾矯健，有兔起鶻落之勢方佳也。不然，雖前後文極工，亦減色矣。」〔註20〕

「過文」是文意銜接之處，承接上文意旨，展開下文意旨，是文章段落之間的橋樑。文章中有時以顯而易見的詞語、句子承上啓下，有時雖無明顯

〔註19〕劉勰著、范文瀾注《文心雕龍》，卷七。
〔註20〕唐彪《讀書作文譜》卷七。

的詞語或句子，但細察各段落內容，亦隱含因果關係、遞進關係等等，巧妙銜接前後文。此處以能顯而易見的「過文」爲分析對象，分爲「以詞語銜接者」以及「以句子銜接者」，舉例分析如下：

1、以詞語銜接者

用關聯詞語或轉折詞語銜接者，往往位在段落的開頭，用以表示上下段落間的邏輯關係。

〈泗州先春亭記〉首段以「景祐二年秋」起筆記隄；第二段接著以「既曰」展開對築亭的記述；然後以「是歲秋」起筆，記述自己「貶夷陵，過泗上，於是知張侯之善政也」；末段以「先時」起筆，記「歲大水」及張侯「築隄以禦之」，稱美其善政（《歐集》卷三十九）。由於文章是以時間爲線索，「景祐二年秋」、「是歲秋」、「先時」正好擔任銜接不同時間、不同事情的功能。

〈醉翁亭記〉首段寫醉翁亭地理位置與命名；然後以「若夫」展開第二段瑯邪山四時的美景；接著以「至於」二字開啓滁人與太守的宴遊之樂；第四段用「已而」一詞表時間之速，點出山林之樂、宴遊之樂以及與民同樂（《歐集》卷三十九）。文章用虛詞與時間副詞領起各段，結合作者情感發展，不僅文意分明，次第井然，而且造成層層推進，步步深入之勢。〔註21〕

〈有美堂記〉亦使用句首虛詞作爲過文處，開篇先敘述命名與求記經過，接著依序以「夫」字開啓以下對至美至富不可得兼的議論；以「今夫」承繼上文，敘述東南奇美之地正是居於僻陋之邦；然後以「若乃」造成文意的轉折，指出得兼至美與至富的金陵而今破敗（《歐集》卷四十）。「獨」字承繼前文所述，表示其他地方難以兼得至美與至富，並開啓下文，指出錢塘獨能兼備。末段以「然」字將焦點從錢塘的兼美，再回到「有得於此者，必有遺於彼」的不可得兼，並進一步稱讚有美堂的兼美。「夫」、「今夫」、「若乃」等語緩筆引至錢塘的兼美之上，「然」字表達轉折之意，全文呈現逶迤曲折之勢。

又如〈峴山亭記〉文章圍繞羊祜、杜預、史中煇對「名」的追求而發，文末則以「若其」二字形成轉折，敘述自己不寫周遭景色的原因；接著以「至於」二字將文意推進一步，說明不記「亭屢廢興」，亦屬於以詞語銜接過渡（《歐集》卷四十）。

〔註21〕馮永敏《散文鑑賞藝術探微》（臺北：文史哲出版社，1998年2月），頁190。

〈醉翁亭記〉、〈有美堂記〉、〈峴山亭記〉皆以虛詞作爲過文處，然而〈醉翁亭記〉與〈峴山亭記〉直截而渡，〈有美堂記〉則興起波瀾；〈醉翁亭記〉領起全段，〈峴山亭記〉則單領起句子，文章作法略異。

2、以句子銜接者

以句子銜接者，往往安排在層次或段落之間，或在前一段末尾，或在後一段開頭，肩負承上啓下作用。

〈叢翠亭記〉開篇敘述洛陽周圍山勢，然後以「城中可以望而見者，若巡檢署之居洛北者爲尤高」承上啓下，一則承繼上文「從城中因高以望之」，由「因高以望之」，思及城中最高之地，即「巡檢署之居洛北者」；一則開啓下文，由「因高以望之」，思及築亭遠眺之事，故敘述李君在巡檢署西南隅「治亭於上，敞其南北向以望焉」，然後摹寫山勢之峥嶸奇峻，以及亭名之由來（《歐集》卷三十九）。

〈東齋記〉起筆由「齋」字切入，次段敘述張應之閒居讀書，兩段之間以「應之又素病羸，宜其有以閒居而平心者也」相連結，一則承繼前文「閒居平心以養思慮」的敘述，一則開啓次段「應之雖病，然力自爲學」的敘述（《歐集》卷六十三）。第三段則以「世之善醫者」起筆，既承繼上文以讀書對抗疾病的敘述，並再次烘托張應之以讀書「忘厥疾」，過文之處與張應之「病羸」、「閒居平心」相關聯。

〈游儵亭記〉先議論「勇者之觀」的定義，然後記建亭者歐陽昺的曠達襟懷（《歐集》卷六十三）。「壯哉！是爲勇者之觀也」一語承繼上文對岷江的描述，並開啓下文對歐陽昺「勇而有大志」的敘述；「然其胸中亦已壯矣」承繼上文對歐陽昺「無所用以老」的敘述，轉折語意，開啓下文對「壯者之樂」的敘述；「則其心豈不浩然哉」承繼上文，並開啓下文「處卑困而浩然其心者，眞勇者也」，將「浩然其心」與「勇者」相連結，表示其心浩然的歐陽昺爲一眞勇者。

〈偃虹隄記〉首段以問答敘述「所以作之利害」、「大小之制，用人之力」以及「始作之謀」，次段讚美滕宗諒建隄、求記的用心，文意轉換之處，以一句話承上啓下：

> 蓋慮於民也深，則其謀始也精，故能用力少而爲功多。（《歐集》卷六十三）

「慮於民也深」扣合上文「所以作之利害」；「謀始也精」扣合上文「始作之謀」；「爲功多」則開啓下文「無遠邇之人皆蒙其利焉」，以及「則滕侯之惠利於人物，可以數計哉」。

〈海陵許氏南園記〉首段先敘述許子春任江浙、荊淮制置發運使，「視江湖數千里之外如運諸其掌，能使人樂爲而事集」的政績，次段則敘述許子春的孝德。在政治才幹與孝慈之行二者之間，歐陽脩以一句話將二者連在一起：

> 君之美眾矣，予特書其一節可以示海陵之人者。（《歐集》卷四十）

「眾」字將許子春諸般功勳、美德概括其中，「特書其一節」則使讀者目光由豐功偉業中跳出，聚焦至許子春孝悌慈愛的品德之上，文章焦點的轉換，自然而不突兀。

〈相州晝錦堂記〉起筆先解釋「晝錦」意義，然後以「惟大丞相魏國公則不然」承上啓下，「則不然」三字使文意轉折，既銜接前文所述晝錦之榮，又連結下文「德被生民而功施社稷」之榮，以「大丞相魏國公」點出下文所述建物主人身分，開啓下文韓琦家世、生平的敘述。（《歐集》卷四十）

〈峴山亭記〉前半篇記峴山，並撫今追昔記述古人羊祜、杜預；後半篇切入主題峴山亭，並記述太守史中煇。文章以「山故有亭，世傳以爲叔子之所遊止也」作爲承上啓下之處，「山」與「叔子」承繼上文，「亭」則開啓下文史中煇修亭求記的經過（《歐集》卷四十）。〈峴山亭記〉前半篇撫今追昔，興起煙波，至過文處方切入主題「亭」，時空也由過去回到現在，人物也由古人轉爲今人。

（二）照　應

「照應」是行文時，在前文埋下伏筆，在後文將前文內容加以補充、發揮，使兩處相互關照、響應。「照應」可以使文章結構更加謹嚴，能使所寫的事物更加鮮明突出，讓讀者瞭解文章的思路和層次間的內在聯繫。

分析歐陽脩建物記形式，可將「照應」略分爲「首尾照應」與「內容照應」兩種：「首尾照應」就是在文章開頭與結尾分別安排伏筆與呼應，使首尾遙遙扣合；「內容照應」則是在文章之中安排兩兩呼應處，此響彼應。

1、首尾照應

文章開頭提到的內容，結尾遙相呼應，以給人首尾圓合之感，此即「首尾照應」。

〈東齋記〉首段對東齋之「齋」字加以解釋：「閒居平心以養思慮，若於此而齋戒也。」末段對張應之愛好讀書大加讚美：

> 應之獨能安居是齋以養思慮，又以聖人之道和平其心而忘厥疾，眞古之樂善者歟。(《歐集》卷六十三)

安居以養思慮，與首段對「齋」字「以養思慮」的解釋相呼應；忘其厥疾，與首段「應之又素病羸」相呼應，極言張應之喜愛書中之樂，甚至忘記病中痛苦。首尾相應，緊扣題旨。

〈泗州先春亭記〉首段以大幅筆墨記敘「隄」的修造，表彰張侯的愛民仁政。文章記「隄」部分繁多，而記「亭」部分僅寥寥數筆，形成明顯對比，突顯對「隄」的重視。末段則一語道破旨意：「是役也，隄為大。予記其大者詳焉。」點明「隄」的重要。(《歐集》卷三十九) 文章以「隄」為始，以「隄」為終，前後緊密相扣。

〈游鯈亭記〉首段感嘆江流浩大，「壯哉！是為勇者之觀也。」文末讚揚歐陽昺：「夫視富貴而不動，處卑困而浩然其心者，眞勇者也。」對「勇者」定義的探究，與首段的「勇者之觀」遙遙呼應。首段「勇者之觀」說的是「汪洋誕漫」的江流，而被讚為「眞勇者」的歐陽昺卻以游鯈亭所臨之方池為樂：

> 然則，水波之漣漪，游魚之上下，其為適也，與夫莊周所謂惠施游于濠梁之樂何以異？烏用蛟魚變怪之為壯哉？(《歐集》卷六十三)

方池之樂正如濠梁之樂，可神遊其間，領會眞趣，哪裡不及所謂的「勇者之觀」？歐陽脩指出，能在平靜無波的小池之上感受與波濤洶湧的江流相同的樂趣，正是其兄擁有浩然之心的緣故。文章前後照應，尤其對照出「眞勇者」胸襟不凡。

又如〈偃虹隄記〉於文末以「三宜書」讚揚滕宗諒，歸結出「以三宜書不可以不書，乃為之書」，與首段「此君子之作也，可以書矣」相互照應。(《歐集》卷六十三)

2、內容照應

文章圍繞同一事物加以照應，使內容材料形成清晰的脈絡，此即「內容照應」。「內容照應」伏筆與呼應處不限於在起首、結尾，且一篇文章之中，同一伏筆可以有多個相照應處。

〈非非堂記〉首段談「靜」，然後指出「心靜則智識明，是是非非，無所施而不中」，點出「非非」與「靜」的關係，末段云：

> 以其靜也，閉目澄心，覽今照古，思慮無所不至焉，故其堂以「非非」為名云。(《歐集》卷六十三)

再次點出「非非」與「靜」的關係，屬前後照應之例。

〈夷陵縣至喜堂記〉先敘述峽州風俗鄙陋，然後敘述太守朱慶基能變其俗，第三段敘述自己被貶夷陵，云：

> 夫罪戾之人，宜棄惡地，處窮險，使其憔悴憂思，而知自悔咎。今乃賴朱公而得善地，以偷宴安，頑然使忘其有罪之憂，是皆異其所以來之意。(《歐集》卷三十九)

「棄惡地，處窮險」與首段「豈其陋俗自古然歟」相呼應，貶謫之人應棄於惡地，而峽州本是鄙陋之邦，亦屬於「惡地」；「今乃賴朱公而得善地」與前文「以變其俗」相呼應，歐陽脩指自己因朱慶基之功而能得善地，蓋朱慶基治理峽州，使之風俗轉移，方能成為「善地」，文章前後照應細密。

〈畫舫齋記〉首段敘述此齋為「燕私之居，而名曰畫舫齋」，次段則敘述「予治齋於署，以為燕安，而反以舟名之」，與首段「燕私」、「名曰」相呼應；文章又由舟之履險寫到舟行之樂，認為「舫者宴嬉之舟也，姑以名予齋，奚曰不宜」，又與前文「名曰」、「反以舟名之」呼應，文章前後以齋之命名相互照應。(《歐集》卷三十九)

〈偃虹隄記〉首段敘述作隄「其所以作之利害」、「其大小之制，用人之力」、「其始作之謀」，然後云：

> 蓋慮於民也深，則謀其始也精，故能用力少而為功多。(《歐集》卷六十三)

「慮於民也深」呼應首段「其所以作之利害」的敘述，「謀其始也精」呼應首段「其始作之謀」的敘述，「用力少而為功多」則呼應「其大小之制，用人之力」的敘述。此外「慮於民也深」，又與下文「此滕侯之所以慮，而欲有紀於後也」相照應，前者是為人民舟行安危而慮，後者則是為繼任者能「皆如始作之心」而慮。文末又云：

> 夫慮熟謀審，力不勞而功倍，作事可以為後法，一宜書。(《歐集》卷六十三)

總結前文之意，照應「慮」、「謀」、「力」、「功」等敘述，稱美滕宗諒為政之用心。

〈有美堂記〉議論山水之美以及都邑之富：

> 故窮山水登臨之美者，必之乎寬閒之野、寂寞之鄉，而後得焉；覽人物之盛麗、跨都邑之雄富者，必據乎四達之衝、舟車之會，而後

足焉。(《歐集》卷四十)

文末則云：

獨所謂有美堂者，山水登臨之美，人物邑居之繁，一寓目而盡得之。(同上)

「山水登臨之美」、「人物邑居之繁」二語，與前文「故窮山水登臨之美者」、「覽人物之盛麗、跨都邑之雄富者」等語相照應。前一句直接使用前文的句子，後一句則將前文句子加以改寫成更簡練的文句。

〈峴山亭記〉文章末段疊用兩句「可知矣」，以稱美史中煇：

余謂君知慕叔子之風而襲其遺迹，則其爲人與其志之所存者可知矣。襄人愛君而安樂之如此，則君之爲政於襄者又可知矣。(同上)

「叔子之風」與前文敘述羊祜（即叔子）處相照應，歐陽脩評羊祜、杜預云：

蓋元凱以其功，而叔子以其仁，二子所爲雖不同，然皆足以垂於不朽。……豈皆自喜其名之甚，而過爲無窮之慮歟？將自待者厚，而所思者遠歟？(同上)

前文雖讚美羊祜有仁德，但也指出羊祜好名，因此文末說史中煇「慕叔子之風，襲其遺跡」，可想見史中煇「其爲人與其志之所存者」，亦是好名。此外，「襄人愛君而安樂之如此」則與前文「襄人安其政而樂從其遊」相呼應，前文已指出襄人「安其政」、「樂從其遊」，文末據此拈出「安」、「樂」二字，可想見「君之爲政於襄者」之斐然，透過與前文的照應，委婉勸勉史中煇莫汲汲於後世之名，倘若欲留名後世，與其修亭、刻石，不如專心治道，自有仁德之名留傳後世。

第二節　句　式

陸機〈文賦〉以「石韞玉而山暉，水懷珠而川媚」爲喻，〔註 22〕指出佳句在文章中的重要性。句式運用得宜，則能增添文章的感染力，令人留連再三。探究歐陽脩建物記形式，將文章中最特出的句式歸類爲「鍾煉警句」及「工於鋪敘」二種，茲論述之如下：

一、鍾煉警句

作家寫作文章時，往往精心設置一些奇特、深妙的句子，以特起之姿振

〔註 22〕蕭統編《六臣註文選》，卷十七。

奮全篇，使文章增色生輝、警策啓人，此即「警句」。

〈游儵亭記〉以警句說明其兄浩然之心：

陶乎不以汪洋爲大，不以方丈爲局。（《歐集》卷六十三）

文章藉亭池之小比喻其兄雖困於位卑，卻胸懷壯闊。汪洋本爲廣闊，卻刻意說不以爲「大」；方丈本爲狹窄，卻刻意說不以爲「局」，給讀者奇特新穎之感，使尺幅之景有千里之勢。

〈醉翁亭記〉以警句說醉翁：

醉翁之意不在酒，在乎山水之間也。（《歐集》卷三十九）

「醉翁」以「醉」爲名，卻說其意不在「酒」，已給讀者新奇之感，下一句指出其醉在「山水」，文章氣象霎時開闊，滁州山水之美全凝煉在這一句之中，帶出下文琅邪風景的無限情態。

〈偃虹隄記〉以警句說明繼任者的重要：

夫事不患於不成，而患于易壞。（《歐集》卷六十三）

文中以兩個「不」字疊用，突顯「患于易壞」的嚴重性，道出滕宗諒的憂慮及求記的動機，令人生警惕之心。

二、工於鋪敘

鋪敘是記敘文中常用的手法，即充分展開敘述，使描寫的事物窮形盡相、生動鮮明。

歐陽脩擅於以鋪敘手法描摹風景，如〈叢翠亭記〉描寫由亭中觀賞山景：

見山之連者、峰者、岫者，駱驛聯亙，卑相附，高相摩，亭然起，崒然止，來而向，去而背，傾崖怪壑，若奔若蹲，若鬬若倚，世所傳嵩陽三十六峰者，皆可以坐而數之。（《歐集》卷六十三）

文章以映襯及對偶手法，寫出山景形象：「卑」與「高」、「亭」與「崒」、「向」與「背」種種不同樣貌相互映襯；「奔」、「蹲」、「鬬」、「倚」等種種擬人情態同時鋪陳，將叢翠亭四周山巒的奇峻秀麗，躍然紙上。

〈峽州至喜亭記〉描述岷江水勢洶湧：

岷江之來，合蜀眾水，出三峽爲荊江，傾折回直，捍怒鬬激，束之爲湍，觸之爲旋。順流之舟頃刻數百里，不及顧視，一失毫釐與崖石遇，則糜潰漂沒，不見蹤迹。（《歐集》卷三十九）

文章生動描述河道曲折，奔騰洶湧，以「束之」、「觸之」細寫水流變化，並以「頃刻」與「數百里」極言水流之速，「糜潰漂沒，不見蹤迹」極言水流之凶險，鋪陳岷江之曲折、奔騰、湍急、危殆，無怪乎平安抵夷陵的旅客會額手稱幸，「瀝酒再拜相賀」。

〈醉翁亭記〉鋪排出琅邪山美景：

> 若夫日出而林霏開，雲歸而岩穴暝，晦明變化者，山間之朝暮也。野芳發而幽香，佳木秀而繁陰，風霜高潔，水落而石出者，山間之四時也。(《歐集》卷三十九)

歐陽脩分別由晨昏、四時不同角度切入，寫出琅邪山美景。他首先揀取「林霏開」、「岩穴暝」等代表性的景物，寫出山間之晨昏，「開」、「歸」等字充滿動態美感；又以野芳、佳木、冰霜、水石對等代表性的景物，分別寫出山間之春、夏、秋、冬，一句之中含納整個季節，語句凝練。又「日出而林霏開，雲歸而巖穴暝」及「野芳發而幽香，佳木秀而繁陰」爲駢句，「風霜高潔」則原爲「風高霜潔」，是以錯綜句法，使句子在整齊之中有變化。全段寫景文字駢散兼用，在句式整齊中又兼具變化之美。

相較於〈叢翠亭記〉詳細的摹寫，〈醉翁亭記〉寫景與其說是寫實，不如說是寫意，是以經典畫面作爲代表，傳達美的概念。〈豐樂亭記〉亦採取此種手法寫滁州的幽靜可愛：

> 掇幽芳而蔭喬木，風霜冰雪，刻露清秀，四時之景無不可愛。(《歐集》卷三十九)

以幽芳、喬木、風霜、冰雪等代表性的景物，分別寫出山間之春、夏、秋、冬，語句凝練，這些詞語與〈醉翁亭記〉中「野芳」、「佳木」、「風霜高潔」等詞語相似，足見歐陽脩這兩篇文章寫景部分，取材與用語的相近程度。

〈眞州東園記〉寫眞州東園的美景：

> 園之廣百畝，而流水橫其前，清池浸其右，高臺起其北。臺，吾望以拂雲之亭；池，吾俯以澄虛之閣；水，吾泛以畫舫之舟。敞其中以爲清讌之堂，闢其後以爲射賓之圃。(《歐集》卷四十)

此段文字首先以排比形式說明園中流水、清池、高臺所在的地理位置；接著以排比形式說明如何以「拂雲之亭」、「澄虛之閣」、「畫舫之舟」苦心妝點流水、清池、高臺等園林景致；最後又以排比形式說明在園中建造了「清讌之堂」、「射賓之圃」。寫園景位置，「橫」、「浸」、「起」等字恰如其態，「望」、「俯」、「泛」、「敞」、「闢」等動詞運用精準，曲盡其情，在整齊富麗的排比之中，別具變化之美。文中又寫園林今昔之變：

> 芙蕖芰荷之的歷，幽蘭白芷之芬芳，與夫佳花美木，列植而交陰，此前日之蒼煙白露而荊棘也。高甍巨桷，水光日景，動搖而下上，其寬閑深靚，可以答遠響而生清風，此前日之頹垣斷塹而荒墟也；嘉時令節，州人士女嘯歌而管絃，此前日之晦冥風雨、鼪鼯鳥獸之嘷音也。(《歐集》卷三十九)

整段文字以「……，此前日之……」爲基本句式，由花木扶疏之美、亭臺水池之秀、遊人宴樂之趣三者一一寫來，對偶精工，詞藻瑰麗。對照往昔「蒼煙白露而荊棘」、「頹垣斷塹而荒墟」、「晦冥風雨、鼪鼯鳥獸之嘷音」，形成強烈反差，更加突出修建者創建之功。相較於〈叢翠亭記〉、〈醉翁亭記〉、〈豐樂亭記〉等文章以實筆寫景，歐陽脩對東園的描述，乃是借用許子春之陳述寫出，化虛爲實，由虛處生出無限情態。

歐陽脩亦以鋪敘法敘事，如〈吉州學記〉描述州學的修造：

> 李侯治吉，敏而有方，其作學也，吉之士率其私錢一百五十萬以助。用人之力積二萬二千工，而人不以爲勞；其良材堅甓之用凡二十二萬三千五百，而人不以爲多；學有堂筵齋講，有藏書之閣，有賓客之位，有遊息之亭，嚴嚴翼翼，壯偉閎耀，而人不以爲侈。既成，而來學者常三百餘人。(《歐集》卷三十九)

文中以「人不以爲勞」、「人不以爲多」、「人不以爲侈」三者並列，極言吉州之人對建立州學的支持；至於州學規模，則以「有……」句式並列，一一歷數種種房舍，極言州學之宏大完備。在其他建物記中，幾乎沒有這樣細數建物規模的例子。文章又鋪敘吉州教化完善的願景：

> 問於其俗而婚喪飲食皆中禮節，入於其里而長幼相孝慈於其家，行於其郊而少者扶其羸老、壯者代其負荷于道路，然後樂學之道成。(《歐集》卷三十九)

文中以「問於其俗」、「入於其里」、「行於其郊」三者並列，由不同的角度切入，描寫吉州在遍施教化之後，風俗的美善可愛。

第三節　字　詞

字詞，即文章中的詞語，可略分爲虛詞、實詞二種。

詞語使用精當，可使文章詞采倍增，氣勢不凡。故古人行文，往往須就字詞的選用再三推敲，力求「捶字堅而難移」，〔註23〕使文章情意思想妥切傳達，並達到鮮明奪目的藝術效果。

以下分別就虛詞、實詞二類，探討歐陽脩建物記字詞使用特色：

一、虛詞的使用

歐文的音韻之美，深深得力於善用虛字的傳神作用，而音韻鏗鏘與情感愷切是其散文詩化的主要因素。虛字運用妥切，足以搖曳神情，有助於文章開闔變化。歐陽脩之散文創作習慣重複使用虛詞，形成濃厚之唱嘆之調。〔註24〕以下就句首、句中、句末助詞分別論述之：

（一）句　首

1、以「夫」、「蓋」為助詞

「夫」、「蓋」屬於起語辭，唐彪《讀書作文譜》卷七：「起語辭者，或前無此文，竟以虛字起，或前文已畢，亦以虛字起者，皆起語也。」起語詞即在句首領起全句的助詞。

歐陽脩建物記中，以使用「夫」為起語辭者較多，例如：〈東齋記〉中「夫世之善醫者」（《歐集》卷六十三）〈夷陵縣至喜堂記〉中「夫罪戾之人」、「夫令雖卑，有土與民。」（《歐集》卷三十九）〈游儵亭記〉中「夫壯者之樂」、「夫視富貴而不動。」（《歐集》卷六十三）〈御書閣記〉中「夫老與佛之學。」（《歐集》卷三十九）〈豐樂亭記〉中「夫宣上恩德」（《歐集》卷三十九）〈偃虹隄記〉中「夫事不患不成，而患於易壞」（《歐集》卷六十三）〈海陵許氏南園記〉中「夫理繁而得其要則簡」（《歐集》卷四十）〈有美堂記〉中「夫舉天下之至美予其樂」（《歐集》卷四十）

使用「蓋」為起語辭者，如〈吉州學記〉中「宋興，蓋八十有四年」，〈豐樂亭記〉中「蓋天下之平久矣」，〈偃虹隄記〉中「蓋慮於民也深」等，遠較「夫」字來得少。（《歐集》卷三十九）

觀以上「蓋」、「夫」用法，「夫」用作句首助詞時，句子通常用以獨立陳述、議論一件事情；「蓋」用作句首助詞時，句子通常用以補充上一句話，二

〔註23〕參見《文心雕龍・風骨》，范文瀾注、劉勰著《文心雕龍》卷六。
〔註24〕參見何寄澎〈歐陽修古文作法探析〉，《唐宋古文新探》，頁215。

字用法仍有些微差異。

2、以「若夫」、「若乃」、「至於」為助詞

「若夫」、「至於」屬於轉語辭，此類助詞肩負使文意產生轉折的任務。

〈醉翁亭記〉、〈有美堂記〉皆以虛詞作爲過文，形成文意轉折的特色（參見本章第一節）。〈醉翁亭記〉以「若夫」展開第二段瑯邪山四時的美景，以「至於」二字開啓滁人與歐公的宴遊之樂，皆就前文作進一步述說，是唐彪所謂「深一步轉」；〈有美堂記〉開篇點出至美至富不可得兼的議論，接著以「今夫」展開對東南奇美之地的敘述，與「不可得兼」意旨相同，是唐彪所謂「正轉」；然後以「若乃」轉折，指出得兼至美與至富的金陵而今破敗，與「不可得兼」意旨相反，是唐彪所謂「反轉」。

3、以歎辭為助詞

「噫」、「嘻」、「嗚呼」等歎辭多單獨成句，而沒有和其他詞語組成句子，這些歎辭多安排在文中某一段落的開頭，表達作者心中激昂的情感。

〈陳氏榮鄉亭記〉使用「嘻」字作爲感歎詞：「嘻！吾知惡進士之病己，而不知可以爲榮。」生動表達縣吏的懊悔之情；也有以「噫」抒發感歎者：「噫！嚴夫爲鄉進士，而鄉人始不知之，卒能榮之。」表達對陳嚴夫終能榮鄉的稱許之情。（《歐集》卷六十三）

〈李秀才東園亭記〉使用「噫」字作爲感歎詞：「噫！予方仕宦奔走，不知再至城南登此亭復幾閏，幸而再至，則東園之物又幾變也。」（《歐集》卷六十三）以「噫」字帶出無限的感慨與傷懷，充滿對東園的依戀與思念。

〈海陵許氏南園記〉結尾用兩個「嗚呼」作爲感歎詞：「嗚呼！予見許氏孝悌著於三世矣。」「嗚呼！事患不爲與夫怠而止爾，惟力行而不怠以止，然後知予言之可信也。」（《歐集》卷四十）第一個「嗚呼」帶出對許氏孝悌行爲的讚歎，第二個「嗚呼」則將文意又轉一層，帶出對「力行而不怠以止」的勉勵。

（二）句　中

1、以「之」字為助詞

「之」字有舒緩語氣之效，如〈李秀才東園亭記〉：「然予之長也，豈能忘情於隨哉！」（《歐集》卷六十三）〈相州晝錦堂記〉：「以武康之節，來治於相。」（《歐集》卷四十）〈峴山亭記〉：「一置茲山之上，一投漢水之淵。」（《歐集》卷四十）三個「之」字都使語氣更加從容。

王銍《默記》記錄章惇（字子厚，1035～1105）讀罷〈峴山亭記〉之後，建議歐陽脩安排虛字的經過：

> 章子厚，少年未改官。蒙歐陽公薦館職。熙寧初，歐公作〈史炤峴山亭記〉以示子厚。……子厚曰：「今飲酒者，令編箚斟酒亦可，穿衫着帶斟酒亦可飲酒，令婦環侍斟酒亦可飲酒，終不若美人斟酒之中節也。『一置茲山，一投漢水』亦可，然終是突兀，此壯士編箚斟酒之禮也。惇欲改曰『一置茲山之上，一投漢水之淵』，此美人斟酒之體，合宜中節故也。」文忠公喜而用之。〔註25〕

在添加了「之」字之後，文句由「終是突兀」變成「合宜中節」，文章變得舒緩有致，因此歐公原先雖未加上「之」字，思索之後即刻欣然用之。

「之」字又可使駢句呈現散文化，如〈相州晝錦堂記〉：「此人情之所榮，而今昔之所同也」，(《歐集》卷四十)〈游鯈亭記〉：「水波之漣漪，游魚之上下」，(《歐集》卷六十三)〈畫舫齋記〉：「舟楫之危，蛟龜之出沒，波濤之洶欻」，(《歐集》卷三十九）皆是在對偶句、排比句使用「之」字的例子，可看見歐陽脩致力使文章由駢句趨於散文化的用心。

「語助連貫」能使文章達成節奏一致的音韻效果。〔註 26〕「之」字在歐文中，亦可見語助連貫之例。如〈有美堂記〉：

> 夫舉天下之至美與其樂，有不得而兼焉者多矣。故窮山水登臨之美者，必之乎寬閒之野、寂寞之鄉，而後得焉。覽人物之盛麗、跨都邑之雄富者，必據乎四達之衢、舟車之會，而後足焉。(《歐集》卷四十）

「之」字相雷同的句型中重複出現八次，達成節奏相同、一氣呵成的效果，流盪音韻之美。

2、以「而」字為助詞

歐陽脩散文經常使用「而」字，〔註27〕其數量往往比「也」、「焉」、「者」

〔註25〕參見王銍《默記》（臺北縣：藝文印書館，1957 年），卷下。又陸以湉《冷廬雜識》：「又作〈史炤峴山亭記〉云：『元凱銘功於二石，一置茲山，一投漢水。』章子厚謂宜改作『一置茲山之上，一投漢水之淵』，方爲中節，公喜而用之。」參見陸以湉《冷廬雜識》（上海：上海古籍出版社，2007 年），卷八。

〔註26〕王基倫〈韓愈散文的虛字用法〉：「當文意內容完整時，以相雷同的句型表出，或數句連用同一個虛字，或數句重複使用兩三個虛字，達到節奏一致、語氣呵成的效果者，可稱爲『語助連貫』之例。」參見張清華、陳飛主編《韓愈與中原文化》（北京：學苑出版社，2005 年 4 月），頁 106。

〔註27〕參見何寄澎〈歐陽修古文作法探析〉：「歐文重複使用虛字，尤好用『而』字，

等虛字更多。「而」字或在詞與詞之間扮演連接的工具，或在句與句之間擔任承接、轉折的作用。

〈畫舫齋記〉：

> 追思曩時山川所歷，舟檝之危，蛟龜之出沒，波濤之洶歘，宜其寢驚而夢愕。而乃忘其險阻，猶以舟名其齋，豈眞樂於舟居者邪！然予聞古之人，有逃世遠去江湖之上終身而不肯反者，其必有所樂也。苟非冒利於險，有罪而不得已，使順風恬波，傲然枕席之上，一日而千里，則舟之行豈不樂哉！顧予誠有所未暇，而舫者宴嬉之舟也，姑以名予齋，奚曰不宜？（《歐集》卷三十九）

「而乃忘其險阻」一句，藉「而」字作一轉折，以強調由「寢驚夢愕」轉爲「忘其險阻」之間，情感變化之劇烈。其餘「而」字如「終身而不肯反」、「一日而千里」者，則爲舒緩語氣之用，使描述波平浪靜之文句，格外平和悠長。

〈醉翁亭記〉用了二十六個「而」字，有些當作「且」解釋，表示並列關係，如「而年又最高」、「得之心而寓之酒也」；有些則表示連接關係，使得氣韻更加曲折婉轉，如「望之蔚然而深秀者」、「而瀉出於兩峰之間者」等。（《歐集》卷三十九）

〈豐樂亭記〉亦用了多個「而」字，其中表示連接關係者，如「始飲滁水而甘」、「滃然而仰出」、「仰而望山，俯而聽泉」，也有表示因果關係的，如「聖人出而四海一」。（《歐集》卷三十九）葉盛《水東日記》：

> 歐陽公〈豐樂亭記〉「仰而望山，俯而聽泉」，用白樂天〈廬山草堂記〉「仰觀山，俯聽泉」語。〔註28〕

較之白居易，歐陽脩特意兩句之間增添「而」字，使語氣更加疏緩有致，原本的偶句也變得散化。

〈海陵許氏南園記〉全文共使用十六個「而」字，其中九個「而」字出現在最後一段：

> 嗚呼！予見許氏孝悌著於三世矣。凡海陵之人過其園者，望其竹樹，登其臺榭，思其宗族少長相從愉愉而樂於此也。愛其人，化其善，自一家而形一鄉，由一鄉而推之無遠邇。使許氏之子孫世久而愈篤，則

實爲求氣調之宛轉曼引，以增添文章婀娜之姿。」，何寄澎《唐宋古文新探》，頁198。

〔註28〕葉盛《水東日記》（臺北縣：藝文印書館，1966年），卷二十五。

不獨化及其人，將見其園閭之草木，有駢枝而連理也，禽鳥之翔集於其間者，不爭巢而棲，不擇子而哺也。嗚呼！事患不為與夫怠而止爾，惟力行而不怠以止，然後知予言之可信也。（《歐集》卷四十）

「而」字在文句中重複出現，貫串多組排比句，「自一家而形一鄉／由一鄉而推之無遠邇」；「不爭巢而棲／不擇子而哺」。各組排比句雖型態不一，但皆使用「而」字，使文章在抑揚頓挫中有整齊協調之感。

〈相州晝錦堂記〉起筆「仕宦而至將相，富貴而歸故鄉」二句，范公偁《過庭錄》則記載文人曾〈相州晝錦堂記〉討論開篇二句虛字的由來：

韓魏公在相，曾乞〈晝錦堂記〉于歐公，云：「仕宦至將相，富貴歸故鄉。」韓公得之愛賞。後數日，歐復遣介別以本至，云：前有未是，可換此本。」韓再三玩之，無異前者，但於「仕宦」、「富貴」下，各添一「而」字，文義尤暢。先子云：「前輩為文，不易如此！」〔註29〕

如此，文句顯得更加暢達。原可作「仕宦至將相，富貴歸故鄉」，但是各增添一「而」字之後，氣韻便顯舒緩。（《歐集》卷四十）〈相州晝錦堂記〉除了起筆兩句有「而」字，首段亦包含多個「而」字：

仕宦而至將相，富貴而歸故鄉，此人情之所榮，而今昔之所同也。蓋士方窮時，困阨閭里，庸人孺子皆得易而侮之，若季子不禮於其嫂，買臣見棄於其妻。一旦高車駟馬，旗旄導前而騎卒擁後，夾道之人，相與駢肩累跡，瞻望咨嗟，而所謂庸夫愚婦者，奔走駭汗，羞愧俯伏，以自悔罪於車塵馬足之間。此一介之士得志於當時，而意氣之盛，昔人比之衣錦之榮者也。（《歐集》卷四十）

「人情之所榮」、「今昔之所同」原為一組整齊的排比句，此處增一「而」字作為句與句之間的連結，氣韻為之曲折。又如「旗旄導前」「騎卒擁後」原為整齊對仗，以「而」字連結，則化駢為散，在整齊中又生變化之美。至於「而所謂庸夫愚婦者」、「而意氣之盛」等句，也使文章委婉有致。「而」字的頻繁使用，使文章備生宛轉之調。

〔註29〕參見范公偁《過庭錄》（明萬曆間會稽商氏刊清康熙間臨川李氏修補本，1573年）。又梁章鉅云：「聞歐陽文忠作〈晝錦堂記〉，原稿首兩句是『仕宦至將相，富貴歸故鄉』，再四改訂，最後乃添兩『而』字。」參見梁章鉅《退庵隨筆》（臺北：新文豐出版社，1996年），卷十九。

（三）句 尾

1、以決辭為助詞

「也」、「焉」、「矣」、「耳」等字屬於決辭，此類助詞使用在肯定句末尾，以表文句之歇止。

〈陳氏榮鄉亭記〉在結尾處連用三個「也」字：

> 予既友巖夫，恨不一登是亭，往拜陳君其下，且以識彼邦之長者也。又嘉巖夫之果能榮是鄉也，因以命名其亭，且志之也。(《歐集》卷六十三)

三個「也」字層層遞進：先是期望拜會陳君、結識彼邦長者，然後是讚美陳巖夫榮耀故鄉，最後說明亭之命名以及寫作之旨。

〈湘潭縣修藥師院佛殿記〉則在結尾處連用四個「也」字：

> 其秋，會予赴夷陵，自眞州假其舟行。次潯陽，見買一石，礱而載於舟，問其所欲用之，因具言其所爲，且曰欲歸而記其始造歲月也。視其色，若欲得予記而不敢言也。因善其以賈爲生，而能知夫力少而得厚以爲幸，又知在上者庇己而思有以報，顧其所爲之心又趨爲善，皆可喜也，乃爲之作記。問其寺始造之由及其歲月，皆不能道也。(《歐集》卷六十三)

文末先記李遷之「欲歸而記其始造歲月」，又記其神色「欲得予記而不敢言」，又讚美其心知恩趨善、「皆可喜」，最後記建造日期「皆不能道」。每一個「也」字交代一事項，娓娓道來，清楚分明。

重複的句末助詞在〈醉翁亭記〉中最爲明顯，全篇用二十一個「也」字。如文章首段；

> 環滁皆山也。其西南諸峰，林壑尤美，望之蔚然而深秀者，琅琊也。山行六七里，漸聞水聲潺潺，而瀉出於兩峰之間者，讓泉也。峰迴路轉，有亭翼然，臨於泉上者，醉翁亭也。作亭者誰？山之僧曰智仙也。名之者誰?太守自謂也。太守與客來飲於此，飲少輒醉，而年又最高，故自號曰醉翁也。醉翁之意不在酒，在乎山水之間也。山水之樂，得之心而寓之酒也。(《歐集》卷三十九)

每一個「也」字是一頓折，每一頓折便將文意又翻轉一層，吳楚材、吳調侯編選《古文觀止》:

> 通篇共用二十個「也」字，逐層脱卸，逐步頓跌，句句是記山水，

卻句句是記亭，句句是記太守。〔註30〕

上述引文說「二十個也字」，實則文章中共二十一個「也」字。由「環滁皆山」，推至琅邪山、讓泉、醉翁亭、智僊、太守、醉翁，每一「也」字便是一層語意。文章又將「者」、「也」二虛字合用，構成表態句型：描述「琅琊山」的樣貌是「蔚然而深秀」；「讓泉」的狀態是「瀉出於兩峰之間」；「醉翁亭」的位置是「臨於泉上」。〔註31〕全文幾乎全由「者」、「也」合用的表態句所構成，只有「四時之景不同，而樂亦無窮也」、「人知從太守遊而樂，而不知太守之樂其樂也」兩句非表態句，前者爲平行複句，〔註32〕描述琅邪山景色多變，遊人樂趣無窮；後者爲轉折複句，〔註33〕描述人只知遊賞之樂，卻不知太守之樂。

〈豐樂亭記〉一文句末助詞不多，除了「用武之地也」、「蓋天下之平久矣」、「而遺老盡矣」、「涵煦百年之深也」等句之外，幾乎未使用句末助詞，然而在結尾卻一連使用三個「也」字：

又幸其民樂其歲物之豐成，而喜與予遊也。因爲本其山川，道其風俗之美，使民知所以安此豐年之樂者，幸生無事之時也。夫宣上恩德，以與民共樂，刺史之事也。遂書以名其亭焉。(《歐集》卷三十九)

由百姓「喜與予遊也」的富足安樂；推至百姓知恩，「幸生無事之時也」；最後推至以「宣上恩德，與民同樂」爲己任之「刺史之事也」。語意層層推進，每一個「也」字便是一個層次，在閱讀上脈絡更爲分明，且別具音韻之美。

2、以疑辭為助詞

「哉」、「歟」、「邪」、「歟」屬疑辭，唐彪《讀書作文譜》謂此類詞語「凡文之虛寫逆寫者，其歇語多用之。」〔註34〕此類詞語多用於否定或疑問句尾，

〔註30〕吳楚材、吳調侯編選《古文觀止》(臺北：廣文書局，1981年12月)，卷九。

〔註31〕蔡宗陽《國文文法》:「所謂表態句，是指描述人、事、物的性質、行爲、動作、狀態、形狀、聲音的普通句，又稱爲描寫句，也稱爲表態簡句、形容詞謂語句。」參見蔡宗陽《國文文法》(臺北：萬卷樓圖書公司，2008年1月)，第六章〈單句的句型〉，頁380。

〔註32〕蔡宗陽《國文文法》:「所謂平行複句，是指各分句結構相似，字數箱等，具有平行對等關係，構成平行關係的複句。」參見蔡宗陽《國文文法》第七章〈複句的句型〉，頁468。

〔註33〕蔡宗陽《國文文法》:「所謂轉折複句，是指後一分句修正前一分句，或前一分句修正後一分句，表達全部或部分在意義上有明顯的對立，即相反情況，或者否定前一分句，表達意外狀況與無可奈何的心態的一種複句。」同上註，頁485。

〔註34〕唐彪《讀書作文譜》卷七。

以表達感嘆、疑問、反詰等語氣。此類助詞句首往往有「烏」、「豈」等詞語，「烏」、「豈」兩字均表示反詰語氣，唐彪指出此類詞語「跟上文而逆用」，是與上文文勢相反；且「宜與乎、哉、耶、歟等字相爲呼應」。〔註35〕

(1)「哉」字

以「哉」字爲助詞者，如〈河南府重修使院記〉云：

> 君子謂是舉也，得爲政之本焉。烏有端其本而末不正者哉！(《歐集》卷六十三)

「烏」字與句末「哉」字形成反詰語氣，意謂此舉既得「爲政之本」，則必然反映在河南府良好的政績之上，使人民生活安樂。

〈游鯈亭記〉使用感慨之詞「哉」字反覆詰問：

> 今吾兄家荊州，臨大江，捨汪洋誕漫，壯哉勇者之所觀！而方規地爲池，方不數丈，治亭其上，反以爲樂，何哉？蓋其擊壺而歌，解衣而飲，陶乎不以汪洋爲大，不以方丈爲局，則其心豈不浩然哉！(《歐集》卷六十三)

上列引文中，「壯哉」二字作感嘆之用；其下「何哉」是提問法，引出「反以爲樂」的原因；「則其心豈不浩然哉」將「豈」字與「哉」字同時使用，是激問法。三個「哉」字，意態各異。〈游鯈亭記〉中，「壯哉」一語出現三次之多，或在句末、或在句中，貫串全文脈絡。「哉」字的重覆使用，使文章情感更顯深刻，語勢亦爲之從容。

〈畫舫齋記〉以「豈不戾哉？」「以謂非冒利與不得已者孰肯至是哉？」「則舟之行豈不樂哉！」三個問句層層推進，從驚嘆舟行凶險，到感慨行舟急流者之不得已，最後推至泛舟遊賞者之歡樂，每一層次以一問句轉折，「哉」字連用，蓄積文勢。(《歐集》卷三十九)

觀以上「哉」字用法，可發現歐陽脩常將「哉」字與「豈」字同時運用，又如〈李秀才東園亭記〉：「豈能忘情於隨哉？」(《歐集》卷六十三)〈御書閣記〉：「豈不賢於其徒者哉？」(《歐集》卷三十九)〈眞州東園記〉：「豈獨私吾三人者哉？」〈相州晝錦堂記〉：「豈止誇一時而榮一鄉哉？」，「豈不眷眷於是哉？」(《歐集》卷四十)〈峴山亭記〉：「豈非以其人哉？」(《歐集》卷四十)皆是以「豈」、「哉」連用，作爲反詰句法。

(2)「歟」字

〔註35〕唐彪《讀書作文譜》，卷七。

以「歟」字作句末助詞者，如〈夷陵縣至喜堂記〉：

夷陵者，楚之西境，昔《春秋》書荊以狄之，而詩人亦曰蠻荊，豈其陋俗自古然歟？（《歐集》卷三十九）

〈吉州學記〉則云：

豈非盛美之事，須其久而後至於大備歟？（《歐集》卷三十九）

上述兩個例子中，「歟」字皆表達出心中的疑問、推測。〈夷陵縣至喜堂記〉是透過前人的記述，推測峽州自古鄙陋的可能性；〈吉州學記〉則爲宋朝建國之後，經過八十四年之久才廣泛興學，提出可能的原因。

又如〈峴山亭記〉：

豈皆自喜其名之甚，而過爲無窮之慮歟？將自待者厚，而所思者遠歟？（《歐集》卷四十）

連用兩個問句，以「歟」字表達心中的疑問，推測對羊祜、杜預究竟是愛好名聲或是自矜自重。

此外，「歟」字又可表示激動之情，如〈襄州穀城縣夫子廟碑記〉：

而後之人不推所謂釋奠者，徒見官爲立祠而州縣莫不祭之，則以爲夫子之尊，由此爲盛。甚者乃謂生雖不得位，而歿有所享，以爲夫子榮，謂有德之報，雖堯、舜莫若。何其謬論者歟！（《歐集》卷三十九）

對時人不明白釋奠古禮，誤以爲孔子受祭饗是品德崇高的回報，深以爲荒謬而大表無奈。

(3)「邪」字、「也」字

以「邪」字爲句末助詞者，如〈御書閣記〉敘述佛老二家應合力與儒家抗衡，卻「反自相攻」，質疑：

豈其死生性命所持之說相盭而然邪？（《歐集》卷三十九）

〈畫舫齋記〉追憶往日貶謫時行舟之苦，云：

豈真樂於舟居者邪？（《歐集》卷四十）

上述兩個例子中，「豈」字與「邪」字形成反詰語氣，〈御書閣記〉意謂佛老二教的義理確實相背，〈畫舫齋記〉則意謂自己並不是真的喜歡船上的生活。

此外，也有以「也」字作爲疑詞者，如〈李秀才東園亭記〉：

然怪其山川土地，既無高深壯厚之勢，封域之廣與郥、蓼相介，才一二百里，非有古強諸侯制度，而爲大國，何也？……而隨近在天

子千里內，幾一百年間未出一士，豈其庳貧薄陋自古然也？（《歐集》卷六十三）

此處「也」字與「何」、「豈」並用，以表示疑問，與「邪」字相通。文中第一個問句藉由「也」字表達出對隨州成爲大國的疑惑，第二個問句則藉由「也」字表達出對隨州自古鄙陋的推測之意。雖然皆以「也」字爲疑詞，代表的意涵卻不盡相同。

二、實詞的使用

實詞在文章之中，常用以表述動作、情態、形貌等等。我國詞彙繁富，近義詞甚多，語意間的些微差異，尤其讓作家在行文時苦心辨析，推敲再三，以選出最適切、最奪目的詞語，讓整篇文章生色。

探究歐陽脩建物記實字的使用，約可歸納出三大特色：「靈活多變」、「精確傳神」、「新穎獨特」，茲舉例論述之如下：

（一）靈活多變

〈夷陵縣至喜堂記〉中敘述治理峽州：

又教民爲瓦屋，別竈廩，異人畜，以變其俗。既又命夷陵令劉光裔治其縣，起勑書樓，飾廳事，新吏舍。三年夏，縣功畢。（《歐集》卷三十九）

其中與建造相關的動詞，有「爲」、「起勑」、「飾」、「新」等，歐公使用不同的字來記述修造，一則使文章呈現靈活多變之姿，一則爲求文意的精確，比如：「吏舍」、「廳事」必定是已有，方能「新」之、「飾」之；而「瓦屋」是峽州本來沒有的，因此不適合用「新」，且「瓦屋」是質樸的民宅，「飾」之則不合乎常理。文中分別以「善」、「惡」形容貶地，云「罪戾之人，宜棄惡地，處窮險」，「今乃賴朱公而得善地，以偷宴安」。將「鄙陋」、「澆薄」等形容詞鎔鑄成一個「惡」字；將「完善」、「純樸」等形容詞鎔鑄成一個「善」字，詞語凝鍊。「善」、「惡」各別觀之，足以說明該地物質生活以及風俗習慣；合併觀之，又形成明顯對比，烘托夷陵經建設之後的美好樣貌。

〈畫舫齋記〉中追憶貶夷陵途中的驚懼：

追思曩時山川所歷，舟檝之危，蛟黿之出沒，波濤之洶欻，宜其寢驚而夢愕。（《歐集》卷三十九）

在這段敘述之前，歐陽脩已兩次提到「恐」字，包括「其羈窮不幸而卒遭風波之恐」、「當其恐時」，故此處歐陽脩改換用字，以「驚」、「愕」代替「恐」。「驚」、「愕」詞義相近，「寢」、「夢」詞義亦相近，雖是義近詞語，卻因用詞的不同而呈現多變的風貌。文章由首段「因以舟名焉」開始，依序以「反以舟名之」、「猶以舟名其齋」、「姑以舟名予齋」娓娓道來，「因」、「反」、「猶」、「姑」等字，反映出歐公的思考歷程，由齋名與齋形的貼切，思及此名與生活景況的矛盾。

〈偃虹隄記〉中稱美滕宗諒「蓋慮於民也深，則謀其始也精」，又稱美他「慮熟謀審」。（《歐集》卷六十三）「慮」與「謀」詞義相近，《說文》：「慮，謀思也。」〔註 36〕文中滕宗諒所「慮」在百姓在洞庭湖行舟的安危，偏於內心思量；所「謀」則在於建造人力、築堤規模等計劃，偏於實際的擘畫。以「深」、「熟」形容內心之思，傳達出情感的深厚與思考的圓熟；以「精」、「審」形容實際擘畫，傳達出設計的精確嚴密。文章前後分別以「深」、「熟」以及「精」、「審」形容「慮」、「謀」，使文字富於變化。

（二）精確傳神

〈東齋記〉描述張應之病中讀書之樂：

> 然每體之不康，則或取六經、百氏，若古人述作之文章誦之，愛其深博閎達、雄富偉麗之說，則必茫乎以思，暢乎以平，釋然不知疾之在體。（《歐集》卷六十三）

歐陽脩藉由「茫」、「暢」、「釋」等詞語，言其思維之浩蕩、心境之平暢以及身體之舒適，合於開篇「閒居平心以養思慮」的期待，而「茫」、「暢」、「釋」等詞語亦準確傳達出張應之身心的安泰舒暢。

〈叢翠亭記〉描寫由亭中觀賞四周之景：

> 見山之連者、峰者、岫者，駱驛聯亙，卑相附，高相摩，亭然起，崪然止，來而向，去而背，傾崖怪壑，若奔若蹲，若鬬若倚，世所傳嵩陽三十六峰者，皆可以坐而數之。（《歐集》卷六十三）

以「連」、「峰」、「岫」寫出山的不同類別，「卑」與「高」、「亭」與「崪」、「向」與「背」種種不同樣貌相互映襯；「奔」、「蹲」、「鬬」、「倚」等種種擬人情態同時鋪陳，將叢翠亭四周山巒的奇峻秀麗重現紙上。〈醉翁亭記〉描述「有亭翼然」，「翼」字將醉翁亭形象生動寫出，亦是歐陽脩用字傳神之例。

〔註 36〕許慎撰、段玉裁注《說文解字》（臺北：黎明文化，1988 年 10 月增訂三版）第十篇下，「慮」字條。

〈陳氏榮鄉亭記〉描述縣吏厭惡儒生的情態，文中言「吏與民尤鶩惡猾驕」，對待儒生「嘲咻踞罵辱之」、「陰用里人無賴苦之」，將縣吏惡劣的神情言行，生動展現紙上。(《歐集》卷六十三）尤其文中「然其特不喜秀才儒者」之「特」字，更點出縣吏對儒生深惡痛絕、恨之入骨的態度。

〈李秀才東園記〉敘述東園的變化：

> 公佐引予登亭上，周尋童子時所見，則樹之蘖者抱，昔之抱者枿，草之茁者叢，荄之甲者今果矣。……幸而再至，則東園之物又幾變也。計亭之梁木其蠹，瓦甓其溜，石物其泐乎！(《歐集》卷六十三）

文中對樹木生長變化，有「蘖」、「抱」、「枿」等分別；對其他植物的變化則有「茁」、「叢」、「荄」、「果」等分別，描述細膩，用詞也精確。文中對建築頹圮的想像亦十分生動，梁木會受蟲咬，故曰「蠹」；磚瓦會破損漏水，故曰「溜」；石物會受風化，故曰「泐」，雖然三者都是指破損，歐陽脩卻因其性質不同而安排不同動詞，用詞不僅精準，且十分生動。

〈海陵許氏南園記〉描述許子春對臥病姪兒的細心看護：

> 君素清貧，罄其家貲走四方以求醫，而藥必親調，食飲必親視，至其矢溲亦親候其時節顏色所下。(《歐集》卷四十）

文中連用三個「親」字，強調許子春凡事不假旁人之手，親自照顧姪兒服藥、飲食甚至便溺，使許子春的慈愛形象顯得格外鮮明而強烈。

〈偃虹隄記〉中云「而又常有風波之恐，覆溺之虞」，(《歐集》卷六十三）「恐」作驚恐解，「虞」作「憂慮」解，分別傳達面對湖上風波之惡時，情緒的直接反應；以及思考最壞的可能之後，內心的感受。

〈有美堂記〉旨在突出有美堂之美。文中極力鋪敘東南奇偉秀絕之地的荒涼，以及金陵的破敗，並強調至美與至富二者無法得兼，以烘托錢塘之美。〈有美堂記〉以「獨」字顯示錢塘、有美堂之特出：

> 獨錢塘自五代始時，……今其民幸富完安樂。……又有四方遊士爲之賓客，故喜占形勝，治亭榭，相與極遊覽之娛。……獨所謂有美堂者，山水登臨之美，人物邑居之繁，一寓目而盡得之。(《歐集》卷四十）

文章藉由映襯之法突顯錢塘、有美堂的價值，東南奇偉秀絕之地以及金陵皆無法兼有至美與至樂，而「獨」字正表示錢塘、有美堂是本文「有得於此者，必有遺於彼」理論下的例外，顯示出錢塘、有美堂能夠兼有至美與至富的難能可貴。

第五章　後代對歐陽脩建物記的評價

歷代文評家對歐陽脩建物記的品評，一方面提供後人深入賞析歐公作品的途徑，呈現作品的特殊風格與文學價值；另一方面則顯示各時代與各個分析者不同的文學觀。在探索歐陽脩建物記之文學批評時，往往牽涉到歐陽脩所有雜記、歐陽脩之散文，甚至是宋代整體散文的風格與成就。

本章將以歐公建物記之批評為主，並將相關批評納入本章。以下依宋代、金元時代、明代、清代、清末民初畫分五節，每節先就該時代對歐公雜記與散文的批評，進行整體探討，再選取具代表性的建物記批評，進行深入研究。

第一節　宋代的批評

宋人對歐陽脩建物記的評論可以由三方面切入：一是對雜記的認識，二是對歐陽脩文風的認識，三則是對歐陽脩建物記特色的認識。透過對文體的評論，可觀察宋人對雜記的認識，以及歐陽脩雜記在文體流變中的位置；透過對作者的評論，可以觀察歐陽脩散文風格在建物記的呈現情形；透過對作品的評論，可以觀察歐公建物記的特色與成就。

以下將宋人評論分為「文體評論」、「作家評論」、「作品評論」三點，茲論述之如下：

一、文體評論

雜記至宋代產生明顯變化，唐代雜記雖間或雜以議論，但比重不如宋代來得高，這一點宋人已有自覺，陳師道（1053～1101）《後山詩話》曾就宋代雜記的議論特色加以論述：

> 退之作記，記其事爾；今之記乃論也。〔註 1〕

陳師道以韓愈爲標準，將宋人雜記與唐人雜記加以比較，指出唐代作記多「記其事」，而宋代作記則可以說是「論」，呈現議論比重偏多的特點。

陳師道的評論顯示出宋人對「雜記議論化」的自覺。宋人習於「即物就理」，〔註 2〕在耳聞目睹的一事一物中體察天道，即物而起，有感而發，並將此種興發議論與記事、寫景、狀物聯繫在一起，這或許是雜記走向議論化的主要原因之一。

葉適（1150～1223）云：

> 韓愈以來，相承以碑志序記爲文章家大典冊，而記，雖愈及宗元，猶未能擅所長也。至歐、曾、王、蘇，始盡其變態，如〈吉州學〉、〈豐樂亭〉、〈擬峴臺〉、〈道州山亭〉、〈信州興造〉、〈桂州新城〉，後鮮過之矣。若〈超然臺〉、〈放鶴亭〉、〈筼簹偃竹〉、〈石鐘山〉，奔放四出，其鋒不可當，又關紐繩約之不能齊，而歐、曾不逮也。〔註 3〕

葉適指出雜記由唐至宋的遞變。首先，他指出散文的重要文體：碑、志、序、記，這些文體是自韓愈以降爲文人所重視，然而雜記在韓柳作品中並無長足發展。其次，他指出雜記在北宋四大家「歐、曾、王、蘇」手中有極大創發，後代很少能超越此一成就。第三，他指出蘇軾作品對雜記體的革新變化，遠勝其他三大家。

讀葉適所舉歐、曾、王之作品，可以發現這些文章由單純記述建物，轉移至其他「人、事、物」之上。歐陽脩〈吉州學記〉圍繞「興學」爲文，自天子興學寫起，逐步引至吉州蓋州學經過，復鋪陳吉州廣被教化之願景；〈豐樂亭記〉圍繞「豐樂」而作，藉滁州五代時的戰亂，反襯今日安樂，歸美於「上之功德」（《歐集》卷三十九）。曾鞏〈擬峴臺記〉、〈道山亭記〉通過記述周遭風景，分別寄寓讚美裴材「與民同樂」的善政，以及程思孟「抗思塵外」的襟懷，兩篇文章皆以寓主於客的方式呈現主旨。〔註 4〕王安石〈信州興造記〉

〔註 1〕參見陳師道《後山詩話》（民國十六年上海商務印書館排印本）。

〔註 2〕程杰《北宋詩文革新研究》，第十四章〈北宋詩文革新中觀物體物方式的變化與發展〉，頁 403。

〔註 3〕參見葉適《習學記言序目》（臺北：新文豐出版公司，1989 年），卷四十九。

〔註 4〕〈擬峴臺記〉、〈道山亭記〉分別參見曾鞏《元豐類藁》（四部叢刊正編本，臺北：臺灣商務印書館，1979 年），卷十八、卷十九。

通過記述張公主持信州興造的過程，議論官吏為政之道；〈桂州新城〉通過儂智高叛亂時貴州不守，至亂平後貴州城重修，議論守城安全之道。〔註5〕

由此觀之，葉適評論此時期曰「盡其變態」，蓋指「雜記議論化」而言。

至於葉適所列〈超然臺記〉、〈放鶴亭記〉、〈文與可畫篔簹偃竹記〉、〈石鐘山記〉等蘇軾文章，〔註6〕記敘主體已退至配角，只借記敘點化議論或抒發感情，以敘襯議，突現主旨。如〈超然臺記〉用四方形勝與四季美景來渲染遊賞之樂，文末點出超然物外、隨遇而安的思想。〈放鶴亭記〉由酒、鶴聯想到文史典故，並以酒襯鶴，論及南面之君不能得隱士之樂，洋溢出世隱逸之情。〈石鐘山記〉起筆議論山名由來，次段寫小舟夜遊，末段議論「石鐘」之名來源，說明要認識事物真相必須親見，切忌主觀臆斷的道理。〈文與可畫篔簹谷偃竹記〉寫出了文同的高明畫論、高超畫技和高尚的畫品，文章從竹的本性寫起，點出對亡友的思念作結。這些作品皆以議論或抒情為主，其中〈石鐘山記〉以議論始、以議論作結，完全顛覆了雜記先敘後議的作法。

葉適的評論，顯示宋人已觀察出雜記流變的三個時期：「韓、柳」為第一時期，「歐、曾、王」第二時期，「蘇」為第三時期，各時期雖有承繼關係，但二、三時期各有創發，與前一時期已不盡相同。歐、曾、王等宋代大家超越了雜記以記敘為主的既定形式，借題發揮，使雜記議論成分逐漸加重；蘇軾則在老莊影響之下，超越前人體式規律與美感歸趨，展現與歐、曾、王相異的風格。

歐陽脩在師法韓愈散文之際，又能開創雜記嶄新風貌；然而他的創新又不若蘇軾變化之鉅，「鋒不可當」。若將雜記由正體至變體的變化視為一光譜，歐陽脩正站在韓愈與蘇軾中間。

二、作家評論

宋代批評家留意到歐文含蓄曲折的特色，為歐陽脩文風拈出「紆餘委備」、「紆餘委曲」等評語。蘇洵（1009～1066）〈上歐陽內翰第一書〉（作於嘉祐元年，西元1056年）中云：

> 執事之文，紆餘委備，往復百折，而條達疏暢，無所間斷。氣盡語

〔註5〕參見王安石《臨川先生文集》（四部叢刊正編本，臺北：臺灣商務印書館，1979年），卷八十二。

〔註6〕〈超然臺記〉、〈放鶴亭記〉、〈文與可畫篔簹偃竹記〉參見《蘇集》卷十一，〈石鐘山記〉參見《東坡全集》卷十二。

極，急言竭論，而容與閑易，無艱難勞苦之態。〔註 7〕

蘇洵指出歐陽脩文章的「委婉」以及「平易」，他認爲歐文結構曲折跌宕，卻又條貫暢達；在文句方面，則敘事透徹、情感激切、議論透闢；而整體而言，又能呈現平易暢達、從容不迫的風格。

蘇洵的評論確實合於歐陽脩建物記風格。以〈游鯈亭記〉爲例（作於寶元元年，西元 1038 年），文長雖僅三百餘字，整篇文章卻起伏波折，由岷江起筆，一路緩引至主題，以「壯」字貫串全文；又鍾鍊警句，說明其兄「陶乎不以汪洋爲大，不以方丈爲局」的浩然之心，語氣激昂，擲地有聲；文中又重複使用「哉」字感嘆，文情爲之深刻，語勢亦爲之從容。

又以〈豐樂亭記〉爲例（作於慶曆六年，西元 1046 年），文章「豐樂」貫串全文，寫「豐樂」卻偏由反面切入，自干戈用武著筆，緩引至太平之世的山高水清、休養生息。文章至此才正面點出「豐樂」，充滿紆餘之美；作者又鍾鍊語句，極言人民之豐樂「幸生無事之時也」；巧妙運用「而」字，使語意舒緩有致。

蘇軾（1037～1101）云：

歐陽子論大道似韓愈，論事似陸贄，記事似司馬遷，詩賦似李白。〔註 8〕

他指出韓愈、司馬遷等人對歐陽脩的影響，由這段敘述可以看見司馬遷對歐陽脩記敘文的影響，這樣的批評一直影響後世文評家。此外，也可以看見宋代已將韓、歐二人並舉。

曾鞏（1019～1083）指出歐陽脩力求平易自然：

歐云：孟韓文雖高，不必似之也，取其自然耳。〔註 9〕

歐陽脩學韓卻不似韓，力求平易。因此韓文多奇字，歐公建物記用字卻以常見的動詞、名詞、形容詞爲之，只在字詞使用的靈活性以及精確性下功夫，即使自創新穎獨特的用法，仍然是將常見字詞拿來改換詞性、改換用法（詳參第四章第三節「實詞的使用」），並未使用艱澀字詞。朱熹（1130～1200）指出歐文「初不曾使差異底字換卻尋常底字，……歐公文字敷腴溫潤」，〔註 10〕

〔註 7〕蘇洵《嘉祐集》（四部叢刊正編本，臺北：臺灣商務印書館，1979 年），卷十一。

〔註 8〕蘇軾〈六一居士集敘〉，參見《蘇集》十，頁 315。

〔註 9〕曾鞏〈與王介甫第一書〉，參見《元豐類藁》卷十六。

〔註 10〕黎靖德編《朱子語類》（臺北：文津出版社，1986 年 12 月），卷一百三十九。

即是就歐文用字的去奇尚易而言，稱許其「平易」之美。

韓淲（1159～1224）云：

> 歐陽公自醉翁亭後，文字極老。〔註 11〕

韓淲以〈醉翁亭記〉作爲歐陽脩文章風格轉換的標記，所謂「老」應是指境界老練、純熟而言。推測韓淲之意，應是指被貶滁州一事對歐陽脩創作風格的影響。歐陽脩貶謫滁州，在日常生活與精神上雖忍受諸般磨難，卻淬礪出更光輝的人格情操。觀貶滁之前的建物記作品，如〈泗州先春亭記〉、〈夷陵縣至喜堂記〉、〈峽州至喜亭記〉、〈吉州學記〉等文，皆敘述建物主人善政，而未進一步闡述自己對人民的關懷；貶滁之後的建物記作品，除了有〈偃虹隄記〉、〈眞州東園記〉、〈相州晝錦堂記〉記述善政與功勳，如〈醉翁亭記〉、〈豐樂亭記〉更進一步寫出「太守之樂其樂也」、「幸其民樂其歲物之豐成」的愛民情懷（詳參第三章第二節）。

歐陽脩貶滁州之後，把政治理想寄託在自然山水的樂趣和對人民福祉的關心，而且將之融化在文章之中，以藝術手法表現之。〔註 12〕這樣的轉變，使得貶滁之後的作品，意蘊更加深厚。由韓淲的評論可以發現，宋人已注意到貶滁一事對歐公造成的影響，並認爲此一影響對歐文而言，具有正面意義。

三、作品評論

（一）醉翁亭記

〈醉翁亭記〉在宋代獲得許多關注，尤其是關於文章體製的討論。蘇軾云：

> 永叔作〈醉翁亭記〉，其詞玩易，蓋戲云耳，不自以爲奇特也。而妄庸者亦作歐語，云：「平生爲此文最得意。」又云：「吾不能爲退之〈畫記〉，退之又不能爲〈醉翁亭記〉。」此又大妄也。〔註 13〕

黃庭堅（1045～1105）〈與何靜翁書〉：

> 或傳王荊公稱〈竹樓記〉勝歐陽公〈醉翁亭記〉，或曰此非荊公之言也。某以謂荊公出此言未失也。荊公評文章，常先體製而後文之工拙。蓋嘗觀蘇子瞻〈醉白堂記〉，戲曰：「文詞雖極工，然不是〈醉

〔註 11〕韓淲《澗泉日記》（臺北縣：藝文印書館，1969 年），卷下。

〔註 12〕參見黃一權《歐陽脩散文研究》（上海：華東師範大學出版社，2003 年 11 月），頁 28。

〔註 13〕蘇軾〈記歐陽論退之文〉，《東坡題跋》（臺北縣：藝文印書館，1966 年），卷一。

白堂記〉，乃是韓白優劣論耳。」以此考之，優〈竹樓記〉而劣〈醉翁亭記〉，是荊公之言不疑也。〔註 14〕

蘇軾稱此文是戲筆之作，是爲歐陽脩辯護，〔註 15〕認爲歐陽脩不是不能作〈畫記〉一類的「正體」雜記，而是以文爲戲，因此才有〈醉翁亭記〉這樣不合乎文章體製的作品出現。黃庭堅探討王安石「優竹樓記而劣醉翁亭記」的論點，認爲若置文章工拙於一旁，單就體製觀之，則〈醉翁亭記〉不及〈黃州新建小竹樓記〉。由蘇軾、黃庭堅的評論可知，倘若由文之「體製」評之，〈醉翁亭記〉顯然不合乎宋人對「記」的要求。

比較〈醉翁亭記〉與〈畫記〉、〈黃州新建小竹樓記〉的相異之處，可以發現以下數點：第一，就內容而言，三篇文章皆以記敘爲主，〈黃州新建小竹樓記〉、〈醉翁亭記〉在結尾處皆抒發作者個人情志。〔註 16〕第二，就句式而言，〈畫記〉主要以散行文句寫成，〈黃州新建小竹樓記〉、〈醉翁亭記〉則駢散兼俱，而〈醉翁亭記〉尤工於以駢化句式鋪敘成文（參見第四章第二節）。第三，就虛詞使用而言，〈醉翁亭記〉使用大量的虛詞，遠多於〈畫記〉、〈黃州新建小竹樓記〉。

此外，〈醉翁亭記〉雖無刻意用韻，但文中音韻優美，「也」字上方的實字音韻和諧，如「環滁皆山也」、「釀泉也」、「山之僧曰智僊也」、「在乎山水之間也」、「太守宴也」、「眾賓歡也」數句中，山、泉、僊、間、宴、歡等字音韻相諧：山、間同爲山韻，歡爲桓韻，泉、僊同仙韻，宴爲銑韻，這些字皆屬於山攝，讀音相近。〔註 17〕又如「故自號曰醉翁也」、「而樂亦無窮也」、「太守歸而賓客從也」數句中，翁、窮、從等字音韻相諧：翁、窮押東韻，從押冬韻，皆屬於通攝。〔註 18〕又如「太守自謂也」、「太守醉也」二句中，

〔註 14〕黃庭堅《山谷題跋》（臺北：臺灣商務印書館，1965 年 12 月），卷二。

〔註 15〕參見熊海英〈醉翁亭記與北宋中期的文壇〉，《江漢大學學報（人文科學版）》（武漢：江漢大學，2004 年 10 月），頁 44～45。

〔註 16〕〈畫記〉記畫，〈黃州新建小竹樓記〉與〈醉翁亭記〉記建物。〈黃州新建小竹樓記〉結尾以騷人之事自命，隱含氣格與情感的執著；〈醉翁亭記〉結尾抒發「與民同樂」之志。參見王禹偁《小畜集》（四部叢刊初編縮本，臺北：臺灣商務印書館，1965 年）卷十七、《歐集》卷三十九。

〔註 17〕參見陳彭年等重修、林尹校定《新校正切宋本廣韻》（臺北：黎明文化，2000 年 11 月）「山韻」、「仙韻」、「銑韻」、「桓韻」，頁 129、140、136、288、126；《四聲等子》「山攝外四」下，收錄於《等韻五種》（臺北：藝文印書館，2001 年）。以下《新校正切宋本廣韻》簡稱《廣韻》。

〔註 18〕參見《廣韻》「東韻」、「冬韻」，頁 31、26、36；《四聲等子》「通攝內一」下。

謂、醉音韻相諧：謂押未韻，醉押至韻，二者皆爲止攝。〔註 19〕又如「得之心而寓之酒也」、「滁人遊也」二句中，酒、遊音韻相諧：酒押有韻，遊押尤韻，二者皆爲流攝。〔註 20〕

由此可知，蘇軾所謂「其辭玩易」、王安石之所以「優竹樓記而劣醉翁亭記」，應是針對〈醉翁亭記〉句式、音韻而來；進一步可以推知宋人對「記」的要求，除了在內容上以記敘爲正體之外，在形式上更要求須符合「散文」形式。〈醉翁亭記〉的駢化句式、相諧音韻，使文章逸出了「散文」的規範，這樣的文章又出於不可能不知道散文體製的古文家，因此才有「戲筆」之評。

宋人認爲〈醉翁亭記〉體製與賦接近。陳師道（1053～1101）《後山詩話》：

> 少游謂〈醉翁亭記〉亦用賦體。〔註 21〕

陳鵠（南宋人，生卒年不詳）云：

> 余謂文忠公此記之作，語意新奇，一時膾炙人口，莫不傳誦，蓋用杜牧〈阿房賦〉體，游戲於文者也，但以記其名醉爲號耳。〔註 22〕

朱弁（1085～1144）云：

> 初成，天下莫不傳誦，家至戶到，當時爲之紙貴。宋子京得其本，讀之數過，曰：「只目爲『醉翁亭賦』有何不可？」〔註 23〕

陳師道、陳鵠、朱弁的記述都指出〈醉翁亭記〉與賦的相似性，其中陳鵠視之爲「游戲於文」，應是受到蘇軾影響。

宋代駢文、辭賦都受古文的影響而呈現文體交融的特色，相對的，古文也在某種程度上受到其他文體的浸潤。〈醉翁亭記〉因爲駢散交融、音韻和諧，所以呈現近似「賦體」的特色。此外，比較〈醉翁亭記〉與〈阿房宮賦〉，可以發現兩篇文章在頻用「也」字的特色上相似。觀〈阿房宮賦〉全文中，頻用「也」字的句式如下：

> 明星熒熒，開妝鏡也；綠雲擾擾，梳曉鬟也。渭流漲膩，棄脂水也；煙斜霧橫，焚椒蘭也；雷霆乍驚，宮車過也；轆轆遠聽，杳不知其

〔註 19〕參見《廣韻》「未韻」、「至韻」，頁 359、350；《四聲等子》「止攝內二（合口呼）」下。

〔註 20〕參見《廣韻》「有韻」、「尤韻」，頁 324、204；《四聲等子》「流攝內六」下。

〔註 21〕參見陳師道《後山詩話》。

〔註 22〕陳鵠《西塘集耆舊續聞》（臺北縣：藝文印書館，1967 年），卷十。

〔註 23〕朱弁《曲洧舊聞》（臺北縣：藝文印書館，1967 年），卷三。

所之也。〔註24〕

前五組句子屬於表態句型，描述何種景象屬於何種事物；〔註25〕最後一句屬於遞進複句，敘述車輦由聽得見轆轆聲到寂靜不可聞。〔註26〕〈醉翁亭記〉中將「者」、「也」二虛字合用，構成表態句型，（參見第四章第三節），與〈阿房宮賦〉句型相似，這或許就是陳鵠認爲〈醉翁亭記〉近似賦體的原因之一。〈醉翁亭記〉固然不合乎古文體製，但是因爲「語意新奇」而大受歡迎，在當時「莫不傳誦」，深受時人喜愛。

洪邁（1123～1202）云：

> 歐陽公〈醉翁亭記〉、東坡公〈酒經〉皆以「也」字爲絕句，歐陽二十一「也」字，坡用十六「也」字，歐記人人能讀，至於〈酒經〉，知之者蓋無幾。坡公嘗云：「歐陽作此記，其詞玩易，蓋戲云耳，不自以爲奇特也。」而妄庸者作歐語云：『平生爲此文最得意。』又云：『吾不能爲退之〈畫記〉，退之不能爲吾〈醉翁亭記〉。』'又大妄也。」坡〈酒經〉每一「也」上必押韻，暗寓於賦，而讀之者不覺其激昂，淵妙殊非世間筆墨所能形容。〔註27〕

洪邁指出蘇軾〈酒經〉（《蘇集》卷六十四）頻繁使用「也」字，且「每一『也』上，必押韻，暗寓於賦」，可知〈酒經〉音韻和諧，正是它與辭賦近似之處。前文已探討過〈醉翁亭記〉雖然不是每一「也」字上必押韻，但仍具有音韻之美，也因而呈現賦体特色。由此觀之，〈醉翁亭記〉、〈酒經〉在「也」字使用以及音韻美感上，特色相近。

虛詞的使用是歐陽脩散文一大特色。王銍（字性之，生卒年不詳，約在北宋至南宋間）記載歐陽脩將〈峴山亭記〉「一置茲山上，一投漢水淵」增添「之」字；〔註28〕范公偁（生卒年不詳，約在北宋至南宋間）記載歐陽脩精

〔註24〕參見董誥編《全唐文》（上海：上海古籍出版社出版，1990年），卷七百四十八。

〔註25〕蔡宗陽《國文文法》：「所謂表態句，是指描述人、事、物的性質、行爲、動作、狀態、形狀、聲音的普通句，又稱爲描寫句，也稱爲表態簡句、形容詞謂語句。」參見蔡宗陽《國文文法》第六章〈單句的句型〉，頁380。

〔註26〕蔡宗陽《國文文法》：「所謂遞進複句，是指在分句之間，在時間、程度、數量、範圍等方面，由輕而重，先淺後深、由易而難，先小後大的層次區別，層層遞升或遞降的複句。」參見蔡宗陽《國文文法》第七章〈複句的句型〉，頁463。

〔註27〕洪邁《容齋五筆》（臺北：新文豐出版公司，1989年，1996年），卷八。

〔註28〕王銍《默記》，卷下。

心為〈相州晝錦堂記〉「仕宦至將相，富貴歸故鄉」增添「而」字，〔註29〕兩人都對增改後的文句加以肯定。

「一置茲山上，一投漢水淵」增添「之」字，以及「仕宦至將相，富貴歸故鄉」增添「而」字之後，皆使語句顯得更加從容舒緩。歐陽脩建物記中，「之」字可舒緩語氣、使駢句呈現散文化；「而」字使得氣韻曲折婉轉、文句暢達舒緩、偶句散化，疊用則有整齊協調之感（參見第四章第三節）。

然而，並非每一篇頻繁使用助詞的作品都被視為佳篇，其中尤以〈醉翁亭記〉備受爭議。李如篪（生卒年不詳，約在北宋至南宋間）評論道：

> 歐陽永叔之文，純雅婉熟，使人讀之，亹亹不倦。然比之韓、柳所作，深雄遒勁不及也，雖各自有體，然亦傷助語太多。如〈醉翁亭記〉，其文之美者也，亦有助語可去。如曰「環滁皆山也。其西南諸峰，林壑尤美。」則「其」字可去。「漸聞水聲潺潺，而瀉出於兩峰之間者，釀泉也」，則「而」字可去，「瀉」字亦可去。「然而禽鳥知山林之樂，而不知人之樂」，「然而」二字可去。如此等閒字削去之，則文加勁健矣。大抵為文，要須移動一字不得方好。〔註30〕

李如篪雖肯定〈醉翁亭記〉文字秀麗，卻認為「亦有助語可去」；他認為歐陽脩文章助詞太多，若刪去多餘助語，則文章可更為雄勁健拔。然而歐文「溫雅婉熟」的陰柔之美，實與助詞的使用相關聯。事實上，李如篪所刪去字未必真為「等閒字」，如「而」、「然而」等字，有使語意流暢婉轉之效（參見第四章第三節）。

葉氏《愛日齋叢鈔》云：

> 洪氏評歐公〈醉翁亭記〉、東坡〈酒經〉皆以「也」字為絕句，歐用了二十一「也」字，坡用十六「也」字，歐記人人能讀，至於〈酒經〉，知之者蓋無幾。每一「也」上，必押韻，暗寓於賦，而讀之者不覺其激昂，淵妙殊非世間筆墨所能形容。余記王性之云：古人多此體，如《左傳》：「秦用孟明，是以能霸也。」此段凡十「也」字。其後韓文公〈潮州祭神文〉，終篇皆「也」字。不知歐陽公用柳開仲塗體，開代臧丙作〈和州團練使李守節墓誌銘〉，又作父監察御史夢奇誌文，終篇用「也」字。〈李誌〉「也」字十五，末云：「摭辭而書

〔註29〕范公偁《過庭錄》。
〔註30〕李如篪《東園叢說》（臺北縣：藝文印書館，1968年）卷下。

石者，侯之館客臧丙夢壽也。」性之以歐公全用此體。又觀王荊公為〈葛源墓誌〉，始終用「也」字三十，末亦云：「論次其所得於良嗣而為銘者，臨川王安石也。」輩氏謂全學〈醉翁亭記〉，用之墓文則新，是未知前有柳體也。韓〈祭神文〉亦於「也」字上寓韻，則〈酒經〉文，其取法者。朱新仲評〈醉翁亭記〉終始用「也」字結句，議者或紛紛，不知古有此例。《易・雜卦》一篇終始用「也」字。《莊子・大宗師》自「不自適其適」至「皆物之情」，皆用「也」字。以是知前輩文格不可妄議。項平父評〈醉翁亭記〉、〈蘇氏族譜序〉，皆法《公羊》、《穀梁》傳。蓋蘇明允序族譜，亦用「也」字十九。及曾子固作〈從兄墓表〉，又用「也」字十七。追論本始，古而《易》，後而三傳、《莊子》，又近而韓氏，迄柳仲塗以降，歐、王、蘇、曾各為祖述。要知前古文體已備，雖有作者，不能不同也。〔註31〕

葉氏指出〈醉翁亭記〉頻繁使用「也」字的特色，早在《易・雜卦》、《左傳》、《公羊》、《穀梁》、《莊子・大宗師》就已出現。如《周易・雜卦》：

震，起也。艮，止也。損益盛衰之始也。大畜時也。無妄災也。萃聚，而升不來也。謙輕，而豫怠也。……歸妹女之終也。未濟男之窮也。夬決也，剛決柔也，君子道長，小人道憂也。〔註32〕

《左傳・文公三年》

秦伯伐晉，……，遂霸西戎，用孟明也。君子是以知秦穆之為君也，舉人之周也，與人之壹也。孟明之臣也，其不解也，能懼思也；子桑之忠也，其知人也，能舉善也。〔註33〕

《莊子・大宗師》：

……而不自適其適者也。古之眞人，其狀義而不朋，若不足而不承；與乎其觚而不堅也，張乎其虛而不華也；邴乎其似喜也，崔乎其不得已也，滀乎進我色也，與乎止我德也，廣乎其似世也，謷乎其未可制也，連乎其似好閉也，悗乎忘其言也。……人之有所不得與，皆物之情也。〔註34〕

〔註31〕葉氏《愛日齋叢鈔》（臺北：新文豐出版公司，1985年），卷四。

〔註32〕《周易》卷十一，阮元校勘《十三經注疏附校勘記》（臺北縣：藝文印書館，2001年）。

〔註33〕《左傳》卷九，同上註。

〔註34〕參見《莊子》內篇第六，莊周著、郭慶藩輯《莊子集釋》（臺北：華正書局，

《周易・雜卦》將「也」用在解釋「震」、「艮」、「歸妹」、「未濟」等卦象的句子中，《左傳》、《莊子》將「也」用在闡述事理之中。

葉氏又指出韓愈〈潮州祭神文〉（《韓集》卷二十二）「於『也』字上寓韻」，影響蘇軾〈酒經〉。前文已探討蘇軾〈酒經〉與歐陽脩〈醉翁亭記〉的比較，得出〈酒經〉與〈醉翁亭記〉皆具音韻之美的結論。由此可知：〈潮州祭神文〉、〈酒經〉與〈醉翁亭記〉皆頻用「也」字，且「也」字之上使用的詞語，具有音韻和諧的特色。

王楙（1151～1213）敘述〈醉翁亭記〉在宋代「人謂此體創見」，他反駁這種說法，認爲當時雖指出〈醉翁亭記〉多用「也」字是出於《周易・雜卦》，並認爲「錢公輔作〈越州井儀堂記〉，亦是此體」，〔註 35〕王楙的觀點應是受到葉氏影響。

分析葉氏所舉頻用「也」字的例子，可以分爲兩類：一，用在註解文意的句子中，《易・雜卦》即屬於此類。二，用在一般文章之中，如《左傳》、《莊子》，以及唐宋古文家的文章，如韓愈〈潮州祭神文〉（《韓集》卷二十二）、柳開〈和州團練使李守節墓誌銘〉（即〈宋故和州團練使李侯墓誌銘〉）、〔註 36〕歐陽脩〈醉翁亭記〉（《歐集》卷三十九）屬於此類。兩類用法有別，因此將《易・雜卦》視爲〈醉翁亭記〉頻用「也」字的淵源，或是認爲〈醉翁亭記〉「法《公羊》、《穀梁》傳」，並不完全適當，因爲就「也」字用法而言，古文家的文章與《左傳》、《莊子》更相近。

葉氏又指出柳開〈和州團練使李守節墓誌銘〉對歐陽脩的影響。柳開是宋代古文運動的先聲，承繼韓愈理念，影響穆修、尹洙，也間接影響了歐陽脩。〔註 37〕韓愈、柳開文學理念既然影響歐陽脩，若說〈醉翁亭記〉受到他們文章的啓發，亦不爲過。然而，〈醉翁亭記〉亦擁有超出前人的成就：第一，〈醉翁亭記〉流露平易自然之美，前人雖頻用「也」字，卻不若〈醉翁亭記〉平暢自然。第二，〈醉翁亭記〉每一「也」字即是一轉折，層層遞進，節節相

1989 年 8 月）。

〔註 35〕王楙《野客叢書》（臺北：新文豐出版公司，1985 年），卷二十七。

〔註 36〕柳開《河東先生集》（四部叢刊初編縮本，臺北：臺灣商務印書館，1965 年），卷十五。

〔註 37〕范仲淹〈尹師魯河南集序〉記述柳開的影響力：「皇朝柳仲塗起而麾之，靡俊率從焉。仲塗門人能師經探道，有文於天下者矣。……洛陽尹師魯少有高識，不逐時輩，與穆伯長游，力爲古文，……。遽得歐陽永叔，從而振之，由是天下之文一變而古，其深有功於道歟。」參見《范文正公集》，卷五。

生，與布局安排巧妙配合（參見第四章第一節）。以上兩點，或許這正是它的「多用也字」被視爲「創見」的原因。

另一方面，北宋古文家中，王安石〈葛源墓誌〉（即〈度支郎中葛公墓誌銘〉）、〔註38〕蘇洵〈蘇氏族譜序〉、〔註39〕蘇軾〈酒經〉、曾子開〈從兄墓表〉、〔註40〕錢公輔〈越州井儀堂記〉等文章，皆是頻用「也」之例，然而這些文章的藝術成就，幾乎未有能追上〈醉翁亭記〉者。樓昉（南宋人，生卒年不詳）評〈醉翁亭記〉云：

> 此文所謂筆端有畫，又如累疊階級，一層高一層，逐旋上去都不覺。〔註41〕

讚美〈醉翁亭記〉寫景出色，「筆端有畫」，且結構分明，「如累疊階級」，對其藝術成就加以肯定。

儘管宋人對〈醉翁亭記〉形式之美加以肯定，對其體製卻不予認同，這種看法與對歐陽脩文學成就的崇敬相互矛盾，於是蘇軾、陳鵠便以「戲筆」解釋之。

宋人將不合乎文章體製的文章視爲戲筆，如陳善（南宋人，生卒年不詳）《捫虱新話》云：「韓以文爲詩，杜以詩爲文，世傳以爲戲。」〔註42〕就是將不合乎體製的詩、文看作戲筆之作。早在唐代，韓愈便有「以文爲戲」的文章，〔註43〕這些作品打破文體的傳統規範，開創新的格局，使「以文爲戲」成爲「破體」的因由。〔註44〕追根究柢，韓愈對散文的大膽嘗試爲後世立下榜樣，歐陽脩既師法韓愈，其「以文爲戲」應該也是受到韓愈影響。歐陽脩亭臺樓閣諸記呈現辭賦化的色彩，〔註45〕尤以〈醉翁亭記〉最爲強烈，可以

〔註38〕王安石《臨川先生文集》卷九十六。

〔註39〕蘇洵《嘉祐集》卷十四。

〔註40〕曾肇《曲阜集》卷三，《四庫全書》1101 冊。

〔註41〕樓昉《迂齋先生標註崇古文訣》（明嘉靖癸巳十二年，西元 1533 年，盧州知府王鴻漸刊本），卷十八。

〔註42〕陳善《捫虱新話》（臺南：莊嚴文化，1995 年），卷三。

〔註43〕韓愈〈答張籍書〉：「吾子又譏吾與人人爲無實駁雜之說，此吾所以爲戲耳。」參見《韓集》卷二。按：韓愈以文爲戲的作品，包括〈毛穎傳〉、〈送窮文〉、〈進學解〉等。參見鄧國光《韓愈文統探微》（臺北：文史哲出版社，1992 年），頁 63～86。

〔註44〕鄧國光《韓愈文統探微》（臺北：文史哲出版社，1992 年），頁 84。

〔註45〕黃麗月〈試論「以賦爲文」——以歐陽脩諸記爲例〉一文指出歐陽脩諸記具有「三段式」及「設辭問答」結構，「駢散相間」的語言特色，「鋪陳敷

看見歐陽脩企圖在雜記舊有的體式之上有所創新。儘管韓、歐皆「以文爲戲」，然而二人風格卻各異：韓愈此類文章瑰怪奇特，歐陽脩〈醉翁亭記〉則平和簡易，自然流暢。

（二）〈豐樂亭記〉、〈吉州學記〉

〈豐樂亭記〉備受宋人肯定，朱熹（1130～1200）譽之爲「六一文之最佳者」，〔註46〕李耆卿謂之「能畫出太平氣象」。〔註47〕樓昉指出：

> 不歸功於己而歸功於上，最爲得體。敘干戈用武，以至平定，休息施於滁，則又着題詩也。讀之，使人興懷古之想。

吳子良（南宋人，生卒年不詳）云：

> 和平之言難工，感慨之詞易好，近世文人能兼之者，惟歐陽公。如〈吉州學記〉之類，和平而工者也；如〈豐樂亭記〉之類，感慨而好者也，然〈豐樂亭記〉意雖感慨，辭猶和平。〔註48〕

樓昉稱許歐陽脩將功勞歸美於君王的作法，又肯定文中撫今追昔的作法。吳子良承繼韓愈「窮苦之言易好」理論，〔註49〕評價〈吉州學記〉、〈豐樂亭記〉，讚美歐陽脩能超越人生境遇而爲文，不僅使文辭能工、能好，甚至使困頓中的文章，洋溢平和之氣。

〈吉州學記〉作於慶曆四年，其年仁宗應許歐陽脩等人所奏，詔令天下皆立州學；時歐陽脩任龍圖閣直學士、河北都轉運按察使，正是意氣風發，一展鴻圖之際。〔註 50〕文章從慶曆興學起議，歸美於仁宗新政，並讚揚李寬治理吉州有方，行文紆餘曲折，首先興起波瀾，逐步引至主題；句式駢散相間，工於鋪敘（參見第四章一、二節）。文章記興學盛事，屬於「和平之言」，本爲「難工」，然而歐陽脩下筆巧妙，使文章曲折委婉，鋪敘精工，且自然流

衍」、「對比映襯」及「排比歷數」的藝術技巧，又具有「諷諭」、「頌揚」等精神內涵，具散文賦化特色。參見黃麗月〈試論「以賦爲文」—以歐陽脩諸記爲例〉，《新竹師範學院語文學報》（新竹：新竹師範學院，2002 年 12 月），頁 135～161。

〔註46〕《朱子語類・論文》：「陳同父好讀六一文，嘗編百十篇作一集。今刊行〈豐樂亭記〉是六一文之最佳者，卻編在《拾遺》。」黎靖德編《朱子語類》，卷一百三十九。

〔註47〕李淦撰《文章精義》（臺北：莊嚴文化，1979 年），卷十。

〔註48〕吳子良《荊溪林下偶談》（臺北縣：藝文印書館，1965 年），卷三。

〔註49〕韓愈〈荊譚唱和詩序〉，《朱文公校韓昌黎先生集》，卷二十。

〔註50〕參見劉德清《歐陽脩紀年錄》，頁 158～159，168。

暢，推翻「和平之言難工」一語，讀之令人想像州學之恢弘富麗，以及吉州普施教化的美好遠景。

相較於〈吉州學記〉，〈豐樂亭記〉、〈蘇子美集序〉則爲「感慨之詞」。〈豐樂亭記〉作於貶滁之後，文章撫今追昔，記述滁州五代時的戰亂，稱美宋太祖戰功，流露愛民情懷，強調「宣上恩德，以與民共樂」的旨意（參見第三章第一、二節）。〈蘇子美集序〉作於蘇舜欽死後四年，文中讚美蘇舜欽的文才，以及他力學古文的態度，並對他「以一酒食之過，至廢於民而流落以死」深感沉痛，流露深深的悲憫與惋惜。（《歐集》卷四十三）〈豐樂亭記〉文章從亭說到滁州歷史，從滁州歷史興起煙波說到天下，又從天下歸到滁，紆餘委備，回環往復（參見第四章第一節）。吳子良所謂「辭猶和平」，應是就文章紆餘宛轉的特色而言。

（三）〈有美堂記〉、〈相州晝錦堂記〉

〈有美堂記〉藉稱譽錢塘，來讚頌有美堂之美、建物主人之美。樓昉（南宋人，生卒年不詳）評曰：

> 將他州外郡宛轉假借，比并形容，而錢塘之美自見。此別是一格。〔註51〕

樓昉對文中巧妙烘托，正襯錢塘之美加以肯定。歐陽脩作〈有美堂記〉時，爲突顯斯堂之美，將羅浮、天台、衡嶽、廬阜、洞庭、金陵、錢塘等地點一一排列，層層鋪敘，反覆比較，形成曲折委宛的風格（參見第四章第一節）。文章藉由僻陋偏遠的山水名勝、頹垣廢址的金陵都邑，襯托兼具「山水登臨之美，人物邑居之繁」的錢塘勝景。朱熹云：

> 梅龍圖摯知杭州，作有美堂，最得登臨佳處。公爲之作記。人謂公未嘗至杭，而所記如目覽；坐堂上者，使之爲記，未必能如是之詳也。〔註52〕

指出歐陽脩刻畫錢塘之美詳盡生動，彷彿親眼所見。蓋歐陽脩從習俗、邑屋、湖山、商賈、賓客各方面書寫錢塘，使飽覽山水人文風光，集錢塘之大觀的有美堂，顯得格外美麗獨特。

〈相州晝錦堂記〉稱美韓琦功勳遠勝晝錦之榮。樓昉評〈相州晝錦堂記〉：

〔註51〕樓昉《迂齋先生標註崇古文訣》，卷十八。

〔註52〕朱熹《晦菴先生朱文公文集》（四部叢刊正編本，臺北：臺灣商務印書館，1979年），卷七十一。

文字委曲，善于形容。〔註53〕

樓昉讚美歐陽脩宛轉曲折的筆調。〈相州晝錦堂記〉由「晝錦」意義起首，緩筆引至下文，讚揚韓琦功業與志趣，形成遷徐曲折的風格（參見第四章第一節）。

宋人確立歐文「紆餘委備」、「敷腴溫潤」、「平易自然」的評價，肯定歐公人格對文章的影響，辨析雜記文體流變，並掌握歐陽脩雜記議論成分增多的特色，這些都對後世批評產生影響。宋人對文章體製的注重，更是勝過後代學者。

處在文體相互影響的時代，宋人一方面意識到文體寖染的情況，一方面極力避免散文摻雜辭賦、詩歌的色彩，以維護散文的純粹性，顯示出宋人看待散文創作之慎重嚴謹。宋人對〈醉翁亭記〉一文「戲筆」的評語，顯示出文學體製遞變的時代特色，也呈現出宋人對散文的重視。

第二節　金元的批評

金元二代對歐陽脩建物記的評論著重於對歐陽脩文風的認識，以及對歐陽脩建物記特色的認識兩部分。大抵而言，金元評論者接續宋人對歐陽脩風格的評價，並極力推崇歐陽脩在文學史上的地位。對歐陽脩雜記的討論並不熱烈，唯王若虛（1174～1243年）爲數篇作品翻案，頗具創發性。

以下將金元人評論分爲「文體評論」、「作家評論」、「作品評論」三點，論述之如下`：

一、文體評論

元代潘昂霄《金石例》繼承宋代眞德秀的說法，將「記」定義爲「記事之文」，認爲雜記早在東漢便已出現，「至唐始盛」（參見第二章第一節）。較之宋代的文體批評，潘昂霄明確標示出雜記的興盛時間，並舉出唐以前的雜記作品，使後人對雜記的發展，有更明確的認識。

二、作家評論

金、元時代文評家將歐陽脩視爲宋代散文宗師，趙秉文（1159～1232）

〔註53〕樓昉《迂齋先生標註崇古文訣》，卷十八。

稱之「大儒之文」；〔註 54〕王若虛謂之「一代之祖」；〔註 55〕郝經（1223～1275）則曰「宋之文，則稱歐蘇」；〔註 56〕姚燧（西元 1239～1314）謂之「宋一代文宗」；〔註 57〕劉壎（1240～1319）謂之「一代之宗工、群公之師範」，讚美〈豐樂亭記〉「實爲妙筆」；〔註 58〕劉將孫（1257～？）曰「三千年間，惟韓歐蘇獨行而無並」；〔註 59〕袁桷（1266～1327）曰「江西之文，曰歐陽、王、曾，自慶曆以來爲正宗」；〔註 60〕揭傒斯（1274～1344）稱之「天下之文也，百世之師也」；〔註 61〕可知金元時代歐陽脩文章宗師的地位已然確立，且文人在論述其文學成就時，已將他與蘇軾並舉。

此時文評家承襲宋代批評成果，標舉歐陽脩「平易」、「宛轉」等風格。金代趙秉文曰：

> 亡宋百餘年間，唯歐陽公之文不爲尖新艱險之語，而有從容閑雅之態，豐而不餘一言，約而不失一辭，使人讀之者亹亹不厭。蓋非務奇之爲尚，而其勢不得不然之爲尚也。〔註 62〕

對歐文造語平易，「不爲尖新艱險之語」加以肯定，又讚美歐文風格紆徐委曲，且文辭繁簡掌控得宜，指出爲文不宜以「務奇」爲尚。

另一方面，元代文評家肯定宋代對歐文「敷腴溫潤」的品評。劉壎認爲：

> 歐公文體，溫潤和平，雖無豪健勁峭之氣，而於人情物理，深婉至到，其味悠然以長，則非他人所及也。〔註 63〕

蘇天爵云：

〔註 54〕趙秉文〈答李天英書〉，參見《閑閑老人滏水文集》（四部叢刊初編縮本，臺北：臺灣商務印書館，1965 年），卷十九。

〔註 55〕王若虛《滹南遺老集》（四部叢刊初編縮本，臺北：臺灣商務印書館，1965 年），卷十九。

〔註 56〕郝經〈答友人論文法書〉，《郝文忠公集》（影印文淵閣四庫全書本，臺北：臺灣商務印書館，1983 年），卷二十三。

〔註 57〕姚燧〈送暢純甫序〉，《牧庵集》（臺北縣：藝文印書館，1969 年），卷四。

〔註 58〕劉壎〈龍川宗歐文〉《隱居通議》（臺北縣：藝文印書館，1969 年），卷十八。

〔註 59〕劉將孫〈須溪先生集序〉，《養吾齋集》卷十一，《四庫全書》1199 冊。

〔註 60〕袁桷〈曹伯明文集序〉，《清容居士集》（四部叢刊初編縮本，臺北：臺灣商務印書館，1965 年），卷二十二。

〔註 61〕揭傒斯〈吳清寧文集序〉，《揭文安公全集》（四部叢刊正編本，臺北：臺灣商務印書館，1979 年），卷八。

〔註 62〕趙秉文〈竹溪先生文集引〉，《閑閑老人滏水文集》，卷十四。

〔註 63〕劉壎《隱居通議》，卷十三。

> 歐陽文忠公生宋盛時，秉中和之粹，作爲文章，雍容溫厚，炳然一代之制，片言隻字皆有深意。〔註64〕

劉壎指出歐陽脩文章溫潤特色，有別於「豪健勁峭之氣」，而偏於陰柔之美，並對歐文宛轉曲折的風格備加讚譽。蘇天爵解釋歐文溫潤的成因，認北宋經濟富足，民生安樂，因此歐陽脩得以「秉中和之粹」，發爲文章，便有「溫潤和平」、「雍容溫厚」的氣象。

以〈吉州學記〉爲例，文中對吉州後輩的期許，呈現一幅理想世界的願景，儼然是孔子的禮樂大同境界，作者淳厚的人格精神，顯露於文章之中。蘇天爵〈題諸公贈歐陽德器詩後〉:「文忠公之望於鄉人者，不亦厚乎！」〔註65〕。又如〈海陵許氏南園記〉中，描述許子春孝悌著於三世，因此其園林也讓遊覽者思及儒家教化，甚至澤及鳥獸，流露出作者仁慈寬厚之心（參見第三章第二節）。

北宋社會安定，崇文抑武，文人地位提高，且生活較前代安樂；加上儒學盛行，讀書人以天下國家爲職志，形成平和醇雅的社會氛圍（參見第三章第三節）。在這樣的盛世氛圍影響下，更由於歐陽脩寬厚仁慈，在遷謫之後能仁民愛物，在得志之時則爲國舉才，歐陽脩文章之「溫厚」，正是其人格的自然流露。

三、作品評論

宋代視爲戲筆的〈醉翁亭記〉，在金代有了不同的評價。王若虛曰：

> 宋人多譏病〈醉翁亭記〉，此蓋以文滑稽，曰:「何害爲佳，但不可爲法耳。」

又云：

> 荊公謂王元之〈竹樓記〉勝歐陽〈醉翁亭記〉，魯直亦以爲然，曰：「荊公論文，常先體製而後辭之工拙。」予謂〈醉翁亭記〉雖淺玩易，然條達迯快，如肺肝中流出，自是好文章。〈竹樓記〉雖復得體，豈足置歐文之上哉？〔註66〕

宋人非議〈醉翁亭記〉，是就其體製而言。王若虛肯定宋人對文章體製的觀點，主張逸出體製常軌的寫作「不可爲法」，但他也肯定〈醉翁亭記〉的藝術成就，

〔註64〕蘇天爵〈跋歐陽公與劉元父手書〉,《滋溪文稿》(臺北：新文豐出版公司，1985年)，卷三十。

〔註65〕蘇天爵《滋溪文稿》卷二十九。

〔註66〕王若虛《滹南遺老集》，卷三十六。

即使不合軌範，然而「何害爲佳」，依然是膾炙人口的好文。王安石將〈黃岡竹樓記〉置於〈醉翁亭記〉之上，這單是就體製而言；而〈醉翁亭記〉文辭明暢，情感眞摯，就整體藝術成就而言，未必不及〈黃岡竹樓記〉。

王若虛又打破宋人定見，對〈相州晝錦堂記〉加以批評：

> 歐陽〈晝錦堂記〉大體固佳，然辭困而氣短，頗有爭張粧飾之態，且名堂之意不能出脫，幾于罵題。或曰：「記言魏公之詩，以『快恩讎、矜名譽爲可薄，而以昔人所夸者爲戒。』意者魏公自述甚詳，故記不復及，但推廣而言之耳，惜未見魏公之詩也。」曰：「是或然矣，然記自記，詩自詩，後世安能常並見而參考哉？」〔註67〕

直指此文「辭困氣短」、「爭張粧飾」，且「幾于罵題」。〈相州晝錦堂記〉由堂名反面立論，王若虛「罵題」之說合於實情；然而文章遣詞用字適切，虛字安排得宜，文氣流暢，「辭困氣短」一語並不合乎實情。至於前人「惜未見魏公之詩」的看法，王若虛指後人未必能並見韓琦之詩與歐陽脩之文。其實，〈相州晝錦堂記〉文中已明確點出對韓琦立志「德被生民而功施社稷」的讚揚，後世之人縱然沒有讀到韓琦詩的內容，依然不妨礙讀者對韓琦志向的理解。

金元文評家繼承宋人對歐文特色的評價，確立歐陽脩文章宗師的地位，並將歐蘇並舉，其中王若虛也爲〈醉翁亭記〉、〈相州晝錦堂記〉翻案，並指出時代背景對歐文的影響。

第三節　明代的批評

明代在宋人陳師道的基礎之上，不僅對文體有更進一步的研究，更出現許多文體研究的專著。因此，明人對雜記性質的認識可以說比前人更加透徹。此外，明人也繼承宋人對歐陽脩的品評，並對其「紆餘委備」特色加以探究。歐陽脩文章長時間被後人學習、模仿，至明代已產生流弊，這個現象也受到明人的關注。

本節將處理明人對歐陽脩建物記文體性質的批評，並透過明人對歐陽脩文章風格、建物記特色的評論，探討歐陽脩建物記的成就及影響力。以下將明人評論分爲「文體評論」、「作家評論」、「作品評論」三點，茲論述之如下：

〔註67〕王若虛《滹南遺老集》，卷三十六。

一、文體評論

明代文人對宋代雜記由記敘轉向議論的流變有進一步的探討，並關注歐陽脩以議論作雜記的特色。吳訥（1372～1457）指〈燕喜亭記〉「微載議論」，而「歐、蘇之後，始專有以議論爲記者」。〔註68〕徐師曾（1516～1580）指韓愈〈燕喜亭記〉「已涉議論」，且「歐蘇以下，議論寖多」。〔註69〕吳訥、徐師曾皆明確指出歐、蘇對雜記變革的影響。

茅坤（1512～1601）肯定韓愈在雜記一體的開創之功，〔註70〕讚賞〈燕喜亭記〉的文學成就：

> 淋漓指畫之態，是得記文正體，而結局處特高。歐公文，大略有得於此。〔註71〕

茅坤指出雜記「正體」敘事爲主的特色，「淋漓指畫」應是指記敘燕喜亭景貌而言，雜記能生動妥切的敘事狀物，便是「正體」作法；「結局處特高」應是指文章結尾略作議論而言。吳訥、徐師曾、茅坤三人都以〈燕喜亭記〉爲雜記摻入議論的例子，並指出歐陽脩雜記受韓愈影響而夾以議論，甚至議論比例高過敘事。

歐陽脩雜記中，除了記敘主體之外，也包含興發議論的部分。〈非非堂記〉議論「其於靜也，聞見必審」以及「寧訕無諂」的道理；（《歐集》卷六十三）〈游儵亭記〉議論「勇者之觀」，稱許歐陽昺是「視富貴而不動，處卑困而浩然其心」的眞勇者；（《歐集》卷六十三）〈淅川縣興化寺廊記〉藉延遇、惠聰能堅定其所信所學，議論「夫世之學者知患不至，不知患不能果。」（《歐集》卷六十三）其中以〈非非堂記〉一文議論成分最多，佔全文一半以上篇幅。〈非非堂記〉採取先議後敘的手法，和韓愈〈燕喜亭記〉先敘後議的作法不同。

二、作家評論

明人接續前人對歐陽脩「委婉」以及「平易」等評價。方孝孺（1357～1402）將作者人格與其「委婉」、「平易」的作品風格加以連結，主張「自古

〔註68〕吳訥《文章辨體》，卷二十九。

〔註69〕徐師曾《文體明辨》卷四十九，《四庫全書存目叢書》312冊。

〔註70〕茅坤〈昌黎文鈔引〉：「書、記、序、辯、解，及他雜著，公所獨倡門户。」參見茅坤《唐宋八大家文鈔》（影印文淵閣四庫全書本，臺北：臺灣商務印書館，1983年）。

〔註71〕茅坤《唐宋八大家文鈔》卷八。

至今，文之不同，類乎人者」。〔註72〕他以「厚重淵潔」形容歐陽脩人品，其寬厚之襟懷、沉穩之氣度、高潔之風骨，發爲文章，便呈現宛轉平易、餘韻不絕的韻致，在在昭顯出歐文之「宛轉」、「平易」，實與其人格特質及學問思想密切相關。他又指出：

宋之以文名者，曰歐陽氏，曰蘇氏，曰曾氏，曰王氏。此四人之文，尤三百年之傑然者，而未嘗以奇怪爲高。則夫文之不在乎奇怪久也矣，惟其理明辭達而止耳。〔註73〕

方孝孺讚賞歐文平易近人，「未嘗以奇怪爲高」，藉以傳達其「理明辭達」的文學理念，又指出：

永叔厚重淵潔，故其文委曲平和，不爲斬絕詭怪之狀，而穆穆有餘韻。〔註74〕

歐陽脩其人寬厚高潔，發爲文章，便呈現委宛、平和之風，不見突兀之姿、怪奇之語，平易自然，餘韻不絕。

茅坤承繼蘇軾的品評成果，指出歐陽脩記敘文受司馬遷影響：

宋諸賢敘事，當以歐陽公爲最。何者？以其調自史遷出，一切結構剪裁有法，而中多感慨俊逸處，予故往往心醉。〔註75〕

茅坤又認爲歐陽脩師法司馬遷、韓愈而別具一格：

西京以來，獨稱太史公遷，以其馳驟跌宕，悲慨嗚咽，而風神所注，往往於點綴指次，獨得妙解。……又三百年而得歐陽子。……序、記、書、論雖多得之昌黎，而其姿態横生，別爲韵折，令人讀之，一唱三歎，餘音不絕。予所以獨愛其文，妄謂世之文人學士得太史公之逸者，獨歐陽子一人而已。而世之人或予信，或不予信，又或訾其間不免俗調處。嗟乎！抑誠有之。太史公之傳仲尼弟子與循吏處，抑豈能與刺客同工哉？覩之日月，猶有抱珥，可知之矣。〔註76〕

茅坤以「風神」評司馬遷之文，並與歐陽脩散文聯繫起來，〔註77〕影響所及，

〔註72〕方孝孺〈張彥輝文集序〉，《遜志齋集》（四部叢刊初編縮本，臺北：臺灣商務印書館，1965年），卷十二。

〔註73〕方孝孺〈達王仲縉五首〉，《遜志齋集》卷十。

〔註74〕方孝孺〈張彥輝文集序〉，《遜志齋集》卷十二。

〔註75〕茅坤〈唐宋八大家文鈔論例〉，參見《唐宋八大家文鈔》。

〔註76〕茅坤〈廬陵文鈔引〉，參見《唐宋八大家文鈔》。

〔註77〕茅坤說明司馬遷文章與歐文的相似性，使司馬遷「風神」得以和歐文連結起來。此外，茅坤以「風神」評〈王彥章畫像記〉云「風神特自寫生」，參見《唐

後世逐漸以「風神」評歐陽脩文。他說明歐陽脩獨得司馬遷筆法之「逸」，認爲歐陽脩雜記受韓愈影響甚深，且別具個人風格，文章曲折宛轉，感慨興寄，故能「餘音不絕」。茅坤謂歐公文章之「俗調」，是指少數作品受限於題材而有此瑕疵，一如《史記》寫「仲尼弟子與循吏處」，與寫「刺客」部分，因題材不同，其寫作手法也必須因應改變。茅坤指時人「訾其間不免俗調處」，則反映明代「文必秦漢」的復古潮流，因當時以秦漢之文爲尚，遂有許多批評唐文、宋文的聲音。

歐陽脩學習韓愈，並將「道」的具體內容擴充至生活百事。〔註78〕他學司馬遷《史記》筆法，使文字趨於平淺易讀，加之以文章題材廣納生活百事，其作品遂逐漸步向通俗化。〔註79〕

歐陽脩宛轉曲折的文風受明人關注，王世貞（1526～1590）稱歐文「記序之辭，紆徐曲折」，〔註80〕他承繼蘇洵「紆餘委備，往復百折」的見解，指出最能代表此一特色的文體，便是記序文章。歐陽脩作雜記時，往往興起煙波，以緩筆引至主題，如〈游鯈亭記〉、〈豐樂亭記〉、〈有美堂記〉、〈相州晝錦堂記〉等文皆是（參見本章第一節）。

明代「文必秦漢」思潮影響之下，文評家認爲韓愈、歐陽脩等取法古人的唐宋大家，文章可直逼秦漢之文。部分文人則認爲歐陽脩文章有別於秦漢之文，王文祿（1503～？）認爲：

> 五季弱甚矣。歐、蘇、曾、王，條暢豪邁而曲折紆徐，終亦宋格。〔註81〕

王文祿指出，五代文風羸弱，而北宋歐、蘇、曾、王等人所作文章具「條暢豪邁而曲折紆徐」優點，此特色即成爲「宋格」。明代文人開啓了「宋格」觀念，可知明人已觀察出宋文的特殊風格。細觀王文祿「條暢豪邁」、「曲折紆徐」等用語與蘇洵〈上歐陽內翰書〉中描述歐文的用語，如「條達疏暢」、「紆

宋八大家文鈔》卷四十九。

〔註78〕歐陽脩〈答吳充秀才書〉：「夫學者未始不爲道，而至者鮮焉；非道之於人遠也，學者有所溺焉爾。蓋文之爲言，難工而可喜，易悅而自足。世之學者往往溺之，一有工焉，則曰：『吾學足矣』。甚者至棄百事不關於心，曰：『吾文士也，職於文而已。』此其所以至之鮮也。」參見《歐集》卷四十七。

〔註79〕王基倫〈「宋世格調」：歐陽脩古文的深層解讀〉，《唐宋古文論集》，頁132。

〔註80〕王世貞〈書歐陽文後〉，《弇州讀書後》（影印文淵閣四庫全書本，臺北：臺灣商務印書館，1983年），卷三。

〔註81〕參見王文祿《文脈》（臺北縣：藝文印書館，1997年），卷一。

餘委備」、「往復百折」等等，二者極爲類似，可知歐文的特色其實就是所謂「宋格」。〔註 82〕茅坤即以「宋人之格調」評〈相州晝錦堂記〉，此點留待後述。

劉璋（1586～1653）則指出歐陽脩文章近似西漢風格：

> 文之難言久矣。周、秦以前固無庸議，下此惟西漢爲近古，晉、宋、齊、梁趨於綺靡弗振，至唐韓文公始斥而返之。韓氏之文，非唐之文也，西漢之文也。逮宋歐陽文忠公，始振而效之。歐陽氏之文，非宋之文也，西漢之文也。〔註 83〕

劉璋認爲韓、歐文章與時文不同，追得上西漢之文，對韓歐的古文成就加以肯定。他指出唯有西漢文章算得上是典雅的「古文」，晉、宋、齊、梁文章固然綺靡不可學，唐文、宋文也不能算「古」。劉璋的評論顯示出明代復古派文人對秦漢古文的推崇，並認爲韓、歐古文運動皆在「返」西漢之文、「效」西漢之文。事實上，韓、歐古文在復古之外，更有創新；其散文風格，也受到唐宋之時代背景及個人學養品格之影響，自具一格。

三、作品評論

明代文人對歐陽脩諸建物記多所評述，其中最常被討論的，有〈豐樂亭記〉、〈醉翁亭記〉、〈相州晝錦堂記〉、〈峴山亭記〉等文，以下依各篇分別討論之。

（一）〈醉翁亭記〉

明人繼承金人王若虛的看法，不將〈醉翁亭記〉視爲戲筆之作，而高度肯定其內容寓意之深以及形式結構之美。

何孟春（1474～1536）云：

> 歐陽永叔年四十謫滁，號醉翁，亦太早計。〈亭記〉云：「蒼顏白髮，頹乎其中」，或出寓言。「年又最高」之言，豈是當時賓從更無四十歲人耶？公〈病中代書寄聖俞〉云：「到今年才三十九，怕見新花羞白髮。」公大抵早衰人也。公他日〈贈沈博士歌〉：「我昔被謫居滁

〔註 82〕王基倫云：「歐陽脩古文創作自成一格，宋以後文人多習之成爲一種格調，可簡稱爲「宋調」，影響及於後世。」參見王基倫〈「宋世格調」：歐陽脩古文的深層解讀〉，《唐宋古文論集》頁 124。

〔註 83〕劉璋《龍雲集》（臺北：新文豐出版公司，1989 年），〈序〉。

山，名雖爲翁實少年。」〔註 84〕

歐陽脩作此文時方四十歲，卻自稱「翁」，又有詩「名雖爲翁實少年」，可知「翁」並非實際年齡。〈醉翁亭記〉固然曠放自得，「醉翁」一名卻引起後人揣想。「翁」意指老者，歐陽脩自云「蒼顏白髮」、「羞白髮」，可見當時頭髮逐漸花白，身體與心境已有老態。

在內容方面，明人或逕將〈醉翁亭記〉視爲宴遊記錄的，認爲「醉翁爲風月太守，〈醉翁亭記〉爲風月文章」；〔註 85〕或認爲〈醉翁亭記〉別具寓意的，如李東陽（1447～1516）云：

歐陽子意不在酒，而在山水之間。以予觀之，則所謂山與水者，亦寓焉而已。〔註 86〕

歐陽脩所謂寄意山水乃是別有深意，太守之樂不僅僅在於山水之樂、禽鳥之樂、遊人之樂，更在於其治理滁州的政績。寫太守的宴遊是含蓄地表現以順處逆的心境，寫滁人從太守遊則是抒發其「與民同樂」的政治理想。

在形式方面，陳霆（1477～1550）以「造語簡古」讚美此文；〔註 87〕此外，〈醉翁亭記〉的層遞結構也受明代文人所關注，茅坤云：

昔人讀此文謂如遊幽泉邃石，入一層纔見一層，路不窮，興亦不窮。讀已，令人神骨翛然長往矣。此是文章中洞天也。〔註 88〕

「入一層纔見一層」蓋指文章結構而言，由遠處「環滁皆山」寫起，再縮小至「溪南諸峰」與「瑯琊山」；寫入山則先寫水聲，次寫釀泉，然後「峰迴路轉」，方見醉翁亭，逐層推展，次序井然。

（二）〈豐樂亭記〉

茅坤《唐宋八大家文鈔》評〈豐樂亭記〉謂之「太守之文」。〔註 89〕「太

〔註 84〕何孟春《餘冬詩話》（清道光辛卯十一年，1831 年，六安晁氏活字印本），卷上。

〔註 85〕歸有光引顧錫疇之語云：「醉翁爲風月太守，〈醉翁亭記〉爲風月文章。」參見高海夫主編《唐宋八大家文鈔校注集評》，頁 2315。

〔註 86〕李東陽〈遊朝天宮慈恩寺詩序〉，《懷麓堂集》卷二十四，《四庫全書》1250 冊。

〔註 87〕陳霆云：「〈洛陽名園記〉云：「百花酣而白晝眩，青蘋動而林陰合，水靜而跳魚鳴，木落而羣峰出；雖四時不同，而景物皆好。」歐公〈醉翁亭記〉云：「野芳發而幽香，佳木秀而繁陰，風霜高潔，水落而石出者，山間之四時也。」二篇雖語意相類，然造語簡古則歐公爲優。」《兩山墨談》（臺北：新文豐出版公司，1985 年），卷十三。

〔註 88〕茅坤《唐宋八大家文鈔》，卷四十九。

〔註 89〕同上註。

守」一語蓋自歐陽脩自稱而來。〔註 90〕事實上，〈醉翁亭記〉、〈偃虹隄記〉、〈菱溪石記〉也都作於滁州知州任上，〈醉翁亭記〉更是明明白白自稱太守。細究數篇滁州時期的雜記，與歐陽脩太守治績相關的，唯有〈豐樂亭記〉、〈醉翁亭記〉兩篇。

朱同（1336～1385）云：

> 歐陽公當宋之隆平，是以惟宣上德化，與民同其樂。〔註 91〕

〈豐樂亭記〉、〈醉翁亭記〉都反映了北宋昇平氣象。〈豐樂亭記〉追溯五代歷史，寫出人民在宋代豐年安居，除了流露愛民情懷，更強調「宣上恩德」的旨意，展現對君王的忠誠。〈醉翁亭記〉記敘滁州山水的秀麗瑰奇，以及滁人與太守同遊之樂，展現「與民同樂」旨意。兩篇文章皆藉由人民的樂遊山水，寫出人民的安居富足，流露對人民的關懷。但〈醉翁亭記〉單記太守宴游、與民同樂；〈豐樂亭記〉除了慶幸人民「樂其歲物之豐成」之外，更將豐樂歸美於「上之功德」，再三稱頌君王的聖明。

何良俊（1506～1573）指出〈豐樂亭記〉之美：

> 且無論韓昌黎，只如歐陽公〈豐樂亭記〉，中間何等感慨，何等轉換，何等含蓄，何等頓挫！〔註 92〕

文中今昔對比的感慨、忠君愛民的情懷，開闔頓挫，使〈豐樂亭記〉較〈醉翁亭記〉更加恢閎深刻。茅坤與歸有光稱之「太守之文」，一則因歐陽脩自稱如是，一則應緣出於此。

（三）〈相州晝錦堂記〉

前人評〈相州晝錦堂記〉，多就「仕宦而至將相，富貴而歸故鄉」二句進行評論，或探討虛字用法，或歎其筆力不凡。歸有光進一步分析首二句與下文「此人情之所榮，而今昔之所同也」的關係，他指出：

> 凡文章上句重、下句輕，或爲上句壓倒，須要上下相稱。此記起云：「仕宦而至將相，富貴而歸故鄉」，下即承以「此人情之所榮，而今昔之所同也」。子瞻〈六一居士集序〉起云：「凡言有大而非誇者」，下即承之以「達有信之眾人疑焉，非這樣語句亦承載不起。」此妙

〔註 90〕〈醉翁亭記〉：「太守謂誰？廬陵歐陽脩也。」參見《歐集》卷三十九。

〔註 91〕朱同〈杜君遊觀圖序〉，《覆瓿集》（影印文淵閣四庫全書本，臺北：臺灣商務印書館，1983 年），卷四。

〔註 92〕何良俊《四友齋叢說》（臺北：中華書局，1959 年第 1 版），卷三。

處唯老手知之。〔註 93〕

歸有光認爲作文宜注意上句與下句之間應求「上下相稱」。觀「仕宦而至將相，富貴而歸故鄉」二句，「至將相」三字極言地位之崇高，與「富貴」二字並舉，原已給人華貴尊顯的感覺，再加上句式對偶，氣勢不凡。歸有光所謂「重」，或許就是出於內容與形式的磅礴。至於「此人情之所榮，而今昔之所同也」二句，一「榮」字將「將相」、「富貴」等語濃縮其中，「今昔」二字則將時空無限延伸，氣勢尤爲壯闊，與前文之「重」相當。因此，〈相州晝錦堂記〉開篇即聲勢不凡，透過這四句鏗鏘有力的文字，道盡「晝錦」二字意蘊。

茅坤肯定〈相州晝錦堂記〉立意深刻，並以「史遷之煙波」、「宋人之格調」評論此文：

冶女之文，令人悅眼，而最得體處，在安頓魏國公上。以史遷之煙波，行宋人之格調。〔註 94〕

茅坤指此篇文章字句富麗，如妝飾華美的女子，「令人悅眼」；而文中「最得體處」，是記韓琦功在天下，可以傳之後世，遠超出「晝錦」之榮，將原本被視爲「俗見」的「晝錦」之名，開展出更高一層境界。前文「作家評論」已探討茅坤對歐陽脩師法司馬遷的評論，包括「得太史公之逸」、「姿態橫生，別爲韵折」「不免俗調」等等。此處「史遷之煙波」，指的就是歐文受司馬遷影響，「別爲韵折」的宛轉風格。「宋人之格調」即先設煙波而後引入正文的寫作方式，使俗見的題材能有嶄新的面貌，而擺脫「俗調」之病。〔註 95〕

明代文評家在實際批評時，比宋人更關注文章的立意。他們開啓「宋格」觀念，指出後人學習歐文產生的流弊；並開始以「風神」稱歐陽脩文章特色。

第四節　清代的批評

清人對文體的研究可說集歷代之大成，建物亦成爲雜記的子類之一，顯示清人已辨察到此類雜記的特殊性。本節將探究清人對歐陽脩建物記的認識，並透過清人對歐陽脩文章風格、建物記特色的評論，探討歐陽脩建物記的特色與成就。以下將清人評論分爲「文體評論」、「作家評論」、「作品評論」

〔註 93〕歸有光《文章指南》（臺北：廣文書局，1985 年 10 月），頁 257～258。

〔註 94〕茅坤《唐宋八大家文鈔》，卷四十八。

〔註 95〕參見王基倫〈「宋世格調」：歐陽脩古文的深層解讀〉，《唐宋古文論集》，頁 124。

三點，茲論述之如下：

一、文體評論

清代姚鼐（1731～1815）《古文辭類纂》提出「雜記類」，為其定義「亦碑文之屬」；〔註 96〕薛熙（生卒年不詳，康熙間人）《明文在》將雜記分成九類；〔註 97〕曾國藩（1811～1872）《經史百家雜鈔》則將「雜記」定義為「所以記雜事者」，〔註 98〕並將雜記分為四類。此時「雜記」正式成為文體的名稱，且在分類上有長足發展。（參見第二章第一節）較之前代，清人對雜記文體的研究著重在定義與分類之上，對文章體製、文體正變則無進一步討論。

二、作家評論

清代文人關注歐文情韻之美。魏禧（1624～1680）云：

> 文之感慨痛快馳驟者，必須往而復還。往而不還，則勢直氣泄、語盡味止；往而復還，則生顧盼，此嗚咽頓挫所從出也。……歐文之妙，只是說而不說，說而又說，是以極吞吐往復參差離合之致。〔註 99〕

「往而復還」乃一唱三歎之美，魏禧認為文章「勢直」、「語盡」則無美感可言，因此對曲折宛轉、委迤不窮的歐文加以肯定。一唱三歎，正是歐公「風神」所在。〔註 100〕「說而不說」蓋指敘述宛轉含蓄，「說而又說」則是將情韻多次翻騰，二者搭配之下，便具往復之美，「風神」也由此而生。

吳楚材（1655~？）、吳調侯（楚材姪，康熙間人）以歐陽脩〈豐樂亭記〉與柳宗元諸記相較，稱讚其情韻之美：

> 其俯仰今昔，感慨係之，又增無數烟波，較之柳州諸記，是為過之。〔註 101〕

〈豐樂亭記〉憑今弔古、撫今追昔，使文章「增無數烟波」，自遠處慢慢點染，逐步寫至主題，此種作法是歐文特色，也是歐文略勝柳文之處；加上文章旨

〔註 96〕姚鼐輯、王文濡評註《大字本評註古文辭類纂．序目》。

〔註 97〕參見薛熙《明文在》（臺南：莊嚴文化，1997 年）。

〔註 98〕參見曾國藩《經史百家雜鈔．序例》。

〔註 99〕魏禧《日錄論文》（臺北：新文豐出版公司，1989 年），卷三十一。

〔註 100〕周明〈論「六一風神」——歐陽脩散文的審美特質〉，《江蘇教育學院學報（社會科學版）》（南京：江蘇教育學院，1999 年 7 月），頁 57。

〔註 101〕吳楚材、吳調侯編選《古文觀止》，卷十。

意「歸到大宋功德」，故吳楚材、吳調侯讚嘆此文「立言何等闊大」。〔註 102〕

謝有煇（生卒年不詳，康熙間人）以歐陽脩〈眞州東園記〉與韓愈〈新修滕王閣記〉相較：

> 然滕王閣之景，前人道之已詳，雖不鋪點無礙；眞州東園則新創，若景致不佳，何取乎記之？看其用子春據圖指點，一一寫出，如在目前。入自己口中，則絕不歎羨其景之可愛，而但嘉其材賢政治之美，淡淡作結，亦與韓公同意。〔註 103〕

〈新修滕王閣記〉未正面描寫滕王閣美景，只是結合自己的身世反覆表達對滕王閣的嚮往之情；〈眞州東園記〉雖然記景，卻是透過求記者（許子春）之口，介紹東園美麗的景色，與昔日的荒蕪相對照，寫出東園的清幽豔麗。兩篇文章皆因未曾親見所描述之建物，所以通篇不寫實景，可見韓愈「以虛寫實」的寫作手法對歐陽脩的影響。

情韻之美、曲折之姿，皆與歐文「風神」相關。清代文人接續茅坤「風神」之說，以「風神」評歐陽脩文。劉大櫆（1698～1780）評《五代史・伶官傳序》云：「跌宕遒逸，風神絕似史遷。」〔註 104〕在桐城派古文家手上，「六一風神」的稱謂被廣泛使用。〔註 105〕

姚範（1702～1771）亦指出歐文情韻之美：

> 歐公文每於將説未説處，吞吐抑揚作態，令人欲絕。〔註 106〕

肯定歐文含蓄曲折，情韻悠然，令人低迴不已。姚範又指出

> 漢體自是高似唐體，唐體自是高似宋體。昌黎無論，即如柳州永、柳諸記，削壁懸崖，文境似覺偪側，歐公情韻或過之，而文體高古莫及。〔註 107〕

姚範抱持文學退化的論點，認為漢高於唐、唐高於宋；柳文「高古莫及」，亦非歐文可追。然而，姚範亦提出柳文「文境似覺偪側」，未若歐文情韻無窮。

清人又推崇歐陽脩學記成就，蔡世遠（1681～1734）云：

〔註 102〕吳楚材、吳調侯編選《古文觀止》，卷十。

〔註 103〕謝有煇《古文賞音》（清嘉慶三年長洲宋氏酉山堂重刊本，1798 年），卷九。

〔註 104〕姚鼐輯、王文濡評註《大字本評註古文辭類纂》卷八。

〔註 105〕參見劉德清《歐陽修論稿》（北京：北京師範大學出版社，1991 年 9 月），第八章第二節〈歐陽脩的記敘文〉，頁 264。

〔註 106〕姚範《援鶉堂筆記》（臺北：廣文書局，1971 年），卷四十四。

〔註 107〕同上註。

> 歐、曾學記，雖於道之大原未能洞徹，學者下手工夫未能親切指示，然從經史中幾經研究，議論正大，文筆茂美，卓然儒者之文。〔註 108〕

蔡世遠將歐曾並舉，顯示出他認爲二人的學記特色相同。歐、曾學記因立意、文筆俱佳，被譽爲「儒者之文」；然而他也指出歐、曾學記的缺點，認爲歐、曾學記缺少「道之大原」、「學者下手工夫」等與學術源流、治學方法相關的記述，由這點也可以看出古人眼中學記應有的內容。歐陽脩〈吉州學記〉記述修造原由、經過以及對吉州學子的期許，雖無學術源流、治學方法相關的記述，但文末對吉州教育遠景的想像，儼然是儒家治世，「儒者之文」四字當之無愧。

陳兆崙（1700～1771）承繼茅坤的見解，讚美歐陽脩可追司馬遷、韓愈：

> 碑版之文，至學舍尤不可苟。不但體裁閎達，而兼有至性纏綿，如與端人正士，懇款晤語，政以樸茂處着脚最牢，用不着纖毫浮脆也。一氣數層，而猶拓之不已，欲其滴水不漏。精神所到，力自從之。子長以後，韓、曾擅能，此亦其匹敵歟！〔註 109〕

陳兆崙指出學記的性質兼有「體裁閎達」、「至性纏綿」二者，一則內容嚴正，二則曲盡文情，「一氣數層，而猶拓之不已」。〈吉州學記〉首先興起波瀾，由遠而近，自天子興學寫起，逐步引至主題；在說明吉州立學經過之後，復興起波瀾，由近至遠，由吉州立學推至未來願景。文章向古代、未來時空開拓，藉由追懷古代與想像未來，將李寬立學的精神闡述得淋漓盡致。他又比較韓、歐文章：

> 永叔之摹韓，幾於尋聲答響，望形赴影矣，而不病其襲，則其說見於老蘇之書，所謂態者是也。態者，非折腰步、墮馬簪之謂，其殆如綸巾羽扇，雅歌投壺，人忙我閒者近是矣。〈高司諫〉一書，發之最激，而亦不掙其往復百折之常度，老蘇豈欺我哉？〈秘演〉、〈梅聖俞〉二序可不存，存以見古人之於朋友文章如此其厚也。不然，則〈豐樂〉、〈峴山〉已足盡其致矣。〔註 110〕

陳兆崙所謂歐文之「態」，即歐文從容平易、宛轉曲折之特色，〈豐樂亭記〉、〈峴山亭記〉更曲盡此種風格。歐陽脩學韓，卻無韓文之艱澀，呈現從容平

〔註 108〕蔡世遠編《古文雅正》（臺北：臺灣商務印書館，1978 年），卷九。

〔註 109〕參見陳兆崙選評《陳太僕批選八家文鈔・歐文》（清光緒二十六年紫竹山房影印手批本，1900 年），《歐文》卷〈吉州學記〉評文。

〔註 110〕陳兆崙選評《陳太僕批選八家文鈔・歐文》，卷首。

易、宛轉曲折等特色。

袁枚（1716～1797）將韓、歐相較，指出：

> 歐公學韓文，而所作文，全不似韓：此八家中所以獨樹一幟也。〔註111〕

歐陽脩「學韓」而「全不似韓」，歐陽脩學韓愈非純粹摹擬，而是能一洗韓文艱澀弊病，故有其獨特之「態」。

凌揚藻（1760～1845）將韓、歐相較，試圖找出歐文根源自韓文處：

> 然文忠公所作〈送廖倚序〉，即退之〈送廖道士序〉也；〈藥師院佛殿記〉即〈圬者傳〉也。此其原委皆顯然可見，倘古人亦不盡諱之與！〔註112〕

〈送廖道士序〉（《韓集》卷二十）、〈送廖倚歸衡山序〉（《歐文》卷六十四）雖立意不同，但是皆由「地靈」烘托「人傑」。〈送廖道士序〉是爲道士廖正法所寫的序，由衡山之靈秀寫起，因「地靈」引出「人傑」，然而迴繞反覆，始終未曾將此美譽贈給廖道士。〈送廖倚歸衡山序〉是爲秀才廖倚所寫的序，同樣由衡山之靈秀寫起，讚譽廖倚因「地靈」而才華洋溢、文采斐然，認爲廖倚縱使歸隱也必有再獲重用之時。〈圬者王承福傳〉（《韓集》卷十二）、〈藥師院佛殿記〉（《歐文》卷六十三）皆記升斗小民，認爲人應努力工作，以享辛勞所得。〈圬者王承福傳〉寫王承福認爲每個人都應善盡職責、各食其力，並委婉諷刺貪求富貴名位者。〈藥師院佛殿記〉寫李遷之感嘆農、工皆自食其力，自己卻經商坐享厚利，因感念爲政者恩德，故修築佛寺以回饋。由這些文章的相似性，可推知韓文對歐文的影響。

三、作品評論

清代對於歐陽脩諸建物記的評論甚多，以下依篇一一陳述。

（一）〈李秀才東園亭記〉

清人評述此文，多認爲此園「不足爲記」、「無勝可記」，並對歐公作記手法加以探究。何焯（1661～1722）指出：

> 本不足爲記，故但書其不能忘情於園亭者。「脩友李公佐」至「命脩

〔註111〕袁枚《隨園詩話》（臺北：新文豐出版公司，1996年），卷六。

〔註112〕凌揚藻《蠡勺編》（臺北：新文豐出版公司，1985年），卷二十三。

> 志之」，下方詳敘隨之風土。先點出爲亭作記、方不散漫，然亦嫌其語太煩也。「隨雖陋，非吾鄉」六字收束前二段。〔註 113〕

何焯認爲歐陽脩因「不能忘情於園亭」而作文，並指出辭語繁冗之弊。孫琮（生卒年不詳，康熙間人）指出：

> 〈李秀才東園亭記〉此篇與〈許氏南園記〉同一作法。南園無勝可記，故止稱其孝弟；東園亦無勝可記，故止敘其今昔之感。但記南園前幅一筆掃倒，記東園前幅極力擡出。如說地土僻陋，無物產，無人材，無園囿，皆是形出此亭，雖無可記，亦自爲一州之勝，有可記處，與寫南園又是不同。〔註 114〕

〈海陵許氏南園記〉與〈李秀才東園亭記〉皆爲記園，卻因「無勝可記」，只得別開蹊徑：〈海陵許氏南園記〉稱美園主孝悌之行，〈李秀才東園亭記〉則抒發今昔之感，巧妙運用反襯手法，以隨州的僻陋，烘托東園亭之可愛，是此文特色。

（二）〈峽州至喜亭記〉

〈峽州至喜亭記〉章法巧妙，爲清人所關注。孫琮指出其起筆安排特殊之處：

> 名亭之意，喜其江行之安流而命之也。今欲寫江行之安流，先寫一段江行之不測，蓋不寫不測，無以見安流之可喜也，此文家襯起之法。因寫江行，先寫蜀地產物之富，并寫蜀地未通之時，此文家原敘之法。歐公之文，信筆書來，無不合法如此。〔註 115〕

孫琮指出〈峽州至喜亭記〉不直接切入正題，而以「原敘之法」、「襯起之法」爲文。觀〈峽州至喜亭記〉，以「舟人至夷陵而喜」一事爲敘述中心，首段交代事件背景，敘述蜀地自古「以險爲虞，以富自足」，此即孫琮所謂「原敘之法」；次段說明事件原由與經過，極力摹寫蜀地舟行之險，以烘托旅客安抵夷陵時，內心喜幸之情，此即孫琮所謂「襯起之法」（參見第四章第一節）。歐陽脩作文習慣逐步引至正題，「原敘之法」、「襯起之法」正是其作法之一。

王元啓（1714～1786）評論〈峽州至喜亭記〉結尾：

〔註 113〕何焯《義門讀書記》（影印文淵閣四庫全書本，臺北：臺灣商務印書館，1983 年），上卷。

〔註 114〕孫琮《重刊山曉閣古文全集》，卷二十四。

〔註 115〕同上註。

> 結語極有身分，與滁州〈豐樂亭記〉同一筆法。〔註116〕

〈豐樂亭記〉結尾點出「豐樂」之意，〔註117〕且肯定朝廷德澤，使人民安於太平無事之中，認爲值得一書。〈峽州至喜亭記〉結尾則點出「至喜」之意，〔註118〕且肯定朱慶基治理峽州，使人民「歲數大豐」。兩文皆在結尾交代建物命名原由，且命名「至喜」「豐樂」皆與人民的心情快樂有關；皆在結尾說明作記動機，且動機皆出於對造福百姓之行動的讚賞。王元啓所謂「極有身分」、「同一筆法」者，應是指兩文皆重視天下百姓福祉，並以之爲寫作重心而言。

（三）〈醉翁亭記〉

〈醉翁亭記〉舒緩淡雅的筆調亦爲清人所關注，金聖嘆（1608～1661）謂之「一路逐筆緩寫，略不使氣之文」，〔註119〕指出〈醉翁亭記〉是以曲折舒緩的筆法行文。

林雲銘（1628～1697）指出〈醉翁亭記〉結構的不凡：

> 亭在滁州西南兩峰之間、釀泉之上，自當從滁州說起，層層入題；其作亭之故，亦因彼地有山水佳勝，記雖爲亭而作，亦當細寫山水；既寫山水，自不得不記游宴之樂：此皆作文不易之定體也。但其中點染穿插，布置呼應，各極自然之妙，非人所及。……通篇結穴處，在「醉翁之意不在酒」一段。末段復以「樂其樂」三字見意，則樂民之樂，至情藹然可見。舊解謂「是一篇風月文章，即施於有政，亦不妨碍」等語，何啻隔靴搔癢。計自首上尾，共用二十箇「也」字，句句是記山水，却句句是記亭，句句是記太守。讀之惟見當年雍熙氣象，故稱絕構。〔註120〕

文章可觀之處，在於「點染穿插，布置呼應」。「點」是指時、空的一個落足點，僅僅用作敘事、寫景、抒情或說理的引子、橋樑或收尾；而「染」，則是

〔註116〕王元啓《讀歐記疑》，卷二。

〔註117〕〈豐樂亭記〉：「又幸其民樂其歲物之豐成，而喜與予遊也。」，參見《歐集》卷三十九。

〔註118〕〈峽州至喜亭記〉：「且志夫天下之大險，至此而始平夷，以爲行人之喜幸。」，參見《歐集》卷三十九。

〔註119〕金聖歎《金聖歎批才子古文》（武漢：湖北人民出版社，1986），卷十二。

〔註120〕林雲銘《古文析義》，初編卷五。吳楚材、吳調侯《古文觀止》即採此說法評文：「通篇共用二十個「也」字，逐層脫卸，逐步頓跌，句句是記山水，卻句句是記亭，句句是記太守。」

眞正用來敘事、寫景、抒情或說理的主體，可以分爲「先點後染」、「先染後點」、「染、點、染」、「點、染、點」等結構。〔註121〕〈醉翁亭記〉開篇以「染、點、染」的結構記亭，先由外而內渲染地理環境，接著點出「醉翁亭」，再就「醉翁」二字渲染其意義。其次記述琅邪山美景，採「先染後點」方式，先渲染晨昏四季之美，再點出「四時之景不同，而樂亦無窮也」。然後記宴遊之樂，此處採用點染疊用之法，依序點出「滁人遊」、「太守宴」、「眾賓歡」、「太守醉」，點染交錯使用。文末採「先點後染」的結構，先點出遊人歸去，再渲染禽鳥之樂、遊人之樂以及太守之樂。全文靈活使用點染之法，充分表達文章情意，且產生變化之美。

此外，「醉翁之意不在酒」顯示出太守之樂不在酒、不在山林、不在宴遊，而在於「樂民之樂」。林雲銘清楚點出本文意旨，對於歐陽脩寄情山水、與民同樂的情懷加以肯定。他又將〈醉翁亭記〉全篇用二十一個「也」字與文章內容、結構並觀，認爲「也」字連貫文章首尾，「記山水」、「記亭」、「記太守」三事融會成密不可分的整體，文章呈現一片太平勝景。

明代歸有光曾以「風月文章」評〈醉翁亭記〉，清人則給予此文高度評價，對「風月文章」一詞不表認同。儲欣（1631～1706）指出此文立意深遠：

> 與民同樂，是其命意處。看他敘次，何等瀟灑！〔註122〕

過珙（生卒年不詳，康熙間人）認爲：

> 從滁出山，從山出泉，從泉出亭，從亭出人，從人出名，一層一層復一層，如累疊階級，逐級上去，節脉相生妙矣。尤妙在「醉翁之意不在酒」及「太守之樂樂其樂」兩段，有無限樂民之樂意，隱見言外。若只認作風月文章，便差千里。〔註123〕

文章層次井然，環環相扣，且立意深遠，由「醉翁之意不在酒」及「太守之樂樂其樂」寄寓深意，「樂民之樂」情志躍然紙上，充滿愛民之情，絕非尋常「風月文章」。〈醉翁亭記〉的層次脈絡，宋代樓昉、明代茅坤、清代林雲銘皆已論及；〈醉翁亭記〉中「醉翁之意」，明代李東陽已指出別有寓意。過珙進一步點出「醉翁之意不在酒」及「太守之樂樂其樂」兩段，蘊含「無限樂民之樂意」。

〔註121〕陳滿銘《章法學論粹》（臺北：萬卷樓圖書公司，2002年7月），頁76。

〔註122〕參見儲欣《唐宋十大家全集錄・六一居士全集錄》，卷五，收錄於《四庫全書存目叢書》（臺南：莊嚴文化，1997年6月）集部405冊。

〔註123〕過珙《古文評註》（臺北：博文書局，1949年1月），卷四。

孫琮則指出，在這篇平淺自然的文章之中，暗藏精妙的結構：

> 此篇逐段記去，覺似一篇散漫文字。及細細讀之，實是一篇紀律文字。若作散漫文字看，不過逐層排列數十段，有何章法？若作紀律文字看，則處處自有收束，却是步伐嚴整。如一起記山、記泉、記亭、記人，數段極爲散漫，今却于名亭之下自註自解，一反一覆，作一收束。中幅記朝暮、記四時，又爲散漫，于是將四時朝暮總結一筆，又作一收束。後幅記遊、記宴、記懽、記醉、記人歸、記鳥樂，數段又極散漫，于是從禽鳥捲到人，從人捲到太守，又作一收束。看他一篇散漫文字，却得三處收束，便是一篇紀律文字，細讀當自得之。〔註 124〕

孫琮承繼樓昉、茅坤、林雲銘等人對〈醉翁亭記〉布局的剖析，不但指出文章的逐層排列，將文章分爲三個層次，更一一指出收束之處，較前人分析更爲細密清楚。蓋能在「散漫」字句間暗立「紀律」，在整齊「紀律」間不失自然閒逸，是〈醉翁亭記〉不凡之處。

在「也」字使用溯源上，余誠（生卒年不詳，乾隆間人）認同韓愈對歐陽脩的直接影響：

> 〈醉翁亭記〉直記其事，一氣呵成，自首至尾，計用二十個「也」字。此法應從昌黎〈潮州祭大湖神文〉脫胎。〔註 125〕

觀察韓愈〈潮州祭神文〉（《韓集》卷二十二）可以發現，整篇文章接用「也」字，字數齊一、句式整齊，雖然其句型與〈醉翁亭記〉並不相同，但是〈潮州祭神文〉音韻合諧，甚至影響蘇軾〈酒經〉（參見本章第一節），與〈醉翁亭記〉同樣都具音韻合諧的特色。袁枚則認爲〈醉翁亭記〉中「也」字使用是模仿自〈阿房宮賦〉，〔註 126〕本章第一節已探討過陳鵠將〈醉翁亭記〉與〈阿房宮賦〉相提並論，得出〈醉翁亭記〉與〈阿房宮賦〉句型特色相似的結論。由此觀之，余誠、袁枚二說皆正確。

清人也關注〈醉翁亭記〉的駢散交融現象，並對「以賦爲文」加以討論。吳楚材、吳調侯《古文觀止》評述〈醉翁亭記〉：

〔註 124〕孫琮《重刊山曉閣古文全集》，卷二十四。

〔註 125〕參見余誠編，葉桂邦、劉果點校《古文釋義》（長沙：岳麓書社，2003 年 6 月），卷八。

〔註 126〕袁枚：「洞城汪稼門先生云：『歐陽公〈醉翁亭記〉連用也字，仿唐人杜牧〈阿房宮賦〉開妝鏡也，棄脂水也。』」參見袁枚《隨園詩話》，卷六。

似散非散，似排非排，文家之創調也。〔註 127〕

指出〈醉翁亭記〉駢散交融特色。宋代人對〈醉翁亭記〉句式的特殊之處，已有「賦體」之評，但卻未明確指出其句式特色；金、元、明代批評家，關注焦點則不在句式之上；因此吳楚材、吳調侯《古文觀止》可說是首先清楚指出〈醉翁亭記〉句式特色的批評家。觀〈醉翁亭記〉中，「日出而林霏開，雲歸而巖穴暝」，「野芳發而幽香，佳木秀而繁陰」等駢句，以及以錯綜句法爲之的「風霜高潔」句，這些鋪排琅邪山美景的敘述，駢散兼用，使句式整齊中又兼具變化之美。

歐陽脩雜記遠較他類作品峭麗，駢句較他類作品繁多，且四言句型極爲常見，乃是受到柳宗元影響。蓋柳宗元作品幽深峭麗，多用四言句型，其文章風格類似六朝體製。〔註 128〕

（四）〈豐樂亭記〉

清人將〈豐樂亭記〉視爲稱頌宋朝功德的文章，金聖歎謂之：

記山水，却純述聖宋功德；記功德，却又純寫徘徊山水，尋之不得其跡。〔註 129〕

認爲此文稱揚朝廷恩德委婉含蓄，藉由徘徊山水興寄感慨，寫來自然而不矯情，譽之爲「此所謂心地淳厚、學問眞到文字也」。〔註 130〕

〈豐樂亭記〉情采並茂，尤以立意高遠備受肯定。林雲銘指出歐陽脩使文章脫離「〈醉翁〉舊套」，雖然〈豐樂亭記〉、〈醉翁亭記〉皆爲貶滁時期作品，但〈豐樂亭記〉以截然不同的寫作手法，追溯滁地時空線索，思及該地五代時戰亂頻仍，而今日則和平安樂，指出：

迄今讀之，猶見昇平景況躍躍紙上。古人往往於小題目中做出大文字，端非後人所能措手。〔註 131〕

〈豐樂亭記〉的成功，就在於旨意深遠，因一座亭思及天下國家，「小題目中做出大文字」。他又指出〈豐樂亭記〉是「歐公得意之筆也」，「流動婉秀，雲

〔註 127〕參見袁枚《隨園詩話》，卷六。

〔註 128〕何寄澎〈歐陽脩古文作法探析〉，《唐宋古文新探》（臺北：大安出版社，1998 年 4 月一版二刷），頁 208～211。

〔註 129〕金聖歎《金聖歎批才子古文》，卷十二。

〔註 130〕同上註。

〔註 131〕林雲銘《古文析義》，初編卷五。

委波屬」，〔註 132〕蓋文中記述天下太平之久、聖宋受命之眞、累朝休養之厚，連續不斷，層見疊出，且承筆流暢，宛轉曲折。除立意特出之外，〈豐樂亭記〉另一成就在於形式優美。

其餘如呂留良（1629～1683）評之「歌功頌德」；〔註 133〕儲欣認爲「其旨歸於宣上恩德」，稱美「最有深情」、「又何正也」，推崇此文「公諸記此爲第一」；〔註 134〕孫琮謂之「此篇純是頌宋功德」，「直寫作唐、虞三代氣象」，〔註 135〕〈豐樂亭記〉在清代文人心中的地位可見一斑。

過珙指出：

從干戈用武之後寫出一片太平景象。中間慨幸交集，無限低迴。記山水，卻純述本朝功德，看來此老胸次有須彌大。〔註 136〕

〈豐樂亭記〉波瀾壯闊，在記敘山水之中追念太祖功德，其境界之寬闊，實在應歸因於歐陽脩胸襟之寬廣。

謝有煇《古文賞音》：

〈豐樂亭記〉飲滁水而甘，因爲建亭，本是韻事，却說得題目如此正大。〔註 137〕

「如此正大」應指歌頌宋朝與民休息而言，文章本由建亭「韻事」觸發，而立意卻別出心裁，藉撫今追昔，讚揚朝廷之功。

清人又將〈豐樂亭記〉的命意高遠與歐陽脩人格學養相連結。呂留良曰：

〈豐樂亭記〉若無中間感慨一段，但鋪張豐樂之意，歌功頌德，成俗文矣。醉翁亦不過避熟就生耳。〔註 138〕

蓋失去歷史時空的延展，原本高遠的命意霎時失去色彩，成爲純粹歌功頌德，而變成「俗文」。

王元啓歎曰「妙只一氣相承，不作粉畫線截之界」，〔註 139〕朱宗洛（生

〔註 132〕林雲銘《古文析義》，初編卷五。

〔註 133〕呂留良輯《晚邨先生八家古文精選·歐陽文精選》，《四庫禁燬書叢刊》（北京：北京出版社，2000 年）94 冊。

〔註 134〕參見儲欣《唐宋十大家全集錄·六一居士全集錄》卷五，收錄於《四庫全書存目叢書》（臺南：莊嚴文化，1997 年 6 月）集部 405 冊。

〔註 135〕孫琮《重刊山曉閣古文全集》，卷二十四。

〔註 136〕過珙《古文評註》，卷四。

〔註 137〕謝有煇《古文賞音》，卷九。

〔註 138〕呂留良輯《晚邨先生八家古文精選·歐陽文精選》。

〔註 139〕王元啓《讀歐記疑》，卷二。

卒年不詳，1760 中進士）亦肯定此文立意深刻，：

> 從滁說到天下，又從天下歸到滁，又從滁推出上之恩德，因以與民同樂意結出所以名亭之故，眞有擒縱由我之妙。〔註 140〕

朱宗洛的評論指出〈豐樂亭記〉立意所在，「上之恩德」、「與民同樂」是文章重心，也是「豐樂」二字由來；這段評論也點出〈豐樂亭記〉紆餘委備、回環往復的行文脈絡，呈現委宛曲折的特色。

（五）〈真州東園記〉

〈眞州東園記〉中不乏瑰辭麗句的鋪陳，劉大櫆（1698～1780）認爲，〈眞州東園記〉有別於柳宗元山水遊記之幽冷奇峭，而「以敷娛都雅勝」。〔註 141〕柳宗元諸記幽深峭麗，且多四字句，近似六朝辭賦，而〈眞州東園記〉藻飾排比繁複，讀之如六朝賦篇，歐陽脩此文受柳宗元影響。柳文與歐文有相似之處，然而風格依然有別。

過珙以「奇紀」稱之：

> 坡公〈凌虛台記〉由勝而逆料其衰，歐公〈東園記〉因興而追其廢，俯仰之間，同一感慨，而文字變化，意到景新，可謂奇紀。〔註 142〕

因此文「因興而追其廢」的寫作手法，以及「意到景新」的瑰麗描摹，所以謂之「奇」。

孫琮則以「奇才」、「奇文」讚美歐陽脩及其所作〈眞州東園記〉：

> 〈眞州東園記〉一篇記載詳列許多佳景、許多規制、許多遊賞，皆從子春口中述出，自己並不曾費一筆一墨。而凡園中之佳景、園中之規制、園中之遊賞早已爲筆墨之所及者，無不及之；爲筆墨之所不及者，亦無不及之。至末幅，始將三人輕輕贊嘆一句「是可嘉也」，收拾通篇無數筆墨，眞是另具一種奇才，另搆一篇奇文。〔註 143〕

孫琮言「奇」是指此文特殊的寫作手法，藉由許子春之口敘述園林之美，化虛爲實，通過想像極寫園景秀麗，並留下不少供讀者想像的空間，結尾則以「是可嘉也」涵蓋前文諸般勝景，無論篇法、句法、字法俱有其「奇」處。

〔註 140〕朱宗洛《古文一隅》卷下，收錄在王水照編《歷代文話》（上海：復旦大學出版社，2007 年 11 月）。

〔註 141〕姚鼐輯、王文濡評註《大字本評註古文辭類纂》，卷五十四。

〔註 142〕過珙《古文評註》，卷四。

〔註 143〕孫琮《重刊山曉閣古文全集》，卷二十四。

蓋〈眞州東園記〉之「奇」，在於未曾親歷其地，卻能憑一張圖畫記述園林勝景，「化虛爲實」的寫作手法，寫景如歷歷在目，格外引人關注。

劉大櫆指出此文有別於柳宗元從實處寫景，乃是「從虛處生情」，鋪敘今日爲園之美，卻一一追溯從前之荒蕪，因而「更有情韻意態」。〔註144〕謝有煇《古文賞音》讚曰「一一寫出，如在目前」，〔註145〕林雲銘《古文析義》則云：

> 〈眞州東園記〉作遊觀之記，自當鋪張景物。奈未經躬歷，即據畫圖寫去，何異泥塑木雕呆狀？此特借許子春之口，件件數來，不但寫得已畫，併寫得未畫；不但寫得已言，併寫得未言，即躬歷亦不過此。〔註146〕

寫未見之景，僅憑圖畫以及他人敘述，不但能寫「已畫」「已言」，甚至窮盡「未畫」「未言」，雖未親至該地，卻猶如親眼所見，歐公信手拈來，更見情韻意態。

（六）〈有美堂記〉

清人指出〈有美堂記〉，極具紆餘曲折的特色。儲欣曰：

> 形容兩地盛衰各極，情景如在目前，篇中勝觀在此。數層脱卸，一氣滾下，又極紆餘嬝娜。〔註147〕

錢塘、金陵兩地盛衰對比，景物鮮明，且文章結構分明，層層脫去，主旨方現，雖是「一氣滾下」，卻「極紆餘嬝娜」，婉轉曲折。

呂留良讚美道：

> 唯其筆妙古今，故能多作曲折，而無層累之迹。〔註148〕

此文雖然層層堆疊，卻自然流暢，無「層累之迹」，實在應歸功於文章紆餘婉轉的筆調。

姚範評述〈有美堂記〉：

> 公文雖宋體，然勢隨意變，沖融翔逸，誦之鏘然。〔註149〕

姚鼐則曰：

> 勢隨意變，風韵溢于行間，誦之鏗然。〔註150〕

〔註144〕姚鼐輯、王文濡評註《大字本評註古文辭類纂》，卷五十四。

〔註145〕謝有煇《古文賞音》，卷九。

〔註146〕林雲銘《古文析義》，二編卷七。

〔註147〕參見儲欣《唐宋十大家全集錄・六一居士全集錄》，卷五。

〔註148〕參見呂留良輯《晚邨先生八家古文精選・歐陽文精選》。

〔註149〕姚範《援鶉堂筆記》，卷四十四。

「雖宋體」三字略帶貶意，然而姚範、姚鼐皆肯定此文「勢隨意變」，靈動曲折，肯定〈有美堂記〉價值。「宋體」對清人而言，具有負面意涵。〔註 151〕姚範雖肯定宋代古文家成就，但在使用文學批評術語時，不免受到前人影響，明人既有「終亦宋格」之嘆惋，清人亦難免有「文雖宋體」之語。此外，在後人因襲之中，「宋體」往往溺於繁冗或流俗之弊，〔註 152〕「宋體」逐漸成爲負面詞語。

（七）〈相州晝錦堂記〉

「晝錦」在清人心中本來是「俗」名，〈相州晝錦堂記〉卻在「晝錦」之外翻出更深的立意，清人對此文加以肯定，張伯行（1651～1725）曰：

> 以窮厄、得志者相形，見公超然出於富貴之上。因晝錦二字頗近俗，故爲之出脫如是。文旨淺而詞調敷腴，最爲人所愛好。〔註 153〕

過珙：

> 題曰「晝錦」，卻反把衣錦之榮一筆掃開，此最是歐公善於避俗處。前後贊頌韓公，皆是實事，初無溢美。如此功德文章，正堪並傳不朽。〔註 154〕

過珙、張伯行皆指出此文立意深刻，超脫「晝錦」俗名，使魏國公（韓琦）超然於富貴榮華之上。過珙另指出此文「皆是實事，初無溢美」，可推知若非韓琦功勳烜赫，歐陽脩縱使欲超脫「晝錦」亦難以下筆。張伯行則讚美此文「文旨淺而詞調敷腴」，可知若非歐陽脩筆力不凡，亦無法成此佳篇。

韓琦功勳與歐公妙筆，爲清人品評此文時所津津樂道，吳楚材、吳調侯《古文觀止》云：

> 魏公、永叔豈皆以晝錦爲榮者？起手便一筆撇開，以後俱從第一層立議，此古人高占地步處。按魏公爲相，永叔在翰林，人曰：「天下文章，莫大於是。」即〈晝錦堂記〉，以永叔之藻采，著魏公之光烈，

〔註 150〕姚鼐輯、王文濡評註《大字本評註古文辭類纂》，卷五十四。

〔註 151〕按：姚鼐《古文辭類纂》曾以「宋世格調」取代「宋體」一詞，可知當時「宋體」乃負面詞語。王基倫〈「宋世格調」：歐陽脩古文的深層解讀〉引姚範評文曰：「姚鼐著、王文濡評註《古文辭類纂》卷五四曾節錄上述方氏、大姚氏說法，且改『文雖宋體』爲『宋世格調』句，文義雖未轉換，似乎已將所謂『宋體』與『隨俗應酬』畫上等號。」參見王基倫《唐宋古文論集》，頁 125～126。

〔註 152〕王基倫〈「宋世格調」：歐陽脩古文的深層解讀〉，《唐宋古文論集》，頁 128。

〔註 153〕張伯行《唐宋八大家文鈔》（臺北縣：藝文印書館，1969 年），卷六。

〔註 154〕過珙《古文評註》，卷四。

> 正所謂天下莫大之文章。〔註155〕

文章雖由「晝錦還鄉」入題，卻以「晝錦」爲不足論，另外翻出一層新意。韓琦、歐陽脩皆非以晝錦爲榮，而韓琦功勳之「光烈」，歐陽修文章之「藻采」，適足以成就「天下莫大之文章」。

陳兆崙評論此文，指出其缺點：

> 抉引廻環，一線穿定。稍嫌作態過甚，出鋒太多。然亦只可爲知者道也。〔註156〕

文章結構巧妙，「抉引迴環」，在「榮」字之上反覆議論；並且「一線穿定」，以「志」字貫串全文。所謂「作態過甚」者，可能是就其駢句麗辭而言。

余誠則云：

> 〈晝錦堂記〉從「晝錦」二字中想出個「榮」字來，復從「榮」字上一層，想出個「志」字來。于是，以「志」字爲經，以「榮」字爲緯，寫成一篇洋洋灑灑大文。却妙在從人情說起，推出晝錦之所以爲榮處，爲魏公作反襯。且又不說壞若輩，不過只以富貴之榮襯出公功德之榮來。然使一口竟盡，便索然無味，而文勢亦不崢嶸，故前幅既作襯筆而轉入韓公，後仍多作頓宕，直至「公在」一段，方纔實敘出公之功德足以爲榮。字字是韓公實錄，毫無溢美之詞。崇議閎論，堪傳不朽，而結構亦極精密。此當是廬陵最用意之文，然非韓公之功德，正恐難當得此文也。〔註157〕

由晝錦之「榮」落至安天下之「志」，並由常人之情反襯韓琦情操。文章以「襯筆」、「頓宕」反覆議論，全文遷徐曲折。韓琦之「功德」，加上歐陽脩「筆力」，方能成就此文。

（八）〈峴山亭記〉

〈峴山亭記〉由「名」字立論，藉由羊祜、杜預「汲汲於後世之名」，對史中燀沽名釣譽的作法，含蓄委婉的提出批評。清人品評時也由「名」字切入，探討其章法之妙。林雲銘對文中「名」字之脈絡大表讚賞：

> 亭在峴山，記亭必先記山。奈山是兩人之山，撇下一人不得；亭是一人之亭，扯上一人又不得。看他拏箇「名」字雙提，拏箇「思」

〔註155〕吳楚材、吳調侯編選《古文觀止》，卷十。
〔註156〕參見陳兆崙選評《陳太僕批選八大家文鈔・歐文》。
〔註157〕余誠編，葉桂邦、劉果點校《古文釋義》，卷八。

字單表，全在埋伏照應上閒閒布置，忽雙忽單，了無痕迹。末兩掃舊套作結，眞化工大手筆。〔註 158〕

峴山亭因羊祜而不朽，峴山則因羊祜、杜預而聞名，歐陽脩先以「名」字雙線書寫兩位古人，對二人汲汲聲名表示質疑，再以「山故有亭」一句，由山過渡到亭，轉折自然，了無痕跡；又以「後世慕其名而思其人」單線連貫羊祜與史中煇，呼應前文，對三人計較後世之「名」委婉勸戒。文末則說明不寫周圍景色以及亭子沿革等「舊套」的原因。林雲銘肯定歐陽脩文章結構的巧妙自然，譽之爲「眞化工大手筆」。

過珙則由〈峴山亭記〉中「至今人猶思之」一語，提出「思」字之重要性：

以其人之足思，則山之名亦特著。文情起伏頓挫，無限情態俱從一「思」字取意也。〔註 159〕

羊祜、杜預固然求「名」，然而二人之名是因後人「思」其功勛而流傳久遠，而非碑碣刻石使二人之名流傳久遠。委婉勸喻史中煇，與其修亭以求留「名」，不如建功立業，造福百姓，俾得後人之「思」。「思」字的確是文章一大關鍵。

王元啓認爲「名」、「人」二字是此文「一篇眼目所在」，〔註 160〕朱宗洛亦指出此文以「名」字貫串全文：

〈峴山亭記〉一路婉轉而入，其鬱然深秀之致，自露行閒，令人玩賞不窮。文與題正相稱。通篇以「名」字作骨，入手從峴山之有名，跌起叔子、元凱，隨把兩人功業輕輕安放，緊緊將後人思慕兩人意，弔起「名」字，此行文最緊湊處。其入「名」字，却用翻筆振出其作勢險峭處。下就兩人汲汲於名處分寫，此申說之法，亦敷衍之法也。由山出亭，仍紐合「名」字，遙應「風流餘韻」數句，此收足之法，亦呼應之法也。接入史君，正敘作亭，即插入「襄人安其政而樂從其遊」句，仍借叔子形出史君志行政事之美，以推獎作亭之人，行文極宕逸之妙。後補寫此亭勝概，此又以不補爲補之法也。〔註 161〕

由峴山之有「名」，述及後人思羊祜、杜預之「名」，接著分寫兩人汲汲於「名」，而峴山亭因羊祜而聞「名」。朱宗洛認爲此文「婉轉而入」，結構曲折有致；

〔註 158〕林雲銘《古文析義》，二編卷七。
〔註 159〕過珙《古文評註》，卷四。
〔註 160〕王元啓《讀歐記疑》，卷二。
〔註 161〕朱宗洛《古文一隅評文》卷下。

且「極宕逸之妙」，文字疏宕飄逸，是一佳篇。

〈峴山亭記〉另一引人關注處，在於撫今追昔，藉歷史人物事蹟，引發感慨議論。劉大櫆評之曰：

> 歐公長於感歎，況在古之名賢輿遙集之思，宜其文之風流絕世也。〔註 162〕

姚範曰：

> 昌黎雄處，每於一起、一接、一落，忽來忽止，不可端倪。宋六家及震川俱犯駿蹇之病。歐公峴山亭記風流感慨，昔人推之至矣，而間不免於挨次迂弱。〔註 163〕

劉大櫆、姚範所言「風流絕世」、「風流感慨」者，應是承繼明代茅坤「風流感慨」評語而來，歐文悼古思今、興發議論，形成特殊神采，文評家謂之「風流」。姚範所謂「迂弱」者，應是指歐文在章法承轉之處，不若韓愈雄奇。姚範又云「『其人謂誰』二句可刪」，〔註 164〕對〈峴山亭記〉用語抱持大醇小疵之感。

陳兆崙曰：

> 一提峴山，那容更作淺語。抑揚唱歎，從舊事剝換生新。蓋政是肝膈與同，神情不隔也。後幅應前，歸結本位，乃全不費力，非其用意所在。〔註 165〕

「舊事」即羊祜、杜預史事，「剝換生新」即歐公之興發議論，〈峴山亭記〉遙思羊祜、杜預等英雄人物，雖然生命已被歷史洪流淘洗殆盡，但其英名仍流傳當地，令人感慨低迴。

品評〈峴山亭記〉時，清人喜用「神韻」、「神情」、「綿邈」、「縹緲」等語。「綿邈」、「縹緲」有情韻無窮、超然絕俗之意；「神韻」、「神情」是文章最抽象處，亦是桐城派文論中，文章最精闢處。〔註 166〕姚鼐評〈峴山亭記〉云：

〔註 162〕姚鼐輯、王文濡評註《大字本評註古文辭類纂》，卷五十四。

〔註 163〕姚範《援鶉堂筆記》，卷四十四。

〔註 164〕同上註。

〔註 165〕參見陳兆崙選評《陳太僕批選八大家文鈔・歐文》，收錄於《陳太僕批選八家文鈔》。

〔註 166〕姚鼐輯、王文濡評註《大字本評註古文辭類纂・序》：「所以爲文者八，曰：神、理、氣、味、格、律、聲、色。神、理、氣、味者，文之精也；格、律、聲、色者，文之粗也。」。

歐公此文神韻縹緲，如所謂吸風飲露、蟬蜕塵壒者，絕世之文也。〔註 167〕

意指此文脫俗空靈，彷若樹蟬去殼，超脫塵俗。儲欣曰：

神情綿邈，尚友古人。〔註 168〕

「綿邈」二字極言文字高妙，情韻悠然不盡。

清代文評家讚揚歐陽脩學記成就，並將歐陽脩與韓愈、柳宗元加以比較，認爲歐陽脩建物記宛轉情韻與平易之美超越前人。他們在實際批評時，關注文章形式造成的效果，並開始用「神韻」、「縹緲」等與品評文章。

第五節　清末民初的批評

本節所指「清末民初的批評」，是指出生在清末，去世時間在民國以後的一批文評家。這些學者自幼飽讀古書，繼承清人的文體研究與古文品評成果，他們對雜記的定義與分類，比清人更加清楚明白，無論研究建物記的內容、作法以至於歐公建物記的特殊作法，都有輝煌的成績。對作家風格與建物記品評的研究，亦能在前人成就之上再創新局。

本章將討論清末民初學者對建物記的研究成果，觀察他們對歐陽脩作建物記作法的探究，以及對諸篇建物記的品評成果。以下分爲「文體評論」、「作家評論」、「作品評論」三點，論述如下：

一、文體評論

民初對雜記文體的評論，是在古人的基礎上更進一步探究，特別是在雜記的定義與分類之上。林紓（1852～1924）注意到「學記」的特殊性質，於是在曾國藩的分類基礎上，將「學記」由一般建物記分割出來，強調其「說理」色彩。〔註 169〕

清末以前，文評家雖已將雜記依內容區分數類，卻沒有對各類雜記的作法提出評論。至民初，林紓首度提出各類雜記的不同作法：

勘災、濬渠、築塘，語務嚴實，必舉有益於民生者，始矜重不流于

〔註 167〕姚鼐輯、王文濡評註《大字本評註古文辭類纂》，卷五十四。

〔註 168〕儲欣《唐宋十大家全集錄・六一居士全集錄》，卷五。

〔註 169〕參見林紓《畏廬論文・流別論》，收錄於《畏廬論文等三種》。

佻。祠宇之記，或表彰神靈及前賢之宦蹟隱德。亭台之記，或傷今悼古，或歸美主人之仁賢，務出以高情遠韻，勿走塵俗一路，始足傳之。金石書畫古器物之記，務尚攷訂，體近於跋尾。韓昌黎之畫記，專摹考工，後人仿效，雖語語皆肖，究同木偶。記古器物，固須刻畫，必一一摹擬，又似罄矣。〔註170〕

由林紓的評論中，可以發現他對數類建物記各提出不同作法。「勘災、濬渠、築塘」等公共建設，林紓主張必須標舉有益民生的部分，觀歐陽脩建物記中，〈偃虹隄記〉能夠「惠其民而及于荊、潭、黔、蜀，凡往來湖中，無遠邇之人皆蒙其利焉」，符合林紓所言。「祠宇之記」，林紓認爲應記述神靈或前賢事蹟，而歐陽脩建物記中，〈湘潭縣修藥師院佛殿記〉、〈淅川縣興化寺廊記〉、〈河南府重修淨垢院記〉等文，皆以記修築過程與修建者爲主，與林紓所言不同。「亭台之記」，林紓指出應「傷今悼古」或是「歸美主人之仁賢」，觀歐陽脩建物記中，常常藉撫今追昔興起煙波，或是在結尾讚美建物主（參見第三章第一節），形成其特殊風格。

二、作家評論

清末民初學者將注意力放在歐陽脩俯仰今昔、弔古歎逝之上。林紓以「風神」論歐文情韻之美：

總錄謂歐陽文忠文清音幽韻如飄風急雨之驟至，夫飄風急雨豈能謂之韻？或且見歐公山水廳壁諸記，多懷古傷今之作，動作哀音，遂以飄風急雨目之，過矣。凡情之深者，流韻始遠，然必沉吟往復，久之始發爲文，若但企其風度之凝遠，情態之纏綿，指爲信筆而來，即成情韻，此甯知歐文哉！故世之論文者恆以風神推六一，殆即服其情韻之美。……六一文中憑弔古人，隱剌今事，往往有之，然必再三苦慮，磨剔吐棄，始鑄此偉詞。若臨文時故爲含蓄吞咽，則已先失自然之致矣，何名情韻？〔註171〕

由這段評述可以知道，「懷古傷今」即情韻之所在，「自然之致」是情韻存在的先決條件，而情韻正是「六一風神」的呈現。林紓又評論：

記山水則子厚爲專家，昌黎不能及也。子厚之文，古麗奇峭，似六朝

〔註170〕參見林紓《畏盧論文·流別論》。

〔註171〕參見林紓《畏盧論文·應知八則》「情韻」條下。

而實非六朝；由精于小學，每下一字必有根據，體物既工，造語尤古，讀之令人如在鬱林、陽朔間；奇情異采，匪特不易學，而亦不能學。歐陽力變其體，俯仰夷猶，多作弔古歎逝語，亦自成一格。〔註 172〕

柳文的古麗奇峭雖似六朝文，但由於「精于小學」，因此「體物既工，造語尤古」。歐陽脩自柳文創發，柳宗元往往細加勾勒出山水的獨特面貌，以記敘爲主；歐陽脩則簡要交代山水的經典形貌，將重點擺在撫今追昔、弔古歎逝，並加以議論，使文章由記敘轉而以議論爲主，這是歐文與柳文差異所在，也是「六一風神」的呈現。

章廷華（1872～1927）《論文瑣言》云：

歐文說到窮極處，每參以身世興衰之感，〈峴山亭碑〉、〈豐樂亭記〉諸作均如此。〔註 173〕

王文濡評〈李秀才東園亭記〉云：

荒僻處而有園林，園主人已閱其三世，身世之感溢於言外。〔註 174〕

「身世興衰之感」、「身世之感」等等，都是歐陽脩在文章中所安排的撫今追昔的記述。〈峴山亭記〉、〈豐樂亭記〉、〈李秀才東園亭記〉皆屬於建物記，由此可知歐陽脩「身世興衰之感」在建物記中尤其常見。

歐文宛轉曲折，往往藉史事興起煙波，感嘆低迴。如〈峴山亭記〉記述羊祜、杜預統一晉業的功勳，爲後人傳誦思念，警惕史氏切勿執著虛名。〈豐樂亭記〉敘述宋太祖生擒皇甫暉、姚鳳於滁州東門之外的豐功偉業，強調宋朝的正統地位。其餘又如〈峽州至喜亭記〉開篇論及蜀地古代歷史；〈有美堂記〉，文中記敘金陵、錢塘兩地的歷史，此二地曾爲物阜民豐之所，然而都曾經爲「僭國」；〈河南府重修淨垢院記〉記述河南興盛的過往歲月；〈李秀才東園亭記〉記敘隨州自古鄙陋的事蹟等等（參見第三章第二節），皆撫今追昔，寄以「身世興衰之感」，使文章興起無限煙波，形成紆餘委備的特色。歐陽脩文章善於興寄歷史興衰、身世感慨，讀之令人感同身受，低迴不已。

三、作品評論

清末民初學者在前人的品評基礎之上，深入挖掘歐公建物記的特殊成

〔註 172〕參見林紓《畏廬論文・流別論》。

〔註 173〕同上註。

〔註 174〕姚鼐輯、王文濡評註《大字本評註古文辭類纂》，卷五十四。

就。他們雖然很難超出前人已處理過的文章特色，但是都努力在這些已被察覺的特色之上，深入闡發。茲論述如下：

（一）〈醉翁亭記〉

民初學者關注〈醉翁亭記〉近「俗」的一面。陳衍（1856～1937）云：

〈醉翁亭記〉，則論者以爲俗調矣，其實非調之俗，乃辭意過於圓滑，與〈送李愿序〉氣味相似，殊不可學耳。〔註175〕

陳衍指出因〈醉翁亭記〉「辭意過於圓滑」，被視爲「俗調」，而此種風格其實與韓愈〈送李愿歸盤谷序〉「氣味相似」。細觀〈送李愿歸盤谷序〉、〈醉翁亭記〉相似語句，皆在記述遊賞之上，或許因題材通俗、語意平淺，因而有「俗調」之譏。其實，這兩篇文章命意深遠，文字安排巧妙，皆有可觀之處。

唐文治曰：

清微淡遠，脩然弦外之音。「醉翁之意不在酒」，孰知其滿腹經綸屈而爲此乎？蓋永叔在滁，乃蒙被垢汙而遭謫貶，君子處此，或不能無動於心，而永叔此文，獨能遊乎物外。先儒謂其深造自得之功，發於心聲而不可強者，豈非然歟？通篇用「也」字調，爲特創格。然必須曲折多乃佳，否則轉成庸俗矣。〔註176〕

唐文治繼承清人批評成果，認爲全篇用「也」必須與篇章結構相配合，「須曲折多乃佳」，惟章法與字法搭配得宜，才顯現出文章獨特美感，否則將淪於「庸俗」。唐文治謂之「特創格」，不獨因爲通篇用「也」字，也因其語句平暢自然，且每一「也」字即是一轉折，層層遞進，節節相生，與布局安排巧妙配合，使它的「多用也字」與文章脈絡、句式搭配得宜，在古人之上（參見本章第一節）。唐文治特別註明「然必須曲折多乃佳」，可知歐文通篇用「也」字之所以能達到極佳的審美效果，乃是與「也」字配合層次轉折有關。

（二）〈豐樂亭記〉

民初學者以「風神」二字評述〈豐樂亭記〉。林紓云：

歐文講神韻，亦於頓筆加倍留意。如〈豐樂亭記〉曰：「升高以望清流之關，欲求暉、鳳就擒之所，而故老皆無在者。蓋天下之平久矣。」

〔註175〕陳衍《石遺室論文》卷五，收錄於《陳石遺集》。

〔註176〕唐文治《國文經緯貫通大義》（臺北：文史哲出版社，1987年11月再版），頁171。

又曰：「百年之間，徒見山高而水清。欲問其事，而遺老盡矣。」或謂故老無在及遺老盡矣，用筆似沓，不知前之思故老專問南唐事也，後之問遺老則兼綜南漢吳楚而言，本來作一層說即了，而歐公特爲夷猶頓挫之筆，乃愈見風神。〔註 177〕

林紓繼承姚鼐對歐文「神韻」的評論，他指出歐公善用頓筆，「故老無在」、「遺老盡矣」句意重複，其實前者是專指南唐故老，後者則兼指南漢、吳、楚遺老。這兩句本可合在一起，歐陽脩卻一拆爲二，反覆吞吐，使原本一氣呵成的句子，顯得曲折有致，「神韻」悠然，此即歐陽脩「風神」。

陳衍讚嘆「永叔文以序跋雜記爲長，雜記尤以〈豐樂亭〉爲最完美」，〔註 178〕又曰：

起一小段，已簡括全亭風，乃橫插「滁於五代干戈之際」二語，得勢有力，然後說由亂到治與由治回想到亂，一波三折，將實事於虛空中摩盪盤旋。此歐公平生擅長之技，所謂風神也。〔註 179〕

由五代之「亂」寫起，記述宋太祖「平」定滁州，然後由今日之「治」追憶往日戰「亂」，以及宋朝受天命「平」定四海。「治平」與「戰亂」在「今」「昔」之間穿梭遊走，往復百折。林紓、陳衍所謂「風神」，皆由歐文曲折的特色言之。

唐文治（1865～1954）評論道：

〈豐樂亭記〉凡作文必須愈唱愈高，不宜愈唱愈低，其人之富貴貧賤、窮通壽夭，皆可於文之聲音驗之。此文「滁於五代干戈之際」一段，兼奇峯特起法，而其音愈提愈高，如鳳凰鳴於寥廓。歐公生平、性情、事業，均屬不凡，於此可見。讀者學其文，當學其人也。〔註 180〕

在文章首段記述得亭經過之後，忽然插入滁州五代戰亂一段，勢奇力健，且憑弔感慨之際，文字激越，「如鳳凰鳴於寥廓」，感人至深。唐文治歸因於歐陽脩生平、性情、事業之不凡，主張「讀者學其文，當學其人也。」。

吳闓生（1877～？）讚嘆此文「憂深思遠，聲情發越」，又說：

〔註 177〕參見林紓《畏廬論文・用筆八則》中「用頓筆」條下。

〔註 178〕陳衍《石遺室論文》卷五。

〔註 179〕同上註。

〔註 180〕唐文治《國文經緯貫通大義》，頁 118。

先大夫曰此與〈送田畫序〉並佳絕，其撫今思昔亦同，而彼篇作於謫宦之中，心曠而神怡，此篇作於豐樂之時，憂深而思遠，蓋賢人君子之意量如此。〔註 181〕

〈豐樂亭記〉在太平盛世之時懷想戰亂之憂，居安思危，足見歐陽脩識見不凡。清代學者將〈豐樂亭記〉視爲稱頌宋朝功德的文章，吳闓生則別開蹊徑，評之爲「憂深而思遠」，由這點探究之，文章意蘊較清人的闡述更顯深刻。

（三）〈有美堂記〉

清代儲欣已注意到〈有美堂記〉中金陵、錢塘的對比（參見本章第四節），陳衍評析這種文章作法，認爲：

〈有美堂記〉中間言金陵、錢塘，皆僭竊於亂世，而錢塘獨盛於金陵之故，才思橫溢，極似漢人文字。曾子固〈道山亭記〉，從淮南王〈諫伐閩越書〉脫化出來，正其類也。〔註 182〕

〈有美堂記〉以金陵、錢塘爲對比，烘托出錢塘兼得山水之美與都邑之樂，最後點出有美堂「盡得錢塘之美」的結論。陳衍對於歐陽脩才思加以肯定，並將此文與曾鞏〈道山亭記〉相較，至於所謂〈道山亭記〉由劉安〈諫伐閩越書〉脫化而來，應是指描述閩地地勢險峻而言。〔註 183〕〈道山亭記〉開篇言閩地極險極遠，而福州極富極庶，以突顯主題「其山水之勝，城邑之大，宮室之榮，不下簟席而盡於四矚」，〔註 184〕集山水之勝與城邑宮室之美於一身，與〈有美堂記〉手法類似。

（四）〈峴山亭記〉

民初學者陳衍讚揚〈峴山亭記〉結構：

〈峴山亭記〉亦以一起特勝，中間抑揚處，正學《史記》傳贊。〔註 185〕

〈峴山亭記〉起筆寫峴山只一句「望之隱然」，隨即以「其名特著」引出羊祜、杜預二人。陳衍肯定這種筆法，並指出文章中間寫二人功業，及議論二人求

〔註 181〕吳闓生纂《古文範》（臺北：臺灣中華書局，1970 年），卷四。

〔註 182〕陳衍《石遺室論文》卷五。

〔註 183〕曾鞏〈道山亭記〉、劉安〈諫伐閩越書〉皆有對地勢險峻的描述。參見曾鞏〈道山亭記〉、劉安〈諫伐閩越書〉，兩篇文章分別收錄在曾鞏《元豐類藁》卷十九、嚴可均編《全上古三代秦漢三國六朝文・全漢文》卷十二。

〔註 184〕曾鞏〈道山亭記〉，《元豐類藁》卷十九。

〔註 185〕同上註。

名心態處，是學自「《史記》傳贊。」「傳」即傳文，「贊」即贊論，《史記》在傳文後常附贊論，以品評史事、褒貶人物，且贊論內容不與傳文重複。〈峴山亭記〉中，記述二人功勳處即類似傳文，而議論二人求名處即類似贊論，這樣的筆法是歐文學《史記》的例證之一。

清人姚鼐曾以「神韻縹緲」評價〈峴山亭記〉，陳衍則反對使用這個術語，對「縹緲」一語抱持保留態度，他說：

> 姚惜抱以爲神韻縹緲，如所謂吸風飲露、蟬蛻塵壒者，絕世之文也。此皆知其然而不知其所以然之語，極似鐘伯敬〈詩歸〉之評唐人詩妙處，至譽之太過，抑無論矣。〔註 186〕

陳衍認爲此類評語過於籠統，未能清楚說明文章優點，而且「至譽之太過」；林紓雖以「神韻」品評〈豐樂亭記〉，亦棄「縹緲」一詞而不用。由此觀之，可知清人喜用「縹緲」等詞語的風氣，至民初已告止息。

王文濡（1867～1935）則在〈峴山亭記〉按語指出：

> 姚鼐云「二子」宜易「叔子、元凱」，鄙意「豈非以其人」句，「其人」上加以「羊祜、杜預」四字，亦不鶻突。〔註 187〕

惟若依王文濡所言，刪去「其人謂誰」兩句，「豈非以羊祜、杜預其人哉」則少了「豈非以其人哉」的簡潔，且上一句「而其名特著於荊州者」是九字的長句，文章少了長短錯落、靈動活潑的美感。因此，仍是以歐陽脩原文爲佳。

民末清初文評家對雜記的探究更深入，對數類建物記各提出不同作法。他們承繼清人，將歐陽脩與韓、柳雜記加以比較，並將重點擺在個別特色，而非歐陽脩超越前人之處。他們繼續使用「神韻」、「俗調」等批評術語，反對使用「縹緲」二字。他們確立「六一風神」一語，又以「風神」二字評歐陽脩建物記。

〔註 186〕陳衍《石遺室論文》卷五。

〔註 187〕姚鼐輯、王文濡評註《大字本評註古文辭類纂》，卷五十四。

第六章　韓、歐、蘇建物記的比較舉隅

韓愈與歐陽脩、蘇軾在文學史上以「韓歐」、「歐蘇」並稱，他們的文學成就相當，在古文創作上不僅有承繼關係，且文章同中有異、異中有同。透過韓歐以及歐蘇建物記的比較，可以觀察建物記由唐至宋的流變，審視歐陽脩在建物記的承襲、創新以及影響力。

本章首先進行韓、歐建物記的比較，以〈燕喜亭記〉、〈峽州至喜亭記〉爲例，透過比較其寫作背景、寫作內容及寫作手法，觀察韓、歐建物記的異同。其次以〈相州晝錦堂記〉、〈醉白堂記〉爲例，也考察歐、蘇建物記的異同。然後探究建物記在韓愈、歐陽脩、蘇軾三人之間的變化，歸納其承襲與創新之處，以及三人個別的文學特色。期望經由這樣的比較與分析歸納，使歐陽脩在建物記流變史上的地位更加明晰。

第一節　韓歐建物記比較——以〈燕喜亭記〉、〈峽州至喜亭記〉爲例

在雜記流變之中，韓愈具開創之功，〔註 1〕歐陽脩承襲韓愈而風格殊異，故欲審視建物記的變化情形，宜就韓、歐文章著手。

韓愈、歐陽脩在文學史上並稱「韓歐」，二人各爲唐、宋古文運動的領導者，在文學史上皆具有極大影響力。就二人文學成就而言，地位不分軒輊；就二人文章風格而言，不但具有承襲關聯，且同中有異、異中有同，茅坤謂

〔註 1〕 茅坤：「書、記、序、辯、解，及他雜著，公所獨倡門户。」參見茅坤〈韓文公文鈔引〉，《唐宋八大家文鈔》。

歐陽脩「序、記、書、論雖多得之韓昌黎，而其姿態橫生，別爲韻折」，〔註2〕袁枚則云「歐公學韓文，而所作文，全不似韓」。〔註 3〕在這樣的基準上，可將二人雜記加以比較。

本節所討論的文章〈燕喜亭記〉被譽爲「得記文正體」，「歐公文，大略有得於此」，〔註4〕故由韓愈諸記中，取〈燕喜亭記〉與歐陽脩雜記做比較研究，以觀察歐陽脩雜記對韓文的承繼與創新。〈燕喜亭記〉作於唐德宗貞元二十年（西元 804 年），是韓愈貶謫時爲當時上司王仲舒所作。爲求研究文本有相同的基準點，故取同樣是貶謫時爲上司而作的「亭」記來作比較，在歐陽脩諸記中，僅得〈峽州至喜亭記〉一篇。〈峽州至喜亭記〉作於宋仁宗景祐四年（西元 1037 年），與〈燕喜亭記〉皆爲「亭」記，雖相隔兩百多年，然而作者境遇、亭主境遇乃至於文章內容與寫作手法，皆有相似之處。以下就二文分析討論。

一、寫作背景

〈燕喜亭記〉、〈峽州至喜亭記〉分別作於韓愈貶連州、歐陽脩貶峽州之際，且皆是爲人作記。兩篇文章的寫作背景如下：

（一）因諫遭謗

〈燕喜亭記〉及〈峽州至喜亭記〉寫作之時，韓愈與歐陽脩皆處於仕途的低潮。兩人皆因直言進諫，得罪權貴而被貶。

中唐政治衰敗，兩稅法實施多有漏洞，造成人民經濟負擔加重，在這樣的時代背景之下，韓愈因繼承儒家仁政愛民的理想，主張薄賦歛，反對苛政。〔註5〕韓愈原本在京師任監察御史，貞元十九年（西元 803 年），因關中大旱，寫下〈御史臺上論天旱人饑狀〉，指出當時旱災與霜害交逼，「田種所收，十不存一」，請求德宗寬民徭役、除民租賦，「應今年稅錢及草粟等在百姓賦內徵未得者，並且停徵，容至來年，蠶麥庶得，少有存立。」狀中陳述人民「棄子逐妻，以求口食；坼屋伐樹，以納稅錢」之苦。（《韓集》卷三十七）韓愈

〔註 2〕茅坤〈盧陵文鈔引〉，參見茅坤《唐宋八大家文鈔》。

〔註 3〕袁枚《隨園詩話》，卷六。

〔註 4〕參見茅坤《唐宋八大家文鈔》，卷八。

〔註 5〕張清華《韓愈研究（上冊）》（南京：江蘇教育出版社，1998 年 8 月），頁 134～142。

指出關中災民的慘狀，暗指負責官員非但未上表民情，還狠心徵歛，因而開罪皇族，被貶爲陽山縣令。〔註6〕

歐陽脩本在京師任館閣校勘，景祐三年（西元 1036 年），范仲淹受讒遭貶，諫官高若訥仰承宰相呂夷簡，不僅不爲范仲淹辯白，反而竭力攻訐。歐陽脩寫信力斥高若訥貪戀官位，未能盡責諫諍，甘作「不才諫官」，毀謗范仲淹之賢，以「庶乎飾己不言之過」，「不復知人間有羞恥事」。〔註 7〕歐陽脩因而貶爲夷陵縣令。

韓、歐兩人皆能直言進諫，韓愈爲百姓言事，歐陽脩則爲賢臣辯解；韓愈任諫官，諫諍本是職責所在；歐陽脩爲館閣校勘，諫諍並非職責，仍勇於指出高若訥之過。

（二）地處荒僻

燕喜亭在連州，至喜亭在峽州，皆屬荒涼偏僻之地，且路途中充滿危險，令人心驚。韓愈曾描述其貶地四周之窮險：

> 陽山，天下之窮處也。陸有丘陵之險，虎豹之虞。江流悍急，橫波之石，廉利侔劍戟，舟上下失勢，破碎淪溺者，往往有之。〔註8〕

陽山在連州之南，峰險崖陡，虎豹出沒，江流湍急，船翻人亡，可知其荒遠險阻，連州之窮險亦可推知。然而，韓愈卻未將這一點表現在〈燕喜亭記〉裡，反而稱美「吾州之山水名天下」，讚嘆連州山水之美。

歐陽脩亦曾描述其貶地之窮險，在〈峽州至喜亭記〉中敘述水路險阻，「一失毫釐與崖石遇，則糜潰漂沒不見蹤迹」；（《歐集》卷三十九）在〈夷陵縣至喜堂記〉中敘述「民俗儉陋」，感嘆「豈其陋俗自古然歟」。（《歐集》卷三十九）相較於〈燕喜亭記〉稱美貶所，〈峽州至喜亭記〉則不見歐陽脩對貶所的稱讚，只在〈夷陵縣至喜堂記〉中稱美夷陵：

〔註 6〕皇甫湜〈韓文公神道碑〉：「十九年，關中旱飢，人死相枕藉，吏刻取怨。先生列言天下根本，民急如是，請寬緡民徭，而免田租之弊。專政者惡之，貶爲連州陽山令。」參見皇甫湜《皇甫持正文集》，（影印文淵閣四庫全書本，臺北：臺灣商務印書館，1983 年），卷六。

〔註 7〕歐陽脩〈與高司諫書〉：「昨日安道貶官，師魯待罪，足下猶能以面目見士大夫，出入朝中稱諫官，是足下不復知人間有羞恥事爾。所可惜者，聖朝有事，諫官不言而使他人言之，書在史冊，他日爲朝廷羞者，足下也。」參見《歐集》卷六十七。

〔註 8〕韓愈〈送區冊序〉，《韓集》卷二十一。

> 然不知夷陵風俗樸野，少盜爭，而令之日食有稻與魚，又有橘、柚、茶、筍四時之味，江山美秀，而邑居繕完，無不可愛。（《歐集》卷三十九）

夷陵不僅風俗純樸，物產豐饒，且山水秀麗，歐陽脩徜徉其中，於是由憂返樂。

韓歐二人都被貶謫到荒僻之地，非但道路險阻，且文化落後，然而二人皆能在困頓之中，安然享受山水之美。

（三）為上司而作記

〈燕喜亭記〉乃爲王仲舒所作。貞元十九年，王仲舒因性情耿介而遭讒，從吏部員外郎被貶爲連州司戶，〔註9〕在連州修造燕喜亭，以供宴遊休憩。陽山是連州的屬邑，職務上的關係，使韓愈、王仲舒有了來往，二人又同屬貶官，心情自然相近，因此結爲知己。〔註10〕

〈峽州至喜亭記〉是爲朱慶基所作。歐陽脩被貶至夷陵，知州朱慶基與歐陽修是舊識，特爲歐陽脩建造屋舍，〔註11〕次年朱慶基修造至喜亭，以供行舟者休息，歐陽脩於是爲他作記。

王仲舒是貶謫之身，朱慶基則仕途平順，雖然境遇不同，但前者直言敢諫，後者勤政愛民，皆爲正直善良的官員。

二、內容思想

〈燕喜亭記〉、〈峽州至喜亭記〉除了記述建物的修築與命名之外，皆對建物主的人格加以讚譽，使文章在記敘之外，也包含議論成分，呈現作者個人體悟。以下即依「記敘主體」、「作者感悟」加以探究，分析其思想內容。

（一）記敘主體

〈燕喜亭記〉、〈峽州至喜亭記〉對於工資、人力、規模等資料並無記述，

〔註9〕韓愈〈故江南西道觀察使贈左散騎常侍太原王公墓誌銘〉：「爲考功吏部郎也，下莫敢有欺犯之者；非其人，雖與同列，未嘗比數收拾；故遭讒，而貶。」參見《韓集》卷三十三。

〔註10〕劉國盈《韓愈評傳》（北京：北京師範學院，1991年6月），〈陽山之貶〉，頁126。

〔註11〕歐陽脩〈夷陵縣至喜堂記〉：「某有罪來是邦，朱公與某有舊，且哀其以罪而來，爲至縣舍，擇其廳事之東以作斯堂，度爲疏絜高明，而日居之，以休其心。」參見《歐集》卷三十九。

只在建物名及建物主人之上加以記述，其餘筆墨花在與建物間接相關的周遭風景、地理環境之上。

〈燕喜亭記〉開篇記述王弘中命人墾地、築亭：

> 太原王弘中在連州，與學佛人景常、元慧遊。異日，從二人者行於其居之後，丘荒之間，上高而望，得異處焉。斬茅而嘉樹列，發石而清泉激，輦糞壤，燔椔翳，卻立而視之：出者突然成丘，陷者呀然成谷；窪者爲池而缺者爲洞；若有鬼神異物陰來相之。自是弘中與二人者晨往而夕忘歸焉，乃立屋以避風雨寒暑。（《韓集》卷十三）

文中詳細敘述王弘中開掘不爲人知的勝地，砍掉茅草、揭去石塊、運走髒土、燒掉枯樹，使「嘉樹列」、「清泉激」，造化之奇，「若有鬼神異物陰來相之」，王弘中流連忘返，「乃立屋以避風雨寒暑」，此「屋」即「燕喜亭」。燕喜亭的修造，僅短短九字，遑論「月日」、「工費」等相關記載。韓愈此文以記敘山水爲主，「亭」僅爲觀賞四周風景的中心點，由「亭」向外延伸，賞玩丘谷瀑布於几席之上，至於修建過程則非韓愈作記重點。

次段交代對山水的命名，「俟德之丘」、「謙受之谷」、「秩秩之瀑」、「君子之池」等名，是由「德」而言，代表山水象徵的道德意義；「振鷺之瀑」、「黃金之谷」、「天澤之泉」是由「容」而言，代表山水的樣貌。又敘述「燕喜」一名由來：

> 合而名之以屋，曰「燕喜之亭」，取《詩》所謂「魯侯燕喜」者頌也。（《韓集》卷十三）

韓愈將亭命名爲「燕喜」，是由《詩經》而來。「魯侯燕喜」出自〈魯頌・閟宮〉：「魯侯燕喜，令妻壽母，宜大夫庶士，邦國是有。」〔註 12〕原爲讚美魯僖公家庭和美、健康長壽、國家強盛，因此命名「燕喜」，有祝福之意。

〈峽州至喜亭記〉第一、二段描述峽州地理環境，敘述該地水路險惡，直待江出夷陵，方趨於平緩。至第三段才交代建亭經過：

> 尚書虞部郎中朱公再治是州之三月，作至喜亭於江津，以爲舟者之停留也，且志夫天下之大險，至此而始平夷，以爲行人之喜幸。（《歐集》卷三十九）

歐陽脩對修造過程簡筆帶過，並說明「至喜」一名由來，是因乘船者「至」夷陵方進入平緩安全之地，心中「喜」悅，油然而生。

〔註 12〕毛公傳箋、鄭元箋《詩經》（臺北縣：藝文印書館，2001 年），卷二十。

〈燕喜亭記〉及〈峽州至喜亭記〉記述建亭經過都甚爲簡潔，顯見韓、歐作記的主要目的在「亭」之外。較之韓愈細述墾伐經過及山林之美，歐陽脩甚至連周邊風景都不提，集中描寫地理環境之險阻，驚濤駭浪之可怖，以突顯「至喜」之情。此外，兩篇文章都特別解釋亭名由來，「燕喜」之名含祝福之意，與亭主關係較密切；「至喜」則記行船者心情。

（二）作者感悟

〈燕喜亭記〉及〈峽州至喜亭記〉都在文章中讚美建物主的人格精神，流露韓、歐二人對道德修養的關注。

〈燕喜亭記〉通過「俟德之丘」、「謙受之谷」、「秩秩之瀑」、「君子之池」等山水命名，讚揚王仲舒堅守節操、蓄養美德。「俟德」意思是「有俟之道也」，意即等待有德之人，暗指王仲舒就是這片靈秀山水所等待的有德者。「謙受」意指「謙受益」，山谷空闊，能容萬物，暗指王仲舒胸襟廣大，謙虛寬容。「秩秩」意指瀑布清麗明徹，一如王仲舒品格高潔，清明如水。「君子」則意指王仲舒是仁人君子，不斷增進美德、改進缺點，一如池塘不斷吸納新泉，水滿時污水外溢，維持池水明鑑。韓愈表面記山水，實則寄寓王仲舒的胸襟品德。

文中又透過連州人民所說的話，明白點出燕喜亭美景與王仲舒品德的關係：

> 於是州民之老，聞而相與歡焉，曰：吾州之山水名天下，然而無與「燕喜」者比。經營於側者相接也，而莫直其地。凡天作而地藏之以遺其人乎？（《韓集》卷十三）

天下山水不及連州，連州山水又不及燕喜亭，就連燕喜亭周圍的建物，也無法望其項背。燕喜亭的美麗獨特，乃「天作而地藏」，特爲王仲舒而留，顯示王仲舒爲有德君子。在這段敘述裡，州民之「歡」展現出人民的喜悅，可以想見王仲舒盡職愛民，百姓生活安適快樂。

此外，韓愈不以哀憐之情寫王弘中貶謫經過，反倒以想像之筆描述王仲舒在貶途中「極幽遐瑰詭之觀，宜其於山水飫聞而厭見也」，將顛沛困頓的貶途寫成風光綺麗的旅程，並敘述王仲舒寄情連州山水，「晨往而夕忘歸」，極力描述山水之美，以及王仲舒「樂山」、「樂水」的形象。文末云：

> 今其意乃若不足，傳曰：「知者樂水，仁者樂山。」弘中之德，與其所好，可謂協矣。智以謀之，仁以居之，吾知其去是而羽儀於天朝也不遠矣。（《韓集》卷十三）

王仲舒未以貶途所見「幽遐瑰詭之觀」爲滿足，韓愈引《論語》讚揚王仲舒既「仁」且「智」，〔註 13〕並預祝王仲舒將返回朝廷、輔佐朝政。對王仲舒的祝福，正是韓愈對自己的期待。他懷抱信心，沉潛以待，相信樂山樂水、既仁且智的王仲舒與自己，必有再次見用之時。

相較於〈燕喜亭記〉生動描寫山水美景，〈峽州至喜亭記〉卻不寫山水風光，而是極力敘述江流洶湧可怖；即便江出夷陵，化險爲夷，也完全沒有提到至喜亭的風景。其實，朱慶基建造至喜亭，原本就不是爲了覽勝觀景之用，而是爲走水路的商旅提供歇腳處。他的建亭動機與王仲舒不同，王仲舒是爲了遊賞山林之美建造燕喜亭，朱慶基建亭則是爲了提供行船者短暫休息的場所，前者是爲了遊賞，後者則是爲了百姓，相較之下，朱慶基的動機顯得更加仁厚無私。〈峽州至喜亭記〉：

> 尚書虞部郎中朱公再治是州之三月，作至喜亭於江津，以爲舟者之停留也。且志夫天下之大險，至此而始平夷，以爲行人之喜幸。(《歐集》卷三十九)

朱慶基以「至喜」二字爲亭命名，是因爲旅人脫離波濤之險、轉危爲安，欣喜之情溢於言表。至喜亭之「喜」，乃百姓之喜，是爲所有旅客而命名。相較之下，燕喜亭之「喜」爲「魯侯燕喜」，其「喜」屬於公侯，只祝福王仲舒一人，表面上似乎不若「至喜」來得仁慈博愛。其實，「至喜」、「燕喜」名字內涵不同，應該歸因於亭子本身功用不同。燕喜亭是王仲舒日常遊賞休憩之所，韓愈構思亭名時，自然須將亭名與王仲舒個人的理想抱負相連結，寓期勉祝福之意在其中。至喜亭只是船客休息處，而非朱慶基流連賞景的名山勝水，因此無須將朱慶基個人理想或抱負放在裡面。

歐陽脩竭力敘述朱慶基愛民仁政：

> 夷陵固爲下州，廩與俸皆薄，而僻且遠，雖有善政，不足爲名譽以資進取。朱公能不以陋而安之，其心又喜夫人之去憂患而就樂易，《詩》所謂「愷悌君子」者矣。自公之來，歲數大豐，因民之餘，然後有作，惠於往來，以館以勞，動不違時，而人有賴，是皆宜書。(《歐集》卷三十九)

夷陵位置鄙遠，朱慶基安處其中，不求聲名，且關愛百姓，因此對百姓脫離江流之「憂患」而「就樂易」，亦感到欣喜。在朱慶基治理下，人民「歲數大

〔註 13〕《論語・雍也》:「仁者樂山，智者樂水。」

豐」，建至喜亭乃是「因民之餘」，強調建亭是在人民生活安樂之後才進行，顯示宋人將亭閣園林視爲政績的表徵，因爲官吏必須是在份內職務已圓滿達成之後，方進行亭閣之修建。（參見第三章第三節）

歐陽脩稱朱慶基「愷悌君子」，《詩經・大雅・泂酌》:「愷悌君子，民之父母」，〔註 14〕意指朱慶基性格和樂平易，勤政愛民。相較之下，韓愈稱王仲舒「智以謀之，仁以居之」，意指王仲舒有智仁之德，雖未就其政績加以敘述，然而由州民「聞而相與歡焉」中，仍可見到百姓安樂。〈燕喜亭記〉藉山水之美寄寓王仲舒德行之美，〈峽州至喜亭記〉藉至喜亭寫朱慶基愛民之心，兩篇文章皆是稱美建亭之人，且建亭者皆爲官吏。

兩篇文章表達重點的差異，可能與王仲舒、朱慶基官職的不同有關。朱慶基爲知州，擁有政治決策權力，可以隨自己的理想推動改革，易有建樹，能提供作記者頌讚稱揚。韓愈爲王仲舒做的另一篇文章〈新修滕王閣記〉，文中就對其「大者驛聞，小者立變」的美政加以描述，〔註 15〕蓋當時王仲舒已爲江南西道觀察史，握有實權可以興利除弊，因此有實際政績可供書寫讚美。反觀作〈燕喜亭記〉時，王仲舒任司戶，並非一州之宰，韓愈不由王仲舒政治成就落筆，改由道德品格切入，可能正是這個原因。

三、作　法

〈燕喜亭記〉、〈峽州至喜亭記〉皆頗能呈現韓、歐寫作風格，以下即依「布局」、「句式」、「詞語」加以分析、比較，探察其作法異同。

（一）布　局

〈燕喜亭記〉與〈峽州至喜亭記〉起筆各異。魏禧云：

> 韓文入手多特起，故雄奇有力；歐文入手多配說，故委迤不窮。相配之妙，至于旁正錯出，幾不可分，非尋常賓主之法可言矣。〔註 16〕

韓文的「特起」可由〈燕喜亭記〉觀察。〈燕喜亭記〉起首突兀，「太原王弘中在連州」一句，簡潔交代人、地，所要稱美的亭主及山水已在這一句敘明，筆勢雄奇。〈峽州至喜亭記〉則先以峽州歷史爲煙波，由五代寫至宋平天下，再寫至水路，緩步引至主題之上，使文章「委迤不窮」。

〔註 14〕《詩經》卷十七。

〔註 15〕韓愈〈新修滕王閣記〉，《韓集》卷十三。

〔註 16〕魏禧《日錄論文》，卷二。

〈燕喜亭記〉首段由治丘寫到治亭，其次由名丘寫到名亭，皆由丘而亭造成曲折；然後由亭而天下，寫到他處山水；最後寫王弘中品德。〈峽州至喜亭記〉首段由峽州歷史寫到水路，第二段由水路險阻寫到旅客「至喜」心情；第三段記治亭、名亭及朱慶基德政。

兩相比較，〈燕喜亭記〉與〈峽州至喜亭記〉皆以稱頌亭主作結，且皆善用映襯之法。〈燕喜亭記〉以名山勝水爲賓，透過亭主飽覽山水風光仍不滿足，而寄情於燕喜亭、日夜忘歸，正面烘托出燕喜亭之勝絕，也流露亭主對山水的熱愛，「仁智」二字便有落實之處；〈峽州至喜亭記〉則以江流之「不測」爲賓，透過舟船觸礁的「糜潰漂沒」，反面烘托出旅客平安抵達後「必瀝酒再拜相賀」的心情，「至喜」二字即浮現文章意旨。文章三次使用「險」字，一則烘托亭名，一則使文章首尾連貫一氣。

（二）句　式

〈燕喜亭記〉、〈峽州至喜亭記〉皆善於以生動的筆法、整齊的句式營造文章氣勢。〈燕喜亭記〉描述開墾過程：

> 斬茅而嘉樹列，發石而清泉激，輦糞壤，燔椔翳。卻立而視之，出者突然成丘，陷者呀然成谷，窪者爲池而缺者爲洞；若有鬼神異物陰來相之。（《韓集》卷十三）

文章中詳述「斬」、「發」、「輦」、「燔」等動作，又將山水景色如「嘉樹」、「清泉」、「丘」、「谷」、「池」、「洞」一一陳列，使讀者宛如親見開墾的過程與落成後的美景。文中駢散兼用，「斬茅而嘉樹列，發石而清泉激」，「出者突然成丘，陷者呀然成谷」等對偶句鋪排而來，頗具氣勢，加上韓愈又以長短參差句法，形成抑揚頓挫之美，使山水更顯壯闊。

此外，〈燕喜亭記〉又以「其……曰……，……也」句式，依次解釋山丘、石谷、飛瀑、土谷、洞穴、池塘、湧泉以及亭子之名，刻意連用多組排比句，氣勢非凡。文末敘述王仲舒貶謫，也以排比句爲之：「涉浙湍，臨漢水」，「出荊門，下岷江，過洞庭，上湘水」，其中插入「自藍田入商洛」、「升峴首以望方城」等句，造成錯綜變化。

〈峽州至喜亭記〉以鋪敘筆法寫江流之險：

> 岷江之來，合蜀眾水，出三峽爲荊江，傾折回直，捍怒鬬激，東之爲湍，觸之爲旋。順流之舟，頃刻數百里，不及顧視，一失毫釐，與崖石遇，則糜潰漂沒不見蹤迹。（《歐集》卷三十九）

文中描述水勢的變化，「折」、「直」寫出水道的多變，「怒」、「激」寫出波濤的洶湧，「湍」、「旋」則寫出江中急湍漩渦種種的危險水流，「頃刻」與「數百里」的對比寫出流速之快，舟船撞上岩石後的「糜潰漂沒」，更顯示出江上行舟的驚險。文中多四言句型，使文句嚴整峭麗，〔註 17〕且以短句連用，尤其增添緊湊、緊張的感覺，與內容描述水勢的凶險相得益彰。寫江流險阻，句式平易，敘述生動。

王基倫指出：

> 韓歐皆擅長作排比句，然韓文錯綜句法多，虛字作法少；歐文虛字作法多，錯綜句法少。……韓愈排比句有氣力，結合頂眞、重複等修辭技巧，更常常運用雙排句的寫作方式，造成奔流而下的雄渾氣勢。歐陽修排比句則以峭麗駢偶的唯美風格爲主，常施用於寫景記物的作品間……故韓文排比句常佔有文章中大半篇幅，歐文反是。〔註 18〕

今觀〈燕喜亭記〉、〈峽州至喜亭記〉兩篇文章，〈燕喜亭記〉的確錯綜句法多，氣勢雄渾，而且佔有文章大半篇幅；〈峽州至喜亭記〉雖然不見「寫景記物」的排比句，但是歐陽脩以四言句型記水流之險，亦有「峭麗」之姿。

相較於〈燕喜亭記〉以排比句營造氣勢，〈峽州至喜亭記〉則是以四言句型鋪排營造氣勢。此外，〈峽州至喜亭記〉不見刻意設計的排比句式，也不見錯綜手法，較之〈燕喜亭記〉，更爲自然流暢。

（三）詞　語

〈燕喜亭記〉與〈峽州至喜亭記〉使用詞語皆具精確及變化之美。

〈燕喜亭記〉寫燕喜亭周圍地貌：「出者」、「陷者」、「窪者」、「缺者」，用語精確，變化多端。鄧潭州說：

> 在這裡，韓愈運用了準確的詞語，把那突出、深陷、低窪、汙缺的土地的形態，加以適切的比擬，給予人們以鮮明的印象，並感到在這裡建亭是適宜的。〔註 19〕

此外，文中寫王弘中貶謫，以「入」、「涉」、「臨」、「升」、「望」、「出」、「下」、

〔註 17〕參見何寄澎〈歐陽修古文作法探析〉，《唐宋古文新探》，頁 69。

〔註 18〕王基倫《韓歐古文比較研究》（國立臺灣大學中國文學研究所博士論文，1991 年）第四章第二節〈字句比較〉，頁 232

〔註 19〕鄧潭州《韓愈研究》（湖南：湖南教育出版社，1991 年 5 月）第五章〈韓愈的散文〉，頁 247。

「過」、「上」、「行」、「繇」、「踰」等十二種不同詞語描述其動作，不僅富變化之美，更將跋山涉水的種種辛苦動作，鮮明地呈現紙上。這些詞語皆屬平易，不見奇字、怪字。

〈峽州至喜亭記〉描述朱慶基之「喜」時，則以「安」、「喜」等字表達他安於貧鄙之鄉，喜民之所喜的襟懷，用字精準適切；描述舟人之「喜」時，則以不同的詞語表現，包含「相賀」、「喜幸」等，用語平易，富於變化之美。

此外，〈燕喜亭記〉虛詞的運用引人注目。在首段對偶句式中，用了六個「而」字，使語氣顯得較為舒緩；又在第二段中使用了八個「也」字，每一種景致的命名與解釋下方，即用「也」字表明語意完結，文章得以層次分明。孫武昌說：

> 韓愈運用虛詞時有一個常用的方法，就是他有意安排同一虛詞重複出現，以增強文章的表達口吻。〔註20〕

韓愈的虛詞運用也影響了歐陽脩〈醉翁亭記〉中「也」字的使用。（參見第五章第一節）相較之下，〈峽州至喜亭記〉則不見助語運用之例。

韓、歐對品德修養與愛民仁政的重視，可以說是承繼儒家思想而來，這不僅反映在二人實際的政治作為，也反映在二人作品內容思想之中。〈燕喜亭記〉、〈峽州至喜亭記〉用語平易，反映出韓、歐二人在古文創作上的傳承。

大抵而言，兩篇作品也呈現韓歐不同風格：〈燕喜亭記〉雄奇有力；〈峽州至喜亭記〉則委迤不窮、自然流暢。

第二節　歐蘇建物記比較——以〈相州晝錦堂記〉、〈醉白堂記〉為例

在雜記流變之中，歐陽脩、蘇軾同樣處於「議論寖多」的轉折點，〔註21〕宋人葉適將雜記的變化分為三個時期，歐、蘇即各據第二、三期，且蘇軾雜記的變化又較歐陽脩更甚。〔註22〕（參見第五章第一節）經由探討歐、蘇雜記特色，可審視建物記在轉變過程的全貌。

〔註20〕孫武昌《韓愈散文藝術論》（天津：南開大學出版社，1986年7月）第七章〈文學語言〉，頁230。

〔註21〕徐師曾：「歐蘇以下，議論寖多。」參見《文體明辨》卷四十九，《四庫全書存目叢書》（臺北：莊嚴文化，1997年6月）集部312冊。

〔註22〕參見葉適《習學記言序目》，卷四十九。

歐陽脩、蘇軾在文學史上並稱「歐蘇」，郝經曰「宋之文，則稱歐蘇」；〔註 23〕劉將孫曰「三千年間，惟韓歐蘇獨行而無並」；〔註 24〕可知兩人在宋代文學史上地位相當。歐陽脩、蘇軾同爲北宋古文運動的健將，皆長於古文，然而二人文章風格不同，歐陽脩推崇儒道、力斥佛老，蘇軾思想融會儒、釋、道三家，兩人思想各異。在這樣的基準上，可將二人雜記加以比較。

本節所討論的文章〈相州晝錦堂記〉是頗能代表歐陽脩文章特色的作品，茅坤謂之「以史遷之煙波，行宋人之格調」；〔註 25〕〈醉白堂記〉是蘇軾有名的雜記文章，全文以議論爲主，被戲稱爲「韓白優劣論」。〔註 26〕兩篇文章皆是爲宋朝名相韓琦而寫、極具代表性的作品。不但如此，「晝錦」、「醉白」之名各是由韓琦〈晝錦堂〉詩與〈醉白堂〉詩而來，而歐、蘇作記時，皆將文章巧妙扣合詩作，兩篇文章在內容上具有相當程度的相似性。綜合以上原因，故取〈相州晝錦堂記〉、〈醉白堂記〉爲歐、蘇建物記比較的文本。以下就寫作背景、作品內容以及形式一一探究其異同以及關聯性。

一、寫作背景

〈相州晝錦堂記〉、〈醉白堂記〉是歐陽脩、蘇軾爲韓琦所作，晝錦堂、醉白堂都是韓琦所建築、命名。

〈相州晝錦堂記〉作於治平二年（西元 1065 年），韓琦當時出知故里相州，託歐陽脩作此記，歐陽脩時年五十九，擔任開封知府。〈醉白堂記〉作於熙寧八年（西元 1075 年），韓琦去世後，應韓琦之子請求，寫下此文，蘇軾當時年方四十，任職密州。兩篇文章雖然都是爲韓琦而作，相隔不過十年，但文章內容與寫作手法卻不相同。

（一）韓琦功業

韓琦（1008～1075）是宋代名臣，相州安陽人，《宋史》說他「風骨秀異，

〔註 23〕郝經〈答友人論文法書〉，《郝文忠公集》（影印文淵閣四庫全書本，臺北：臺灣商務印書館，1983 年），卷二十三。

〔註 24〕劉將孫〈須溪先生集序〉，《養吾齋集》（影印文淵閣四庫全書本，臺北：臺灣商務印書館，1983 年），卷十一。

〔註 25〕茅坤《唐宋八大家文鈔》，卷四十八。

〔註 26〕黃庭堅〈與何靜翁書〉：「荊公評文章，常先體製而後文之工拙。蓋嘗觀蘇子瞻醉白堂記，戲曰：『文詞雖極工，然不是醉白堂記，乃是韓白優劣論耳。』」參見《山谷題跋》卷二。

弱冠舉進士」，又云：

> 琦蚤有盛名，識量英偉，臨事喜慍不見于色，論者以重厚比周勃，政事比姚崇。其爲學士臨邊，年甫三十，天下已稱爲韓公。(《宋史》卷三百一十二)

由《宋史》的記述可知，韓琦年少即享有名望，故歐陽脩〈相州晝錦堂記〉描述「自公少時，已擢高科、登顯仕。」(《歐集》卷四十）此外，韓琦不但具政治才能，還能掌理軍機。他曾與范仲淹一同掌兵，一同推行新政，《宋史》記載：

> 琦與范仲淹在兵間久，名重一時，人心歸之，朝廷倚以爲重，故天下稱爲「韓范」。……琦與范仲淹、富弼皆以海內人望，同時登用，中外跂想其勳業。仲淹等亦以天下爲己任（《宋史》卷三百一十二）

韓琦的軍事才華與范仲淹齊名，蘇軾〈醉白堂記〉所謂「文致太平，武定亂略」，乃是就韓琦少年英傑、文韜武略而發。〈醉白堂記〉又稱讚他「殺伐果敢，而六軍安之」，則是指他在定州治軍時整頓軍紀而言，《宋史》記載：

> 琦聞之，以爲不治且亂，用軍制勒習，誅其尤無良者。……。又仿古三陣法，日月訓齊之，由是中山兵精勁冠河朔。(《宋史》卷三百一十二）

在韓琦威恩並行，日月操練之下，訓練出精良善戰的軍隊。〈醉白堂記〉又云「四夷八蠻，相聞其風采」，則是指外族對他的尊敬而言，《宋史》記載：

> 忠彥使遼，遼主問知其貌類父，即命工圖之，其見重於外國也如此。（《宋史》卷三百一十二）

遼國君主敬愛韓琦，居然到要畫韓琦兒子的形貌當作韓琦畫像，其畏慕敬重之情，流露言表。

歐陽脩曾兩度與韓琦攜手爲朝廷效力，一次是仁宗病危，韓琦勸仁宗立嗣以固國本，「又與曾公亮、張昇、歐陽脩極言之」。待立嗣完成，韓琦卻謙不居功，而歸功於「此仁宗聖德神斷，爲天下計」及「皇太后內助之力」。(《宋史》卷三百一十二）蘇軾〈醉白堂記〉云「謀安宗廟」，即是指韓琦對立嗣一事的貢獻。另一次是英宗與太后有嫌隙，韓琦與歐陽脩「奏事簾前，太后嗚咽流涕，具道所以」。(《宋史》卷三百一十二）經歐陽脩勸慰之後，太后方解開心結。〔註 27〕由此觀之，韓琦與歐陽脩共同爲朝廷解決紛爭，兩人袍澤之

〔註 27〕《宋史·歐陽脩傳》:「英宗以疾未親政，皇太后垂簾，左右交構，幾成嫌隙。韓琦奏事，太后泣語之故。琦以帝疾爲解，太后意不釋。脩進曰……。太后

誼可見一斑。

據《宋史・韓琦傳》所記，韓琦獎拔人才不遺餘力：

> 琦天資樸忠，折節下士，無賤貴，禮之如一。尤以獎拔人才爲急，儻公論所與，雖意所不悅，亦收用之，故得人爲多。(《宋史》卷三百一十二)

韓琦不僅折節下士，更善於培育人才，《宋史・蘇軾傳》：

> 宰相韓琦曰：「軾之才，遠大器也，他日自當爲天下用。要在朝廷培養之，使天下之士莫不畏慕降伏，皆欲朝廷進用，然後取而用之，則人人無復異辭矣。今驟用之，則天下之士未必以爲然，適足以累之也。」……軾聞琦語，曰：「公可謂愛人以德矣。」(《宋史》卷三百三十八)

蘇軾年少時即親身感受韓琦的愛才之心，〈醉白堂記〉云「急賢才，輕爵祿」，寫來尤爲眞切，而非信口阿諛。

綜而觀之，歐陽脩、蘇軾在文章中所稱揚的種種功勳，皆與韓琦生平相符，不僅有事實根據，也有情感基礎，無溢美之處。

（二）〈晝錦堂詩〉與〈醉白堂詩〉內容

韓琦曾作〈晝錦堂〉與〈醉白堂〉二詩，〔註28〕分別記錄他所修造的兩棟建築。爲求敘述清楚，不與〈相州晝錦堂記〉、〈醉白堂記〉混淆，此處在〈　〉中直接加入「詩」字，寫爲〈晝錦堂詩〉、〈醉白堂詩〉。

歐、蘇作記時，分別參考二詩內容，加以闡發韓琦志趣。〈晝錦堂詩〉作於韓琦爲相之前，〈醉白堂詩〉詩則作於韓琦晚年欲辭相位時，由詩歌內容，可一窺韓琦不同時期的心境。

〈晝錦堂詩〉開頭以「古人之富貴，貴歸本郡縣，譬若衣錦游，白晝自光絢」說出堂名「晝錦」的來歷，並列舉了古代富貴還鄉的事例，對那些快意恩仇、驕矜浮躁的醜態加以批評。其次表明自己造晝錦堂的目的，不是爲了矜炫，而是要「則念報主眷」，報答主上的眷顧之恩，剖白自己要不知疲倦的前進，「忠義聳大節，匪石烏可轉」，堅定不移的做下去，哪怕「雖前有鼎鑊」，也誓死不變。結尾以「丹誠難悉除，感泣對筆硯」再次表白自己對朝廷赤誠之心與感激

意稍和。修復曰……。太后默然，久之而罷。」參見《宋史》卷三百一十九。

〔註28〕〈晝錦堂詩〉與〈醉白堂詩〉分別參見韓琦《安陽集》卷二、卷三，《四庫全書》1089冊。

之情（《安陽集》卷二）。詩中「所得快恩仇」、「意弗在矜衒」等句，被歐陽脩化用成爲〈相州晝錦堂記〉中「其言以快恩仇、矜名譽爲可薄」文句，歐陽脩即是由〈晝錦堂詩〉的命意加以闡發，寫成〈相州晝錦堂記〉。歐陽脩曾讚美他「白首三朝社稷臣」，〔註29〕「夷險一節如金石」。〔註30〕

相較於〈晝錦堂詩〉不以「晝錦」爲榮，〈醉白堂詩〉則對堂名加以肯定，頌讚「醉鄉何有但浩然」，歌詠「斯適豈異白樂天」。

〈醉白堂詩〉全詩可分三個層次，首先表明對「樂天先識勇退早」的羨慕，接著以「但舉當時池上物，愧今之有殊未全」，指出自己和白居易一比，所居無廩、無亭、無橋、無石、無鶴。其次書寫自己擁有的事物，包括「池南大屋藏群編」，以及「夾堂修竹抱幽翠」、「茨盤菱角紅白蓮」、「香苞爛染朝霞鮮」等美景，外加「狂吟氣健薄霄漢，豪飲體放忘貂蟬」的賦詩縱酒之樂。最後抒發曠放自適的情懷，以「醉鄉何有但浩然」以及「人生所適貴自適，斯適豈異白樂天」點出「醉」「白」二字，認爲此份情懷與白居易無異。（《安陽集》卷三）。蘇軾即由詩中「愧今之有殊未全」出發，具體比較韓琦、白居易「所得之厚薄淺深，孰有孰無」，至於文章中所議論「廩有餘粟」、「家有聲伎之奉」等句，更是由詩中「東無廩貯餘粟」、「童妓百指皆嬋娟」取材得來。蘇軾即是由〈醉白堂詩〉的命意加以闡發，寫成〈醉白堂記〉（《蘇集》十一）。

觀〈晝錦堂詩〉與〈醉白堂詩〉所記述的內容，前者充滿積極進取、獻身報國的昂揚鬥志，後者則洋溢退隱還鄉、縱情詩酒的閒適之情。韓琦作〈晝錦堂詩〉時，仍冀望自己能建立更偉大的功業；〔註31〕作〈醉白堂詩〉時，多次請辭相位不得，〔註32〕故作此詩抒發心中對白居易的羨慕。直到熙寧元

〔註29〕〈寄題相州榮歸堂〉，《歐集》卷十四。

〔註30〕〈狎鷗亭〉，《歐集》卷十四。

〔註31〕據《宋史》卷三百一十二，韓琦一生三次在相州任官，一次在嘉祐元年（1056年）以前，一次在熙甯元年（1068年），一次在熙甯六年（1073年）。歐陽修此記作於1065年，故推知築晝錦堂並刻詩於石應是在第一次任職相州時，當時韓琦不到五十歲，也尚未登上相位。

〔註32〕據《韓魏公集》中的奏書，可知韓琦在英宗即位後多次乞罷相，〈甲辰冬乞罷相〉:「臣今已三上表乞罷相。」〈甲辰冬乞罷相（第二）〉:「臣近已三上表乞罷相。」〈甲辰冬乞罷相（第三）〉:「臣纍上章求退日。」〈甲辰冬乞罷相（第四）〉:「臣已三上表章三上箚子陳乞免罷。」〈甲辰冬乞罷相（第五）〉:「臣近三上表及纍具箚子乞罷相任。」〈乙巳乞罷相〉: :「臣今已三上表干瀆天聽乞罷相任。」〈乙巳冬乞罷相〉:「臣此者，三陳奏牘求罷政柄，纍蒙詔示，未諒血懇。」參見《韓魏公集》（臺北縣：藝文印書館，1969年），卷五。

年（1068）七月，方判相州。〔註 33〕

二、內容思想

〈晝錦堂記〉、〈醉白堂記〉除了記述建物的修築與命名之外，皆對建物主的人格加以讚譽，且議論成分明顯偏高。以下即依「記敘主體」、「作者感悟」加以探究，分析其思想內容。

（一）記敘主體

〈相州晝錦堂記〉與〈醉白堂記〉皆以簡筆帶過建物的修造過程，一云「作晝錦之堂於後圃」，一云「作堂於私第之池上」，短短數個字交代修建過程、座落地點、建築物命名。歐陽脩的文字更爲精要，將建築經過連「晝錦」堂名亦一併帶出，蘇軾則在記述建築經過之後，補述堂名。兩篇文章都對廳堂形制以及耗費的物力、人力略而不提。至於修造日期，〈相州晝錦堂記〉只以「至和中」概略敘述，未清楚說明哪一年建造，〈醉白堂記〉的敘述更爲簡略，連「月日」也不錄。

此外，歐陽脩特別記述韓琦修造晝錦堂時的職銜爲「武康之節」；蘇軾則以韓琦在世時的封號「魏國」及諡號「忠獻」合而稱呼之。蓋「魏國公」的稱號是在韓琦輔立英宗、調解兩宮嫌隙之後獲得，〔註 34〕在造晝錦堂時尚未有此稱號。歐陽脩記述了韓琦建造晝錦堂時的職稱，使文章同時呈現今、昔兩個時空，並發出「而其志豈易量哉」的喟嘆，讓讀者思考韓琦昔日之志向與今日尊顯之間的關係，突出文章旨意。兩篇文章的稱呼皆顯示出韓琦的崇高地位，歐陽脩所記稱號呈現出韓琦今日地位遠勝昨日，蘇軾所記稱號則呈現出韓琦生前、死後的尊榮。

晝錦堂建於「後圃」，「後圃」應是指位在官廳後方的「郡圃」，與官吏辦公住宿處相連接。侯迺慧指出：

> 唐宋時期公園已普遍地深入一般人的生活中，其最典型的例證之一

〔註 33〕《宋史・韓琦傳》：「熙甯元年七月，復請相州以歸。」參見《宋史》卷三百一十二。

〔註 34〕《宋史・韓琦傳》記錄：「英宗暴得疾，太后垂簾聽政。帝疾甚，舉措或改常度，遇宦官尤少恩。左右多不悅者，乃共爲讒間，兩宮遂成隙。琦與歐陽脩奏事簾前，太后嗚咽流涕，具道所以。……帝大感悟。及疾愈，琦請乘輿因禱雨具素服以出，人情乃安。太后還政，拜琦右僕射，封魏國公。」故知韓琦是在調解兩宮嫌隙之後獲封「魏國公」。參見《宋史》卷三百一十二。

> 便是在各級地方政府的辦公單位所在地以及地方官吏的宿舍內，大多都造設有廣大的園林，並開放給民眾參觀欣賞。這樣的公園，不管州、郡或縣均有，唐代習稱為郡齋或縣齋，宋代則習稱為郡圃或縣圃。〔註 35〕

侯迺慧指出「郡圃」不但是官員辦公所在，也提供官員居家、宴集、民眾遊樂、旅宿等多項功能。〔註 36〕醉白堂則建於「私第之池」，是在韓琦自家園林之中。比較晝錦堂與醉白堂座落地點，前者位在公共園池，後者則位在自家花園。

〈相州晝錦堂記〉與〈醉白堂記〉寫作時間距離實際修築時間已有數年之久，〔註 37〕因此韓琦委託作記，本意原來就不在記錄修建年月及工費，乃是欲藉名家古文為自家修築增輝。韓琦平生修築建物頗多，〔註 38〕他特別請歐、蘇為晝錦堂與醉白堂作記，可知這兩座建物對他而言意義重大。〈相州晝錦堂記〉與〈醉白堂記〉敘述修造過程簡略，歐、蘇的關注對象已不在建物本身，而將焦點放在韓琦身上。

（二）作者感悟

〈相州晝錦堂記〉與〈醉白堂記〉皆由堂名切入，闡述韓琦命名的意義，並讚美韓琦品德與功勳。

1. 命名闡釋

《史記・項羽本紀》：「富貴不歸故鄉，如衣繡夜行。」〔註 39〕《漢書・陳勝項籍列傳》：「富貴不歸故鄉，如衣錦夜行」。〔註 40〕項籍不願著華服而夜行，換言之是想衣錦晝行、富貴還鄉。「晝錦」一名由此而來。

〔註 35〕侯迺慧《唐宋時期的公園文化》第四章〈地方政府公園與治政績效〉，頁 139

〔註 36〕同上註，頁 200。

〔註 37〕〈晝錦堂詩〉作於韓琦尚未為相、第一次在任相州時，〈相州晝錦堂記〉則作於韓琦任宰相之後（1065 年）。〈醉白堂詩〉作於韓琦辭晚年，〈醉白堂記〉作於韓琦死後（1075 年）。

〔註 38〕徐度云：「韓魏公喜營造，所臨之郡必有改作，皆宏壯雄深，稱其度量。」參見徐度《卻掃編》（影印文淵閣四庫全書本，臺北：臺灣商務印書館，1983 年），卷下。

〔註 39〕參見司馬遷著、瀧川龜太郎編著《史記會注考證》（臺北：宏業書局，1994 年 9 月），卷七〈項羽本紀〉。

〔註 40〕參見班固《前漢書》（影印文淵閣四庫全書本，臺北：臺灣商務印書館，1983 年），卷三十一〈陳勝項籍列傳〉。

歐陽脩〈相州晝錦堂記〉開篇即闡述「晝錦」涵義：

仕宦而至將相，富貴而歸故鄉，此人情之所榮，而今昔之所同也。(《歐集》卷四十)

接著敘述蘇秦、朱買臣脫離困頓、衣錦還鄉的盛況：

一旦高車駟馬，旗旄導前而騎卒擁後，夾道之人，相與駢肩累跡，瞻望咨嗟，而所謂庸夫愚婦者，奔走駭汗，羞愧俯伏，以自悔罪于車塵馬足之間。此一介之士得志當時，而意氣之盛，昔人比之衣錦之榮者也。(《歐集》卷四十)

歐陽脩舉古人的例子說明「晝錦」意義，隨即筆鋒一轉，以「惟大丞相魏國公則不然」，將文章翻至更高的層次。

〈相州晝錦堂記〉的命意承繼韓琦〈晝錦堂〉詩而來，韓琦詩中對「晝錦還鄉」之輩不以爲然，認爲「其志止於此，士固不足羨」；他建晝錦堂的目的「亦非張美名，輕薄詫紳弁」，不在於誇耀鄉里，期許自己「庶一視題榜，則念報主眷」，報答皇帝恩寵。觀察〈相州晝錦堂記〉與〈晝錦堂〉詩，二者皆不以「晝錦」爲美，對人生寄以更崇高的理想。〈相州晝錦堂記〉敘述韓琦的志向：

然則高牙大纛不足爲公榮，桓圭袞冕不足爲公貴；惟德被生民而功施社稷，勒之金石，播之聲詩，以耀後世而垂無窮。此公之志，而士亦以此望於公也。豈止誇一時而榮一鄉哉！(《歐集》卷四十)

韓琦之志，不在「誇一時而榮一鄉」的晝錦之榮，而在於「德被生民而功施社稷」的遠大抱負。歐陽脩將韓琦詩中涵義闡發，由「報主眷」擴展到「生民」、「社稷」，不說報答皇恩，而以更宏觀的角度，看韓琦對天下百姓的貢獻，較之原詩，意境更加寬闊。

相較於晝錦堂以史書中詞語命名，醉白堂則以前代詩人姓氏爲名，「醉白」之「白」指的是「白居易」，〈醉白堂記〉：

故魏國忠獻韓公，作堂於私第之池上，名之曰「醉白」。取樂天〈池上〉之詩，以爲醉白堂之歌，意若有羨於樂天而不及者。天下之士，聞而疑之，以爲公既已無愧於伊、周矣，而猶有羨於樂天，何哉？(《蘇集》卷十一)

蘇軾記述韓琦因羨慕白居易，因此爲堂命名「醉白」，接著以設問手法，提出韓琦已功業彪炳，「無愧於伊、周」，引發下文對韓琦「有羨於樂天」的解釋，並對韓、白二人異同處加以比較。〈醉白堂記〉命意承繼〈醉白堂〉詩而來，韓琦詩中羨慕白居易隱退之樂，又比較白居易所擁有、而自己所無的，認爲「但舉當時池上物，愧今之有殊未全」，然後闡述自己所擁有的，認爲「吾今謀退亦易足」。觀察〈醉白堂記〉與〈醉白堂詩〉，二者均對韓、白二人進行比較。

〈醉白堂記〉亦對「醉」、「白」持正面看法，認爲韓琦「其有羨于樂天，無足怪者」，又闡述「醉」意義：

> 方其寓形於一醉也，齊得喪，忘禍福，混貴賤，等賢愚，同乎萬物，而與造物者遊，非獨自比於樂天而已。（《蘇集》卷十一）

認爲韓琦之「醉」，不僅止於自比爲白居易，已可忘懷得失、物我合一。蘇軾的闡釋較〈醉白堂〉詩中「醉」的描述，更爲深遠。

蘇軾指出韓琦建醉白堂的眞正用意，不僅僅是羨慕白樂天的「勇退早」，更是韓琦在「方且願爲尋常之人而不可得」情況之下的寄託與心願。蘇軾對韓琦的心願加以肯定，透過韓琦羨慕白樂天卻無法退休這件事，突顯朝廷對韓琦的倚重。〔註 41〕

2. 歌功頌德

〈相州晝錦堂記〉與〈醉白堂記〉皆對韓琦成就加以頌揚。〈相州晝錦堂記〉：

> 故能出入將相，勤勞王家，而夷險一節。至於臨大事、決大議，垂紳正笏，不動聲氣而措天下于泰山之安，可謂社稷之臣矣！其豐功盛烈，所以銘彝鼎而被弦歌者，乃邦家之光，非閭里之榮也。（《歐集》卷四十）

文中讚美韓琦爲「相」爲「將」的成就，在太平與危難時志節如一。「臨大事、決大議」數語，概括韓琦經略西夏事務、建議冊立皇嗣以及調和兩宮嫌隙。歐陽脩極言韓琦「豐功盛烈」，是「邦家之光」，遠超過晝錦還鄉之榮，與題旨緊緊相扣。

較之〈相州晝錦堂記〉，〈醉白堂記〉以更多角度稱讚韓琦功勳。〈醉白堂記〉：

〔註 41〕劉振娅〈以「議」爲「記」的範例—解讀歐陽脩〈晝錦堂記〉、蘇軾〈醉白堂記〉〉，參見劉德清、歐陽明亮所編《歐陽脩研究》（上海：學林出版社，2008 年 2 月），頁 142。

> 文致太平，武定亂略，謀安宗廟，而不自以爲功。急賢才，輕爵祿，而士不知其恩。殺伐果敢，而六軍安之。四夷八蠻，想聞其風采，而天下以其身爲安危。此公之所有，而樂天之所無也。……忠言嘉謨，效於當時，而文采表於後世。死生窮達，不易其操，而道德高於古人。此公與樂天之所同也。（《蘇集》卷十一）

文中除讚美韓琦的文治武功，也讚美他獎拔賢能者；又讚美他治軍有方，「六軍安之」；還讚美他詩文不凡，更讚美他志節堅定：「死生窮達，不易其操」。〈相州晝錦堂記〉與〈醉白堂記〉都讚美韓琦政治與軍事的表現，以及風雨雞鳴的忠貞心志，而〈醉白堂記〉更多了對舉才、治軍、文學等表現的褒揚。

〈相州晝錦堂記〉與〈醉白堂記〉皆以古人烘托韓琦的政績與人品。

〈相州晝錦堂記〉開篇即以蘇秦、朱買臣爲例，說明「晝錦」意義。歐陽脩逐一比較韓琦與蘇秦、朱買臣的不同：首先，韓琦家世顯貴，「世有令德，爲時名卿」，與蘇秦、朱買臣「困阨閭里，庸人孺子皆得易而侮之」明顯不同：

> 所謂將相而富貴，皆公所宜素有，非如窮阨之人僥倖得志于一時，出於庸夫愚婦之不意，以驚駭而誇耀之也。（《歐集》卷十一）

韓琦之富貴顯達，「皆公所宜素有」，而非「僥倖得志于一時」，因此不需晝錦還鄉、大肆誇耀，並進一步讚揚韓琦「德被生民而功施社稷」的志向。其次，韓琦「不以昔人所誇者爲榮，而以爲戒」，蘇秦、朱買臣致力晝錦歸鄉、誇耀鄰里、一洗囊昔羞辱，韓琦卻「以快恩仇、矜名譽爲可薄」。歐陽脩以蘇秦、朱買臣二人目光之狹窄，烘托出韓琦志氣之不凡。文章既頌揚晝錦堂主人的品德及功業，也表達了自己的政治理想和人格追求。〔註 42〕

〈醉白堂記〉以白居易與韓琦相較，指出韓琦具文韜武略之材，「此公之所有，而樂天之所無也」；然而白居易可享退隱之樂，「此樂天之所有，而公之所無也」；至於兩人所共有的，則在於忠言嘉謨、文學才華、高潔操守，「而道德高於古人」。蘇軾透過韓琦與白居易倆人之間有與無的相互比較，使韓、白二人彼此輝映、相得益彰。在蘇軾比較韓、白時，是以韓琦爲主，以白居易爲從，使文章重點落在頌揚韓琦的仕途政績和道德人品上。

〈醉白堂記〉又以孔子、臧武仲等人，與韓琦相較：

〔註 42〕劉振婭〈以「議」爲「記」的範例—解讀歐陽脩〈晝錦堂記〉、蘇軾〈醉白堂記〉〉，參見劉德清、歐陽明亮所編《歐陽脩研究》（上海：學林出版社，2008年2月），頁 142。

古之君子，其處己也厚，其取名也廉。是以實浮於名，而世誦其美不厭。以孔子之聖，而自比於老彭，自同於丘明，自以爲不如顏淵。後之君子，實則不至，而皆有侈心焉。臧武仲自以爲聖，白圭自以爲禹，司馬長卿自以爲相如，揚雄自以爲孟軻，崔浩自以爲子房，然世終莫之許也。由此觀之，忠獻公之賢於人也遠矣。(《蘇集》卷十一)

孔子等人皆把自己跟其他有才德者相互比較，只是孔子「實浮於名」，擁有美好品德、豐富學識，以「老彭」、「丘明」自比，可說具備眞才實學，然而以孔子之賢，尚且「自以爲不如顏淵」，可知孔子謙虛務實、不求虛名。至於臧武仲、白圭、司馬長卿、揚雄、崔浩等「後之君子」，稍有作爲便自鳴得意，自比爲夏禹、藺相如、張良、孟軻等古代聖賢才俊，因爲沒有相稱的品德才識，世人對於他們自加的虛名終究不表贊同。相較之下，韓琦安定天下，卻不自矜自誇，亦不戀棧名利，反而羨慕白居易乞身早退之樂，遠勝過「後之君子」，可比擬「古之君子」，故蘇軾感嘆：「忠獻公之賢於人也遠矣。」

〈相州晝錦堂記〉與〈醉白堂記〉中對韓琦的稱美，可看出歐陽脩、蘇軾思想皆受到儒家影響：兩篇文章皆讚揚韓琦對國家社稷的貢獻，呈現儒家忠君愛民的情懷。(參見第三章第二節)〈醉白堂記〉又讚揚韓琦「實浮於名」，與儒家「君子恥其言而過其行」思想相合，〔註43〕主張踏實努力，不求虛名。王水照評論蘇軾思想說：

蘇軾自幼接受的傳統文化因素是多方面的，但儒家思想是其基礎，充滿了「備厲有當世志」的淑世精神。儒家的「立德、立言、立功」的「三不朽」古訓，使他把自我道德人格的完善、社會責任的完成和文化創造的建樹融合一體，是他早年最初確定的人生目標。〔註44〕

〈醉白堂記〉對韓琦建功立業的稱美，實出於儒家思想影響。

然而，蘇軾思想除了受儒家影響之外，也受釋、道影響。〈醉白堂記〉中也可見老莊思想的展現：

其寓形於一醉也，齊得喪，忘禍福，混貴賤，等賢愚，同乎萬物，而與造物者遊，非獨自比于樂天而已。(《蘇集》卷十一)

文中頌揚韓琦不計較個人得失禍福，對於各樣事物、人物，不分貴賤賢愚都

〔註43〕參見《論語・憲問》。

〔註44〕王水照《蘇軾研究》(石家莊：河北教育出版社，1999年5月)，〈蘇軾的人生思考和文化性格〉，頁72。

一視同仁，並且與大自然親近，流露道家「窮達」哲理。陳英姬說：

> 蘇軾的人生觀就整體來說，比較錯綜複雜，很早受到儒、釋、道三家的思想影響；然而，儒家的進取圖強精神，始終是它的核心；而老莊哲學與佛家哲學中一些通達明理的方面，特別是老莊哲學標榜生死達觀，否定功名富貴，使得蘇軾能夠在政治挫折痛苦之中竭力自拔，成爲主要的精神支柱。〔註45〕

姜聲調說：

> 「窮達」觀念，蘇軾是從《莊子》一書中得而發展，……而在〈醉白堂記〉中，也是由「窮達」隨適觀念來讚美韓忠獻，他已超脫死生，窮達適意，矜持節操，而道德修養也過於古人。這是與白樂天間完全相同之處。……這是莊子的「天地與我並生，而萬物與我唯一」(〈齊物論〉)、「上與造物者游」(〈天下〉) 二篇，論旨相同。……這兩段文字，是本旨在其窮理達觀，兩忘得喪的處世觀點。〔註46〕

由此觀之，〈醉白堂記〉兼融儒、道兩家思想，既稱揚韓琦功勳，又肯定韓琦曠放襟懷，這是〈醉白堂記〉與〈相州晝錦堂記〉內容思想上相異之處。

〈相州晝錦堂記〉與〈醉白堂記〉並透過古人烘托韓琦的政績與人品，對韓琦成就加以頌揚，只是〈相州晝錦堂記〉著重在韓琦志氣之不凡，〈醉白堂記〉偏重在韓琦胸懷曠達，兩篇文章皆以韓琦詩旨確立全文意旨。

三、作　法

〈相州晝錦堂記〉、〈醉白堂記〉皆頗能呈現歐、蘇文章特色，以下即依「布局」、「句式」、「詞語」加以分析、比較，探察其作法異同。

（一）布　局

〈相州晝錦堂記〉與〈醉白堂記〉皆以交代作記原由作結。

〈相州晝錦堂記〉首先闡述「晝錦」意義，其次敘述韓琦功勳，最後才記建築過程，文末交代作記動機。〈醉白堂記〉起筆建築過程、闡述「醉白」

〔註45〕陳英姬《蘇軾政治生涯與文學的關係》(國立臺灣師範大學國文研究所碩士論文，1989年6月)，第四章〈蘇軾政治不遇在文學上「窮而後工」的效果〉，頁225～226。

〔註46〕姜聲調《蘇軾的莊子學》(臺北：文津出版社，1999年12月1刷)，第五章〈蘇軾文藝中的莊子學（下）〉，頁151。

意義，其次敘述韓琦功動，然後筆鋒一轉，將韓白二人反覆比較，波瀾層出，文末敘述受託作記經過。相較之下，〈相州晝錦堂記〉是由遠處寫起，先寫古人，再寫韓琦，最後寫到建物，一層一層，由遠而近；〈醉白堂記〉則是由近處寫起，先記建物，再寫韓琦，最後寫到古人，一級一級，由近而遠。

此外，〈相州晝錦堂記〉與〈醉白堂記〉雖然各在起首點出「晝錦」、「醉白」，爲全文章旨埋下伏筆，但是〈晝錦堂記〉是由反面運用「晝錦」，興起煙波；〈醉白堂記〉則正面敘述「醉白」，開啓下文，兩篇文章手法不同。

（二）句　式

〈相州晝錦堂記〉、〈醉白堂記〉皆善用整齊的句式營造文章氣勢。

〈相州晝錦堂記〉鋪述韓琦功動時，以「高牙大纛不足爲公榮，桓圭袞冕不足爲公貴」，「德被生民而功施社稷」，「勒之金石，播之聲詩」，「耀後世而垂無窮」等對偶句鋪排，使文章氣勢更爲壯闊，與描述韓琦勳業的內容相得益彰，加上各對偶句字數長短錯落安排，具錯落變化之美。

〈醉白堂記〉比較韓琦與白居易之不同時，使用排比句增強語氣，如敘述韓琦「文致太平，武定亂略，謀安宗廟」，「急賢才，輕爵祿」，「齊得喪，忘禍福，混貴賤，等賢愚，同乎萬物」，氣勢浩蕩，與描述韓琦勳業的內容相得益彰，且在駢句間安排散文句，使文章具變化之美。

兩篇文章都在整齊中求變化，〈相州晝錦堂記〉是將多組不同字數的對偶句排在一起，〈醉白堂記〉則在相同字數的排比句中，將其中某一句特別加長，形成錯綜之美。

（三）詞　語

〈相州晝錦堂記〉、〈醉白堂記〉都善於使用助詞「而」字，使語句顯得抒緩。〈相州晝錦堂記〉起首兩句原無助詞，歐陽脩將兩句各增添一「而」字：

> 仕宦而至將相，富貴而歸故鄉。（《歐集》卷四十）

開頭兩句各增添一「而」字之後，語氣顯得較爲舒緩自然，且「而」字在這兩個句子中造成加強語氣的效果，使「至將相」、「歸故鄉」兩個詞語被突顯出來，彰顯出地位之尊貴、榮歸之風光。此外，如「樂公之志有成，而喜爲天下道也」增添「而」字之後，更加流暢自然。又如「旗旄導前而騎卒擁後」，「德被生民而功施社稷」等句，在駢句間插入一「而」字，使得駢句散文化，讀起來更加舒緩流暢。

相較之下，〈醉白堂記〉中「而」字用法也有使文句更加流暢的功用。〈醉白堂記〉：

> 是以終身處乎憂患之域，而行乎利害之塗。……是以實浮於名，而世誦其美不厭。（《蘇集》卷十一）

「處乎憂患之域」與「行乎利害之塗」對偶，中間以「而」字相連接，便呈現散文化，「實浮於名」與「世誦其美不厭」文句增添「而」字之後，更加流暢自然。〈相州晝錦堂記〉、〈醉白堂記〉都善於使用助詞「而」字使文句更加流暢，不同的是〈相州晝錦堂記〉透過「而」字在句子達到加強文句語氣的效果，在〈醉白堂記〉則找不到這種用法。

〈相州晝錦堂記〉、〈醉白堂記〉詞語運用上精確適當，而無奇特用語。然而，二篇作品亦有特殊之處，〈相州晝錦堂記〉以「惟」字點出韓琦有別於一般人的地方：

> 惟大丞相魏國公則不然。……惟德被生民而功施社稷，勒之金石，播之聲詩，以耀後世而垂無窮。（《歐集》卷四十）

「惟」字強調只有韓琦擁有這樣的胸襟，與世俗崇尚晝錦之榮截然不同，寫出韓琦的獨特與偉大。此外，「惟」字也造成整篇文章的轉折，文章本由「晝錦」著筆，「惟」字使焦點由晝錦之榮轉向邦家之光。

〈醉白堂記〉連用「自」字寫出韓琦與古人的比較：

> 公既不以其所有自多，……非獨自比于樂天而已。以孔子之聖，而自比于老彭，自同於丘明，自以爲不如顏淵。……臧武仲自以爲聖，白圭自以爲禹，司馬長卿自以爲相如，揚雄自以爲孟軻，崔浩自以爲子房，然世終莫之許也。由此觀之，忠獻公之賢於人也遠矣。（《蘇集》卷十一）

「自」字連用之下則氣勢不凡，黃慶萱將此類字詞重複出現、彼此之間相隔離的修辭手法，歸入「類疊」法中的「類字」格，並云：

> 類字的目的，是試圖用一連串有規則重複出現的詞語，或似「移山倒海」，造成語文雄偉壯闊的氣勢；或似「春蠶吐絲」，造成語文聯綿不絕的感覺；或似「驚鴻數現」，造成語文輕快空靈的節奏；使文義更加明暢，感受格外眞切。〔註47〕

〔註47〕黃慶萱《修辭學》（臺北：三民書局，1988年3月），第二十二章〈類疊〉，頁444～445。

蘇軾由韓琦以白居易自比，記述古人以聖賢名士自比的事蹟，故疊用「自」字，在這些詞語之中，韓琦、孔子的「自比於」、「自同於」隱含「效法」、「認同」意味，語意較爲正面；然而臧武仲等人的「自以爲」，卻隱約有「妄自尊大」的意味，與「終莫之許也」合而觀之，尤其顯出這些人物的自大可笑。「惟」、「自」等詞語平易近人，在歐蘇手中則巧妙使文章增色，由此可見歐、蘇運用詞語之成功。

〈相州晝錦堂記〉、〈醉白堂記〉在詞語運用上，皆能善用助詞，且使用詞語精確適切而無奇字，故呈現出平易自然的風格。

歐、蘇與韓琦都有交誼，〈相州晝錦堂記〉、〈醉白堂記〉呈現出韓琦不同時期的心境，也反映出歐、蘇不同的思想。兩篇文章用語平易、自然流暢，反映出歐、蘇二人在古文創作上相似之處，而〈醉白堂記〉在形式上又比〈相州晝錦堂記〉更加自由奔放，呈現蘇軾古文特色。

第三節　韓、歐、蘇建物記比較的文學史意義

歐陽脩在師法韓愈古文之際，又能開創雜記嶄新風貌；然而他的創新又不若蘇軾變化之鉅，「鋒不可當」。若將雜記由正體至變體的變化視爲一光譜，歐陽脩正站在韓愈與蘇軾中間。

一、體製的沿革與流變

雜記流變可分成三個時期：「韓、柳」爲第一時期，「歐、曾、王」第二時期，「蘇」爲第三時期，各時期雖有承繼關係，但二、三時期各有創發，與前一時期已不盡相同。〔註 48〕（參見第五章第一節）歐、曾、王等宋代大家超越了雜記以記敘爲主的既定形式，借題發揮，使雜記議論成分逐漸加重；蘇軾則在老莊影響之下，超越前人體式規律與美感歸趨，展現與歐、曾、王相異的風格。

大抵而言，韓愈、歐陽脩、蘇軾三人，在寫作建物記時，有繼承前人的地方，尤其是透過建物加以觸發、寄託感悟的手法；也有創新的地方，特別是在議論比例逐漸提高的特色。

〔註 48〕參見葉適《習學記言序目》，卷四十九。

（一）藉建物興發的傳統

茅坤肯定韓愈在雜記一體的開創之功，〔註 49〕讚賞〈燕喜亭記〉的文學成就：

> 淋漓指畫之態，是得記文正體，而結局處特高。歐公文，大略有得於此。〔註 50〕

這段評語指出了歐陽脩對韓愈的繼承關係。〈燕喜亭記〉由「亭」出發，記述周遭風景，讚美亭主品格。歐陽脩承繼韓愈的作法，記述至喜亭地理環境及命名原由。〈燕喜亭記〉及〈峽州至喜亭記〉記述建亭經過都甚爲簡潔，顯見韓、歐作記的主要目的在「亭」之外。劉城指出：

> 歐陽脩有對亭及風景的生動描寫，但描寫已經不是文章的中心。……「亭記」文也由唐代的記敘描寫中夾雜議論，在歐陽脩手裡轉向了敘述和議論相輔相成甚至議論至上，眞正地成爲了作者表達自己主觀感情的文體形式。〔註 51〕

可以說韓愈在〈燕喜亭記〉結尾的議論，影響了歐陽脩，使歐陽脩也藉著建物抒發議論，並且爲建物記的作法打開新的一頁。

〈燕喜亭記〉、〈峽州至喜亭記〉、〈相州晝錦堂記〉、〈醉白堂記〉都對建物名稱加以解釋，尤其後二文更對「晝錦」、「醉白」之意加以議論。劉振婭云：

> 因爲許多和士大夫文人生活、志趣息息相關的亭臺樓閣堂室在命名上往往寓有深刻意涵，一些以此爲題的「記」，往往從它們的命名入手，圍繞命名的緣由盡情發揮，展開抒情、議論，其實是表現個人的政治理想、人格追求和審美情趣，形成這類景觀記在立意與寫法上的主要特點。〔註 52〕

韓、歐、蘇這數篇作品呈現出建物記在唐宋時期的變化，文章標題是建物，然而文章對建物本身卻不細加描寫，甚至簡筆帶過，卻使用了大篇幅抒發感情，發表議論。

〔註 49〕茅坤〈昌黎文鈔引〉：「書、記、序、辯、解，及他雜著，公所獨倡門户。」參見茅坤《唐宋八大家文鈔》。

〔註 50〕參見茅坤《唐宋八大家文鈔》卷八。

〔註 51〕參見劉城〈「亭記」文流變初探—以歐陽脩爲研究中心〉，參見劉德清、歐陽明亮所編《歐陽脩研究》頁 161。

〔註 52〕劉振婭〈以「議」爲「記」的範例—解讀歐陽脩《晝錦堂記》、蘇軾《醉白堂記》〉，參見劉德清、歐陽明亮所編《歐陽脩研究》頁 142。

（二）議論成分的增加

明代文評家徐師曾將雜記分成「正體」、「變體」、「變而不失其正」、「別體」四類，其中〈燕喜亭記〉因「已涉議論」被歸入「變而不失其正」類，〈醉白堂記〉則因「議論寖多」被歸入「變體」類，書中歐陽脩雜記作品分別歸類於「變體」、「變而不失其正」兩類之下，而〈峽州至喜堂記〉、〈相州畫錦堂記〉未被收入《文體明辨》。〔註 53〕透過〈峽州至喜堂記〉與〈燕喜亭記〉、〈相州畫錦堂記〉與〈醉白堂記〉的比較，可以觀察〈峽州至喜堂記〉、〈相州畫錦堂記〉的性質，並呈現歐陽脩在文體流變之中的位置。

謝敏玲論述〈燕喜亭記〉的性質，認爲它是「宋人『以記爲論』之祖師」，雖雜以議論，「但在唐代記體文剛發展時，略雜議論就說是變體仍有些牽強，所以茅坤仍認爲是記文正體」，主張〈燕喜亭記〉應視爲正體。〔註 54〕由此觀之，〈燕喜亭記〉其實界於正體與變體之間，而且較偏向正體一些。

〈燕喜亭記〉、〈峽州至喜亭記〉在「記敘主體」的比較中，兩篇文章對記述建亭經過都甚爲簡潔，顯見韓、歐作記的主要目的在「亭」之外，這已超出雜記「記敘」的主要目的，這應該就是徐師曾所謂「變」的部分；然而兩篇文章又都著墨於與建物間接相關的周遭風景、地理環境，細加敘述山林之美與江流險阻，這些記述屬於「記敘」，這應該就是徐師曾所謂「正」的部分。進一步觀察兩篇文章在「作者感悟」的比較，兩篇文章皆是稱美建亭之人，韓愈表面記山水，實則寄寓王仲舒的胸襟品德，且單就王仲舒品德著墨，未直接述及政治作爲；歐陽脩不但稱美朱慶基品德，更就其政治表現大作文章。相較之下，〈峽州至喜亭記〉的議論成分較〈燕喜亭記〉稍多，在徐師曾的分類標準中，應歸入「變體」一類。

黃明理指出此類文章由唐至宋的發展：

> 事實上，有唐一代爲建物命名而作記釋義的，僅有零星幾篇。相對的，兩宋以降此類文章，數量甚夥，而且釋名性非常強，焦點集中，議論成分確實大幅提高了。〔註 55〕

這段敘述呈現唐、宋建物命名文學的變化，以及宋人注重命名、喜好議論的

〔註 53〕徐師曾《文體明辨》卷四十九，《四庫全書存目叢書》集部 312 冊。

〔註 54〕謝敏玲《韓愈之古文變體研究》（國立政治大學中國文學系博士論文，2006 年），第七章〈韓愈雜記類古文變體新探〉，頁 175。

〔註 55〕黃明理〈淺談命名文學及其在北宋的開展〉，《建構與反思—中國文學史的探索學術研討會論文集》，頁 680。

風尚。觀察〈燕喜亭記〉、〈峽州至喜亭記〉兩篇文章，〈峽州至喜亭記〉的確花了更多筆墨敘述亭名由來，議論成分也較〈燕喜亭記〉為高。

〈相州晝錦堂記〉、〈醉白堂記〉在「記敘主體」的比較中，兩篇文章對記述建堂經過皆以簡筆帶過，顯見歐、蘇作記的主要目的在「堂」之外，這已超出雜記「記敘」的主要目的，亦即徐師曾所謂「變」的部分。進一步觀察兩篇文章在「作者感悟」的比較，〈醉白堂記〉幾乎全以議論手法呈現韓琦成就，〈晝錦堂記〉除了議論筆法之外，還記敘韓琦生平功業，相較之下，〈相州晝錦堂記〉的議論成分較〈醉白堂記〉稍少，但是全文仍偏於議論，因此，在徐師曾的分類標準中，應歸入「變體」一類。吳訥指出〈晝錦堂記〉「雖專尚議論，然其言足以垂世而立教，弗害其為體之變也」，〔註56〕就是將之視為「變體」。觀察〈相州晝錦堂記〉、〈醉白堂記〉的文體性質，可知雜記到了歐、蘇時議論比例增多，產生很大變化。

議論成分的多寡可經由文章之間的比較加以判斷，透過以上兩組比較可以發現，〈燕喜亭記〉的議論成分最少，〈醉白堂記〉的議論成份最多，〈峽州至喜堂記〉、〈相州晝錦堂記〉則介於二者之間。這標示出韓愈正處於雜記由記敘向議論轉變的開始，蘇軾則處於雜記「極其變態」的時期，〔註57〕歐陽脩則處於韓愈、蘇軾之間的過渡時期。

二、古文的傳承與開新

韓、歐、蘇是唐宋古文家，歐陽脩以韓愈為師，領導宋代詩文革新，蘇軾則是歐陽脩門生，在詩文革新運動中佔有重要位置。以下即以本章第一、二節的比較結果，探究韓、歐、蘇在建物記寫作的沿革與創新，並依「韓歐蘇的承繼關係」、「韓歐蘇的個人特色」分別敘述之。

（一）韓、歐、蘇的承繼關係

1、重視仁政

〈燕喜亭記〉、〈峽州至喜亭記〉皆稱美建物主品格，流露韓、歐二人對道德修養的關注，前者引用《論語》，後者引用《詩經》，而《詩經》亦屬於儒家教學的典籍。透過韓、歐所引用的書籍，以及他們所關注的品格特質，可以看

〔註56〕吳訥《文章辨體》，卷二十九。
〔註57〕參見葉適《習學記言序目》，卷四十九。

見儒家文化對唐宋古文家的影響。另一方面，〈峽州至喜亭記〉稱美建物主的仁政，云「自公之來，歲數大豐」；〈燕喜亭記〉雖無直接稱美之詞，但是透過「於是州民之老，聞而相與歡焉」可以推測連州人民生活無虞，方能有餘力關心亭子的修築。儒家重視仁政，主張「博施於民而能濟眾」，〔註58〕「親親而仁民，仁民而愛物」，〔註59〕這樣的仁政與治理者的道德修養聯繫在一起，務求「修己以安百姓」。〔註60〕觀〈燕喜亭記〉、〈峽州至喜亭記〉稱美建物主品格與仁政，正是儒家德治理念的呈現。韓愈與歐陽脩之「道」中，一以貫之的就是先秦儒家的仁政理想。〔註61〕

〈相州晝錦堂記〉、〈醉白堂記〉都稱美建物主對國家的貢獻，〈相州晝錦堂記〉云「德被生民而功施社稷」，〈醉白堂記〉云「天下以其身爲安危」。在歐、蘇筆下，韓琦對宋朝的貢獻，正是「博施於民而能濟眾」的寫照。此外，〈相州晝錦堂記〉、〈醉白堂記〉又稱美韓琦面對富貴的態度：〈相州晝錦堂記〉云「蓋不以昔人所誇者爲榮，而以爲戒」，〈醉白堂記〉則曰「死生窮達，不易其操」。儒家重視個人品格的持守，無論富貴貧賤，皆不爲所動，「貧而無諂，富而無驕」，〔註62〕「富貴不能淫，貧賤不能移，威武不能屈」。〔註63〕〈相州晝錦堂記〉、〈醉白堂記〉稱美韓琦不因富貴而驕奢，與儒家理念暗合；而文章中又稱美韓琦有功於國家社稷，亦可視爲儒家德治理念的呈現。以「道」救天下之溺，正是唐宋兩代古文運動人物，特別是韓柳歐蘇共同的社會政治理想，是他們古文創作的思想基礎。〔註64〕

透過〈燕喜亭記〉、〈峽州至喜亭記〉的比較，可知韓愈對歐陽脩的影響，儘管歐陽脩所主張之「道」內容較韓愈所主張的儒道更爲廣泛，但仁政理想卻同樣爲二人所重視。透過〈相州晝錦堂記〉、〈醉白堂記〉的比較，則可看到歐、蘇兩名宋代古文家對仁政的重視，一則反映北宋時代思潮（參見第三章第三節），一則呈現歐、蘇對韓愈的承襲。

〔註58〕《論語．雍也》。
〔註59〕《孟子．盡心上》。
〔註60〕《論語．憲問》。
〔註61〕唐曉敏〈從歐陽脩的兩次貶謫看唐宋古文運動之「道」〉，參見劉德清、歐陽明亮所編《歐陽脩研究》頁182。
〔註62〕《論語．學而》。
〔註63〕《孟子．滕文公下》。
〔註64〕唐曉敏〈從歐陽脩的兩次貶謫看唐宋古文運動之「道」〉，參見劉德清、歐陽明亮所編《歐陽脩研究》，頁179。

2、詞句平易

韓愈「文從字順」的文學觀，〔註65〕具體實踐在散文創作之中，便形成詞句平易的特色，這種特色影響了歐陽脩，韓、歐平易的特色也呈現在〈燕喜亭記〉、〈峽州至喜亭記〉之中。〈燕喜亭記〉的「平易」，反映在收尾與與詞語使用之上。〈燕喜亭記〉以稱美、祝福建物主作結，無奇詭不測之態；〔註66〕文章用字則平淺近人，諸如描述王弘中貶謫途中的一連串動詞：「入」、「涉」、「臨」、「升」、「望」、「出」、「下」、「過」、「上」、「行」、「繇」、「踰」等皆屬平易的詞語，不見奇字、怪字；〈峽州至喜亭記〉也呈現平易的特色，尤其在描述「傾折回直，捍怒鬭激」的水勢時，更是以平易的句式、用字，將江流的危險恐怖，描繪得淋漓盡致。

〈燕喜亭記〉、〈峽州至喜亭記〉皆屬詞語平易，然而〈燕喜亭記〉在闡述山水之名時，尚見刻意爲之的「其……曰……，……也」排比句式，〈峽州至喜亭記〉則自然流暢，不見斧鑿痕跡。故〈峽州至喜亭記〉除了「平易」，更有著「自然」的特色。

本章第二節已探討〈相州晝錦堂記〉、〈醉白堂記〉平易、自然的特色，綜而觀之，韓、歐、蘇皆兼具「平易」特色，而歐、蘇又比韓愈更加「自然」。蓋「自然」必須建立在「平易」的基礎上，需有詞句的「平易」，方有表達的「自然」。〔註67〕

（二）韓、歐、蘇的個人特色

1、〈燕喜亭記〉與韓愈的「雄奇有力」

相較於〈峽州至喜亭記〉的平易自然、委婉曲折，〈燕喜亭記〉雖然呈現平易的特色，卻在平易中帶有奇崛之姿。

最能呈現出韓文雄奇特色的，是〈燕喜亭記〉的起法。〈燕喜亭記〉以特起之法起筆，起首突兀，呈現奇崛之姿，屬於章法之奇。其次，〈燕喜亭記〉以「其……曰……，……也」排比句式鋪排成段，不僅形式特殊，在內容上

〔註65〕韓愈〈南陽樊紹述墓誌銘〉：「文從字順各識職。」參見《韓集》卷三十四。

〔註66〕何寄彭〈韓愈古文作法探析〉：「韓文一般收筆多重奇詭不測，而雜記收筆則棄奇求平，特重情韻之烘托，讀者幸留意焉。」參見《唐宋古文新探》，頁68。

〔註67〕黃一權云：「『平易』主要是表現在語詞用字方面，『自然』則主要是巧妙無痕的化於表達方式之中。從這個意義上講，可以說『平易』正是『自然』的構成基礎。」參見黃一權《歐陽脩散文研究》第三章第二節〈「六一風神」〉，頁156。

也藉著爲山水命名，欲使人想見建物主胸襟，具有奇特之姿。

2、〈峽州至喜亭記〉、〈相州晝錦堂記〉與歐陽脩的「紆餘委備」

相較於〈燕喜亭記〉、〈醉白堂記〉起筆即記敘建物，〈峽州至喜亭記〉、〈相州晝錦堂記〉乃是採取緩筆引至主題的手法，這也是歐文最受矚目的特色之一。

〈峽州至喜亭記〉由峽州歷史寫起，次寫水路艱難，然後才寫到至喜亭；〈相州晝錦堂記〉則由詮釋「晝錦」寫起，次寫韓琦功勳，然後才寫到建堂、命名之事。兩篇文章都以曲折的手法爲文，使文章呈現紆餘委備、委婉多姿的特色。

3、〈醉白堂記〉與蘇軾的「自然奔放」

相較於〈相州晝錦堂記〉，〈醉白堂記〉可說是逸出了雜記的軌範，幾乎通篇以議論成文，全文自由灑脫，文章呈現自然奔放的特色。吳小林指出：

> 宋文平易自然的傳統是由歐陽脩開創的，而蘇軾在此基礎上又有了進一步的發展，顯得更加自由灑脫，逸麗明暢。這既是他創造性地借鑑傳統文學語言的結果，也是他提煉吸取生動的口語使然。他繼承前人辭語中有生命力的部份，特別有效地運用古文家們常採取的駢散相間，奇偶互用的句式，來造成文章的雄放風格和自然氣勢。〔註68〕

歐陽脩繼承韓愈的「平易」，發展出「自然」特色，蘇軾除了承繼韓愈「平易」，也繼承歐陽脩「自然」，並且加以發揮，「行於所當行，止於所不可不止」，〔註69〕筆下更加汪洋肆恣，此即「隨物賦形」手法。〔註70〕〈醉白堂記〉是蘇軾「隨物賦形」手法的展現。黃美娥說：

> 又若〈放鶴亭記〉、〈醉白堂記〉，均爲題寫他人亭堂之作。鶴主張天驥乃山林隱士，堂主韓琦則是當代巨公，主人身分各異，亭堂旨趣亦別。而其間行文鋪排，亦不相同，是皆得力於隨物賦形之創作法，蓋依物不同，而物各有其形其理，故文章情、景自異，由是篇篇各具顏色矣。〔註71〕

〔註68〕吳小林《唐宋八大家》（臺北：里仁書局，1999年12月），頁358

〔註69〕蘇軾〈與謝民師推官書〉，《蘇集》卷四十九。

〔註70〕李慕如《東坡詩文思想之研究》（國立臺灣師範大學國文研究所博士論文，1999年），第四章〈東坡詩文之美學思想〉，頁397。

〔註71〕黃美娥《蘇軾文論及其散文藝術研究》（國立臺灣師範大學國文研究所碩士論文，1989年），第四章〈蘇軾散文藝術〉，頁175。

〈醉白堂記〉依韓琦生平所做之事，刻畫其精神人格，信筆揮灑，興會淋漓。

韓愈處於建物記變化之始，歐陽脩處於中間階段，蘇軾則處於議論最盛時期。透過韓、歐、蘇建物記的比較，不僅呈現建物記變化，也能看出唐、宋古文運動一脈相承的「仁政」理想與「平易」文風，以及韓、歐、蘇不同的古文風格。

第七章　結　論

本論文以歐陽脩文章內容與形式為主，參酌相關歷史背景、史學觀與政治觀加以探究，以求對歐陽脩建物記內容思想與形式有深入心得，辨析其有別於其他文體的特色，並透過歷代評價以及與其他古文家的比較，呈現歐陽脩建物記在文學史的地位。

壹、在建物記名義與分類方面，透過討論雜記定義，作為判別文體的標準並考察雜記演變軌跡，研究歐陽脩雜記分類及建物記定義：

（一）就出現時間而言，〈禹貢〉、〈顧命〉可視為最早的雜記，其篇名卻無「記」字。魏晉時文體雖有「記」，指的卻是奏記體。

（二）就名稱而言，雜記體名稱並非皆是「記」，而以「記」為篇名的文章，也並非都屬於雜記。大抵而言，名稱以「記」為主，也有以「序」、「志」名篇的雜記。

（三）就文體性質而言，「雜記」本為記敘，用以記雜事，雖與敘記、碑誌同為記敘文，然而內容有別，不宜冒然歸入「碑誌」或「敘記」類。自唐代起，記體之文才開始興盛，宋代歐蘇以降，其內容的議論成分增多，建物記也由純粹記建築轉而成為作者寄託個人情志的媒介。

（四）就內容分類而言，由《文苑英華》將之分成二十七類，薛熙將雜記分成九類，曾國藩則將雜記分為四類，顯示歷代對雜記的分類大抵由繁至簡。唐代建物記已出現，且品目繁多，足見其興盛。

（五）就辭賦的影響而言，賦體的勃興為雜記開拓山水遊覽、器物、建物等寫作素材，並提供藉物起興的寫作手法。以記建築物而言，辭賦重在鋪寫其壯麗景觀，以作爲諷喻之用；雜記重在記錄其修建與沿革，以作爲備忘參考。

（六）就古文運動的影響而言，唐代記體文章開始興盛，韓、柳已有建物記創作。宋代雜記由記敘轉爲議論或抒情，更開拓雜記題材，建物記名作紛呈，光芒甚至蓋過建物賦作。

本文將雜記分成「建物記」、「山水遊記」、「器物記」、「人事記」四類，分別記錄人工建築、山水遊覽、器物書畫、人與雜事。其間界線劃分如下：

（一）建物記與山水遊記：前者以建築物爲描寫中心，後者以大自然爲描寫中心；前者可以間接擷取資料而寫；後者必須是作者本人記遊。

（二）山水遊記與器物記：若作者在寫作時，將水、花等自然界之物由環境中抽離出來，不再視爲「遊賞」經歷，而視爲「物品」，則應歸入「器物記」。

歐陽脩雜記可分成三類，茲分述各類如下：

（一）記文：此類雜記中，建物記是數量最多的一類，並以寫私人建物的文章佔多數；山水遊記獨〈遊大字院記〉一篇；器物記多反映出其生活雅趣；人事記往往能以小見大，發人省思。

（二）〈九射格〉爲器物記。

（三）《歸田錄》、《于役志》爲人事記；《筆說》中四篇、《試筆》中十一篇則包含人事記與器物記。

由上可知，歐陽修建物記僅見於記體文。

在建物記內容與思想方面，透過作品與作者、時代的關連性，探究歐陽脩建物記中所呈現的內容思想與成因，而獲得以下結果：

一、記敘主體內容，包括以下數點：

（一）與建物直接相關的記述中，詳記修築經過的文章都是歐陽脩應邀而作；簡筆記述的文章則有些應邀而作、有些爲自己而作。對樣式規模的記述，常以具體數字詳細呈現，而學記羅列內部各房舍、記錄了學生人數，尤爲特別。建物命名之闡述，包含「說明環境」、「寄託懷抱」、「記錄事件」、「描述形貌」、「以人爲名」、「以詩爲名」。

（二）與建物間接相關的記述中，風景描摹部分，歐陽脩善於透過羅列花木、水石等物鋪陳景色。歷史溯源包含該地歷史興衰及風流人物，並多次使用「受天命」、「僭國」等詞語，流露正統史觀。在人物活動部分，對遊賞宴樂的紀錄，反應宋人喜愛宴遊的風尚。

修築經過、樣式規模佔全文比例大多不超過二分之一，部分作品對命名則詳加闡述，藉以興發議論。風景描摹除〈叢翠亭記〉寫出山勢特色，其餘多半只呈現山水籠統樣貌。歷史溯源、人物活動的記述，則反應北宋思想及風氣。

二、作者感悟內容，包括以下數點：

（一）歐陽脩讚揚修建者時，常著重在對方政績卓著、使人民富足；或是經營重要建設，有益民生；或是功勳偉大，捍衛社稷，皆與國計民生相關。至於對自身的闡述，除強調「與民共樂」，亦不忘「宣上恩德」，充分展現忠君愛民之情懷。

（二）歐陽脩在順境、逆境皆有所樂，尤其貶謫中所作文章，歷數友情之可喜、風土之可愛以及與民同遊之樂，除展現宋代給與文人的安樂氛圍，亦呈現儒家以民爲本的思想。

（三）歐陽脩建物記中時見儒家理想，如肯定禮樂教化、人倫孝悌等，是宋代儒家思潮的展現。歐陽脩雖攘斥佛老，寫作時卻仍受道家影響。他雖攘佛，平生交游卻不乏佛門中人，甚至爲佛院作記。

歐陽脩建物記所呈現思想與儒道關係緊密，忠君愛民情懷是由儒家道統而來，在貶地與民同樂亦是依憑儒家價值觀。此外，文人對自身責任的認識以及在貶地安樂的生活，應歸因於北宋禮遇文人的政策。

三、歐陽脩建物紀所反映之時代關聯，包括以下數點：

（一）崇文抑武，大舉拔擢並禮遇人才。

（二）平民文士晉身官職，懷抱淑世理想，不以貶謫爲恥，敢於直諫。

（三）正統史觀流行，學校廣泛設立，佛老備受衝擊。

（四）遊賞山水之樂與仁者情操結合，文人集會興盛。

以上特色使北宋文士生活安樂，喜好遊宴，同時也關心國家民生，願意爲民效力。他們關注的焦點已超出個人際遇，將儒道安置在生命中心，以之衡量一生成敗，而非外在的榮辱。

四、觀歐陽脩二十六篇建物記內容，可以發現這些文章明顯分爲數個時期：

（一）貶夷陵前所作的建物記，在記營建過程時，用詳筆的比例高於其他時期，且對修建原由以及修建者，有著較多的著墨。此時期建物記的創作量高於其他時期，可以看到歐公創作散文的企圖心。

（二）貶夷陵時期以及貶滁時期所做的建物記，受歐陽脩政治際遇影響，往往好談歷史興衰以及國濟民生。

（三）嘉祐四年之後至歐陽脩去世十年間，其建物記數量明顯少於其他時期，且篇幅短小，可以看到歐公在年老體衰以及政治紛擾之下，心境亦受影響。

貳、在建物記作法方面，由布局、句法、字法三方面探討歐陽修建物記的寫法，結果如下：

一、與建物記文體特色相關者，集中在布局方面，包括：

（一）以與建物直接或間接相關的事物爲敘述中心，其中「以建物爲中心」數量較多，又可分爲修建經過、命名原由、所見景貌三項。

（二）就首尾安排而言，起法以「原起法」、「直起法」爲最多；結法則多以「敘結法」交代作記原由，此外又以「讚美結法」稱美建物主人，此可視爲建物記文體而產生的特色。

二、與歐陽脩個人風格相關者：

（一）就脈絡安排而言：以時間、邏輯爲線索，常以緩筆引至主題，呈現個人特殊風格。

（二）就層次安排而言：「以詞語銜接者」多以虛詞爲之，「以句子銜接者」多安排在後一段開頭。「首尾照應」、「內容照應」往往透過後文補足前文意旨，而〈游儵亭記〉、〈峴山亭記〉更因此一手法使文章主題更加突顯。

（三）就句式而言：

1. 以生動的用字，以及排比、譬喻等手法，鍾煉出增色生輝之警句。

2. 善於以鋪敘寫景：

（1）依景物描摹手法可分爲寫實與寫意，善於以代表性景物寫季節。

（2）依親遊與否可分爲實筆與虛筆，後者藉他人之口描述景色。

（四）就字詞而言：

1. 在虛詞方面

（1）句首：以「夫」、「蓋」表發語；以「若夫」、「若乃」、「至於」表轉折；；以「噫」、「嘻」、「嗚呼」表感嘆。

（2）句中：「之」字可舒緩語氣、使駢句呈現散文化、呈現重疊復沓的音韻美；「而」字使得氣韻曲折婉轉、文句暢達舒緩、偶句散化，疊用則有整齊協調之感。

（3）句尾：「也」字用於肯定句尾時，使用頻繁，並能使語意層層推進，層次分明；與「何」、「豈」、「烏」表反詰等疑問詞連用時則視爲疑問助詞。「哉」字往往與「豈」連用，「歟」字在不同句子中情感亦不相同。

2. 在實詞方面：靈活使用動詞，以精準字句生動敘事，使文章更精練。

參、在歷代對歐陽修建物記的評價方面，依宋代、金元時代、明代、清代、清末民初，畫分五節，研究各代對文體、作家、作品之批評：

一、宋代的評價：

（一）掌握文體流變，指出宋代雜記議論比重偏多，歐陽脩雜記議論成分多於韓愈，卻又不若蘇軾變化之鉅。

（二）確立歐文「紆餘委備」、「敷腴溫潤」、「平易自然」的評價，並在品評〈相州晝錦堂記〉、〈有美堂記〉時指出此特色。

（三）肯定歐公人格對文章的影響，認爲貶滁之後的作品意蘊更加深厚，讚美歐公能超越人生境遇，使困頓時期的著作，洋溢平和之氣。

（四）注重文章體製，〈醉翁亭記〉因駢化句式、相諧音韻，與賦接近，被稱爲「戲筆」。然而這正是歐陽脩師法韓愈，企圖在舊有體式之上有所創新。

（五）注重虛詞。肯定〈峴山亭記〉、〈相州晝錦堂記〉的虛詞使用，並追溯〈醉翁亭記〉頻用「也」字淵源，蓋此特色承襲前人而青出於藍。

二、金元的評價：

（一）確立歐陽脩爲宋代散文宗師的地位，又將歐蘇並舉。

（二）承襲宋代「平易」、「宛轉」、「敷腴溫潤」等批評成果，進一步指出北宋經濟富足對歐文「溫潤和平」、「雍容溫厚」風格的影響。

（三）主張〈醉翁亭記〉即使不合文章體製，依然是膾炙人口的好文章。

（四）批評〈相州晝錦堂記〉，認爲幾近於「罵題」。

三、明代的評價：

（一）肯定韓愈在雜記一體的開創之功，又承繼宋人文體流變的批評成果，認爲歐陽脩受韓愈影響，並指出歐、蘇雜記議論成分高過前人。

（二）承繼前人對歐陽脩「紆餘委備」等評價，並將作者人格與其作品風格加以連結，指出最能代表特色的文體，便是記、序文章。

（三）開啓「宋格」觀念，認爲歐陽脩師法司馬遷、韓愈而別具委婉平易風格，並以「宋人之格調」評〈相州晝錦堂記〉，指出後人競相仿效卻因能力不足產生弊病，使「宋格」流於「俗調」。

（四）探究文章立意：讚譽〈豐樂亭記〉爲「太守之文」，關注〈醉翁亭記〉別具寓意之處，肯定〈相州晝錦堂記〉超越「晝錦」的「俗見」。

（五）將「風神」與歐陽脩文聯繫起來。

四、清代的評價：

（一）「雜記」正式成爲文體的名稱，「建物」成爲雜記子類。

（二）以「吞吐往復」言其情韻之美，肯定歐文情韻勝柳文，但認爲柳文「高古莫及」，亦非歐文可追。

（三）認爲歐、曾二人的學記爲「儒者之文」。

（四）將歐陽脩與韓、柳加以比較：

1. 歐陽脩、柳宗元多排句，然而柳宗元以記敘爲主；歐陽脩則弔古歎逝，如〈豐樂亭記〉撫今追昔，使文章「增無數烟波」，略勝柳文。
2. 歐陽脩學韓卻無韓文之艱澀，並受韓愈「以虛寫實」手法影響。

（五）承繼明人對〈豐樂亭記〉、〈醉翁亭記〉、〈相州晝錦堂記〉批評成果，進一步指〈醉翁亭記〉「樂民之樂」意旨，以及〈相州晝錦堂記〉「作態過甚」；並繼承「宋體」概念，以「宋體」負面評價〈有美堂記〉。

（六）以「六一風神」評歐陽脩文。

（七）探究文章形式：

1. 指出〈醉翁亭記〉駢散交融特色，及「也」字造成的停頓、轉折、層遞、連貫功效。
2. 以「奇文」評〈眞州東園記〉「化虛爲實」的手法。
3. 以「神韻」、「神情」、「綿邈」、「縹緲」等語評〈峴山亭記〉文字。
4. 關注〈峽州至喜亭記〉「原敘之法」、「襯起之法」。
5. 關注〈李秀才東園亭記〉運用反襯手法烘托東園亭之可愛。

五、清末民初的評價：

（一）探究雜記的定義與分類，對數類建物記各提出不同作法。

（二）將歐陽脩與韓、柳雜記加以比較：

1. 柳宗元細加勾勒山水，以記敘爲主；歐陽脩則簡要交代形貌，將重點擺在撫今追昔，並加以議論。

2. 歐陽脩「記」、「序」等文體在篇章結構上受到韓文影響，然而歐陽脩文章善於興寄歷史興衰、身世感慨，能自成一家。

（三）以明人「俗調」觀念評〈醉翁亭記〉，以清人「神韻」觀念評〈豐樂亭記〉；承繼清人對〈醉翁亭記〉、〈有美堂記〉批評成果；又反對使用清人「神韻縹緲」術語。

肆、在韓歐、歐蘇建物記的比較方面，透過韓歐以及歐蘇建物記的比較，可以觀察建物記由唐至宋的流變，審視歐陽脩在建物記的承襲、創新及影響力：

一、透過〈燕喜亭記〉、〈峽州至喜亭記〉的比較可以發現：

（一）韓、歐兩人皆能直言進諫，所贈記對象皆爲正直良善的官員。

（二）記述建亭經過都甚爲簡潔，都特別解釋亭名由來，且在文章中讚美建物主的人格情操，〈燕喜亭記〉單就品德著墨，〈峽州至喜亭記〉俱稱美建物主品德與政績表現。

（三）皆以稱頌建物主作結，作品風格〈燕喜亭記〉筆勢雄奇，又具頓挫之美；〈峽州至喜亭記〉則委迤不窮，自然流暢。

二、透過〈相州晝錦堂記〉、〈醉白堂記〉的比較可以發現：

（一）所稱揚之事皆與韓琦生平相符，意旨則本於〈晝錦堂詩〉、〈醉白堂詩〉，此二詩因韓琦創作時際遇不同，而有積極進取與退隱閒適之別。

（二）皆以簡筆帶過建物的修造過程，並對韓琦成就加以頌揚，〈相州晝錦堂記〉著重在韓琦志氣之不凡，〈醉白堂記〉偏重在韓琦胸懷曠達。

（三）皆以交代作記原由作結，且〈相州晝錦堂記〉是由反面運用「晝錦」興起煙波以起下文。皆善用整齊的句式營造文章氣勢，都善於使用助詞「而」字，使語句顯得舒緩，詞語精確平易，自然流暢。

三、透過韓歐、歐蘇建物記比較，可以發現：

（一）建物記在唐宋時期產生變化，對建物簡筆帶過，著重在抒情與議論。韓愈處於變化之始，歐陽脩則處於中間階段，蘇軾則處於議論最盛時期。

（二）歐、蘇繼承韓愈文道合一理論，重視儒家愛民仁政，作文詞語平易，而歐、蘇又比韓愈更加自然流暢。

（三）韓文雄奇有力，歐文紆餘委備，蘇文自然奔放。

本論文觀察文體變化，探究文章內容思想與時代背景的聯繫，歸納歐文形式特色與歷代批評，並將歐陽脩建物記放在文體流變中來觀察，企圖得其全貌。在雜記流變史中，歐陽脩建物記無疑居關鍵地位；而在歐陽脩作品中，這些文章又足以代表歐文成就與特色。至於宋代其他古文大家的建物記成就、與歐陽脩建物記的關聯，以及明代以後建物記與宋代之間的承繼與開創，因力有未逮，未能盡其大觀，留待賢明來日解惑。

參考書目

一、書籍類

（一）歐陽脩相關著述

1. 《歐陽文忠公集》,〔宋〕歐陽脩，四部叢刊正編本，臺北：臺灣商務印書館，1979 年。
2. 《歐陽修的生平與學術》，蔡世明，臺北：文史哲出版社，1986 年修訂再版。
3. 《歐陽脩研究》，劉若愚，臺北：臺灣商務印書館，1989 年。
4. 《歐陽脩論稿》，劉德清，北京：北京師範大學出版社，1991 年。
5. 《歐陽脩年譜》，嚴杰，南京：南京出版社，1993 年。
6. 《歐陽脩散文研讀》，王更生，臺北：文史哲出版社，1996 年 5 月。
7. 《歐陽脩散文研究》，黃一權，上海：華東師範大學出版社，2003 年 11 月。
8. 《歐陽脩資料彙編》，洪本健，北京：中華書局，2004 年 1 月 2 刷。
9. 《復古與創新——歐陽脩散文與古文復興》，東英壽，上海：上海古籍出版社，2005 年 8 月。
10. 《歐陽脩紀年錄》，劉德清，上海：上海古籍出版社，2006 年 7 月。
11. 《歐陽脩評傳》，黃進德，南京：南京大學出版社，2007 年 2 月 3 刷。
12. 《歐陽修與宋代士大夫》，朱剛等主編，上海：上海人民出版社，2007 年 9 月。
13. 《歐陽脩研究》，劉德清等編，上海：學林出版社，2008 年 2 月。

【經部】

1. 《尚書》，〔漢〕孔安國傳〔唐〕孔穎達纂正義，臺北縣：藝文印書館，2001，年。
2. 《詩經》，〔漢〕毛公傳箋〔漢〕鄭元箋，臺北縣：藝文印書館，2001 年。
3. 《周易》，〔晉〕王弼、韓康伯撰，臺北縣：藝文印書館，2001 年。
4. 《左傳》，〔周〕左岳明傳，〔晉〕杜預注，〔唐〕孔穎達等正義，臺北縣：藝文印書館，2001 年。
5. 《公羊傳》，〔周〕公羊高傳〔漢〕何休注〔唐〕徐彥疏，臺北縣：藝文印書館，2001 年。
6. 《穀梁傳》，〔漢〕穀梁赤傳〔晉〕范甯注〔唐〕楊士勛疏，臺北縣：藝文印書館，2001 年。
7. 《論語集解》，〔周〕孔子弟子及在傳弟子著〔漢〕何晏集解，臺北：臺灣商務印書館四部叢刊續編本，1976 年。
8. 《孟子趙注》，〔周〕孟軻著，〔漢〕趙歧注，臺北：臺灣商務印書館四部叢刊續編本，1976 年。
9. 《說文解字注》，〔漢〕許慎撰〔清〕段玉裁注，臺北：黎明文化，1988 年 10 月增訂三版。
10. 《四聲等子》，〔宋〕佚名，收錄於《等韻五種》，臺北縣：藝文印書館，2001 年。
11. 《新校正切宋本廣韻》，〔宋〕陳彭年等重修，林尹校定，臺北：黎明文化，2000 年 11 月。
12. 《金石例》，〔元〕潘昂霄，臺北縣：藝文印書館，1970 年。

【史部】

1. 《史記會注考證》，〔漢〕司馬遷著、瀧川龜太郎編著，臺北：宏業書局，1994 年 9 月。
2. 《前漢書》，班固，影印文淵閣四庫全書本，臺北：臺灣商務印書館，1983 年。
3. 《水經注》，〔北魏〕酈道元，四部叢刊初編縮本，臺北：臺灣商務印書館，1965 年。
4. 《新校本宋史并附編三種》，〔元〕脫脫等撰、楊家駱主編，臺北：鼎文書局，1991 年。
5. 《宋史論集》，陳學霖，臺北：東大圖書公司，1993 年 1 月。
6. 《宋代文化史》，姚瀛艇，臺北：雲龍出版社，2002 年 3 月初版 2 刷。
7. 《宋代歷史文化研究（續編）》，張其凡、范立舟主編，北京：人民出版社，2003 年 9 月。

【子部】

1. 《莊子集釋》，〔周〕莊周著，郭慶藩輯，臺北：華正書局，1989 年 8 月。

【集部】

1. 《六臣註文選》，〔梁〕蕭統編，四部叢刊正編本，臺北：臺灣商務印書館，1979 年。
2. 《文心雕龍》，〔梁〕劉勰著，范文瀾注，臺北：臺灣開明書店，1985 年 10 月。
3. 《毘陵集》，〔唐〕獨孤及，四部叢刊初編縮本，臺北：臺灣商務印書館，1965 年。
4. 《朱文公校韓昌黎先生集》，〔唐〕韓愈著》，〔宋〕朱熹考異，四部叢刊正編本，臺北：臺灣商務印書館，1979 年。
5. 《柳河東全集》，〔唐〕柳宗元撰》，〔明〕蔣之翹輯注，〔清〕陸費逵總勘，四部備要集部，臺北：臺灣中華書局，1965 年。
6. 《皇甫持正文集》，〔唐〕皇甫湜，影印文淵閣四庫全書本，臺北：臺灣商務印書館，1983 年。
7. 《文苑英華》，〔宋〕李昉，臺北：新文豐出版公司，1979 年。
8. 《河東先生集》，〔宋〕柳開，四部叢刊初編縮本，臺北：臺灣商務印書館，1965 年。
9. 《小畜集》，〔宋〕王禹偁，四部叢刊初編縮本，臺北：臺灣商務印書館，1965 年。
10. 《唐文粹》，〔宋〕姚鉉，四部叢刊初編縮本，臺北：臺灣商務印書館，1965 年。
11. 《范文正公集》，〔宋〕范仲淹，四部叢刊正編本，臺北：臺灣商務印書館，1979 年。
12. 《安陽集》，〔宋〕韓琦，影印文淵閣四庫全書本，臺北：臺灣商務印書館，1983 年。
13. 《韓魏公集》，〔宋〕韓琦，臺北縣：藝文印書館，1969 年。
14. 《嘉祐集》，〔宋〕蘇洵，四部叢刊正編本，臺北：臺灣商務印書館，1979 年。
15. 《元豐類藁》，〔宋〕曾鞏，四部叢刊正編本，臺北：臺灣商務印書館，1979 年。
16. 《曲阜集》，〔宋〕曾肇，影印文淵閣四庫全書本，臺北：臺灣商務印書館，1983 年。

17. 《臨川先生文集》,〔宋〕王安石，臺北：臺灣商務印書館四部叢刊正編本，1979 年。
18. 《蘇軾文集》,〔宋〕蘇軾撰，孔凡禮點校，北京：中華書局，1986 年。
19. 《東坡題跋》,〔宋〕蘇軾，臺北縣：藝文印書館，1966 年。
20. 《山谷題跋》,〔宋〕黃庭堅，臺北：臺灣商務印書館，1965 年 12 月。
21. 《後山詩話》,〔宋〕陳師道，上海商務印書館排印本，1927 年。
22. 《容齋五筆》,〔宋〕洪邁，臺北：新文豐出版公司，1996 年。
23. 《默記》,〔宋〕王銍，臺北縣：藝文印書館，1967 年。
24. 《過庭錄》,〔宋〕范公偁，四部叢刊初編縮本，臺北：臺灣商務印書館，1965 年。
25. 《東園叢說》,〔宋〕李如箎，臺北縣：藝文印書館，1968 年。
26. 《愛日齋叢鈔》,〔宋〕葉氏，臺北：新文豐出版公司，1985 年。
27. 《晦菴先生朱文公文集》,〔宋〕朱熹，四部叢刊正編本，臺北：臺灣商務印書館，1979 年。
28. 《朱子語類》,〔宋〕黎靖德編，臺北：文津出版社，1986 年 12 月。
29. 《習學記言序目》,〔宋〕葉適，臺北：新文豐出版公司，1989 年。
30. 《野客叢書》,〔宋〕王楙，臺北：新文豐出版公司，1985 年。
31. 《澗泉日記》,〔宋〕韓淲，臺北縣：藝文印書館，1969 年。
32. 《聖宋文選》,〔宋〕佚名，宋乾道間刊中箱本。
33. 《文章正宗》,〔宋〕眞德秀編，四部叢刊三編本，臺北：臺灣商務印書館，1975 年。
34. 《西塘集耆舊續聞》,〔宋〕陳鵠，臺北縣：藝文印書館，1967 年。
35. 《曲洧舊聞》,〔宋〕朱弁，臺北縣：藝文印書館，1967 年。
36. 《迂齋先生標註崇古文訣》,〔宋〕樓昉，明嘉靖癸巳十二年（1533 年）廬州知府王鴻漸刊本。
37. 《捫虱新話》,〔宋〕陳善，臺南：莊嚴文化，1995 年。
38. 《荊溪林下偶談》,〔宋〕吳子良，臺北縣：藝文印書館，1965 年。
39. 《古文苑》,〔宋〕章樵，四部叢刊初編縮本，臺北：臺灣商務印書館，1965 年。
40. 《卻掃編》,〔宋〕徐度，影印文淵閣四庫全書本，臺北：臺灣商務印書館，1983 年。
41. 《閑閑老人滏水文集》,〔金〕趙秉文，四部叢刊初編縮本，臺北：臺灣商務印書館 1965 年。
42. 《滹南遺老集》,〔金〕王若虛，四部叢刊初編縮本，臺北：臺灣商務印書館，1965 年。
43. 《郝文忠公集》，〔元〕郝經，影印文淵閣四庫全書本，臺北：臺灣商務印書館，1983 年。
44. 《牧庵集》，〔元〕姚燧，臺北縣：藝文印書館，1969 年。
45. 《隱居通議》，〔元〕劉壎，臺北縣：藝文印書館，1969 年。
46. 《清容居士集》，〔元〕袁桷，四部叢刊初編縮本，臺北：臺灣商務印書館，1965 年。
47. 《養吾齋集》，〔元〕劉將孫，影印文淵閣四庫全書本，臺北：臺灣商務印書館，1983 年。
48. 《揭文安公全集》，〔元〕揭傒斯，四部叢刊正編本，臺北：臺灣商務印書館，1979 年。
49. 《滋溪文稿》，〔元〕蘇天爵，臺北：新文豐出版公司，1985 年。
50. 《文章精義》，〔元〕李淦，臺北：莊嚴文化，1979 年。
51. 《覆瓿集》，〔明〕朱同，影印文淵閣四庫全書本，臺北：臺灣商務印書館，1983 年。
52. 《遜志齋集》，〔明〕方孝孺，四部叢刊初編縮本，臺北：臺灣商務印書館，1965 年。
53. 《文章辨體》，〔明〕吳訥，臺南：莊嚴文化，1997 年。
54. 《水東日記》，〔明〕葉盛，臺北縣：藝文印書館，1966 年。
55. 《懷麓堂集》，〔明〕李東陽，影印文淵閣四庫全書本，臺北：臺灣商務印書館，1983 年。
56. 《餘冬詩話》，〔明〕何孟春，清道光辛卯十一年（1831 年）六安晁氏活字印本。
57. 《兩山墨談》，〔明〕陳霆，臺北：新文豐出版公司，1985 年。
58. 《文脈》，〔明〕王文祿，臺北縣：藝文印書館，1997 年。
59. 《四友齋叢說》，〔明〕何良俊，臺北：中華書局，1959 年第 1 版。
60. 《文章指南》，〔明〕歸有光，臺北：廣文書局，1985 年 10 月。
61. 《震川先生集》，〔明〕歸有光，四部叢刊初編縮本，臺北：臺灣商務印書館，1965 年。
62. 《唐宋八大家文鈔》，〔明〕茅坤，影印文淵閣四庫全書本，臺北：臺灣商務印書館，1983 年。
63. 《唐宋八大家文鈔校注集評》，〔明〕茅坤著、高海夫主編，西安，三秦出版社，1998 年。
64. 《文體明辨》，〔明〕徐師曾，四庫全書存目叢書，臺南：莊嚴文化，1997 年 6 月。

65. 《弇州讀書後》，〔明〕王世貞，影印文淵閣四庫全書本，臺北：臺灣商務印書館，1983年。
66. 《龍雲集》，〔明〕劉璋，臺北：新文豐出版公司，1989年。
67. 《漢魏六朝百三名家集》，〔明〕張溥，臺北：文津出版社，1979年8月。
68. 《金聖嘆批才子古文》，〔清〕金聖嘆，武漢，湖北人民出版社，1986年。
69. 《日錄論文》，〔清〕魏禧，臺北：新文豐出版公司，1989年。
70. 《古文析義》，〔清〕林雲銘，臺北：廣文書局，1989年。
71. 《晚邨先生八家古文精選》，〔清〕呂留良，四庫禁燬書叢刊，北京：北京出版社，2000年。
72. 《唐宋十大家全集錄》，〔清〕儲欣，四庫全書存目叢書，臺南：莊嚴文化，1997年6月。
73. 《唐宋八大家文鈔》，〔清〕張伯行，臺北縣：藝文印書館，1969年。
74. 《古文觀止》，〔清〕吳楚材，吳調侯編選，臺北：廣文書局，1981年12月。
75. 《義門讀書記》，〔清〕何焯，影印文淵閣四庫全書本，臺北：臺灣商務印書館，1983年。
76. 《宋稗類鈔》，〔清〕潘永因，臺北：新興出版社，1984年。
77. 《古文雅正》，〔清〕蔡世遠，臺北：臺灣商務印書館，1978年。
78. 《重刊山曉閣古文全集》，〔清〕孫琮，國立臺灣大學圖書館藏微捲（爲Harvard-Yenching，Library，Preservation，Microfilm，Project;00077，國科會補助人社研究圖書計畫〔2605658-2605659〕據重刊本縮製），2007年攝製。
79. 《古文評註》，〔清〕過珙，臺北：博文書局，1949年1月。
80. 《讀書作文譜》，〔清〕唐彪，臺北：偉文出版社，1976年。
81. 《陳太僕批選八家文鈔》，〔清〕陳兆崙，清光緒二十六年（1900年）紫竹山房影印手批本。
82. 《援鶉堂筆記》，〔清〕姚範，臺北：廣文書局，1971年。
83. 《古文賞音》，〔清〕謝有煇，清嘉慶三年（1798年）長洲宋氏西山堂重刊本。
84. 《讀歐記疑》，〔清〕王元啓，臺北：新文豐出版社，1989年。
85. 《隨園詩話》，〔清〕袁枚，臺北：新文豐出版公司，1996年。
86. 《明文在》，〔清〕薛熙，臺南：莊嚴文化，1997年。
87. 《大字本評註古文辭類纂》，〔清〕姚鼐輯，王文濡評註，臺北：華正書局，1980年9月。

88. 《新譯古文辭類纂》，〔清〕姚鼐輯，黃鈞等注譯，臺北：三民書局，2006年4月。
89. 《全唐文》，〔清〕董誥編，上海：上海古籍出版社，1990年。
90. 《古文釋義》，〔清〕余誠編，葉桂邦等點校，長沙：岳麓書社，2003年6月。
91. 《蠡勺編》，〔清〕凌揚藻，臺北：新文豐出版公司，1985年。
92. 《全上古三代秦漢三國六朝文》，〔清〕嚴可均，石家莊：河北教育出版社，1997年10月。
93. 《古文一隅》，〔清〕朱宗洛，上海：復旦大學出版社，2007年11月。
94. 《退菴隨筆》，〔清〕梁章鉅，臺北：新文豐出版社，1996年。
95. 《冷廬雜識》，〔清〕陸以湉，上海：上海古籍出版社，2007年。
96. 《經史百家雜鈔》，〔清〕曾國藩，臺北：世界書局，1972年7月。
97. 《漢文典》，〔清〕來裕恂，臺北：臺灣商務印書館，1969年。
98. 《文體論纂要》，蔣伯潛，臺北：正中書局，1959年7月臺一版。
99. 《古文範》，吳闓生，臺北：臺灣中華書局，1970年。
100. 《中國學術思想史論叢（四）》，錢穆，臺北：東大圖書公司，1978年1月。
101. 《畏盧論文等三種》，林紓，臺北：文津出版社，1978年。
102. 《論文瑣言》，章廷華，上海：復旦大學出版社，2007年11月。
103. 《古文通論》，馮書耕，金仞千，臺北：國立編譯館中華叢書編審委員會，1979年4月三版。
104. 《文學研究法》，姚永樸，臺北：新文豐出版公司，1979年8月。
105. 《古文辭通義》，王葆心，臺北：臺灣中華書局，1984年4月臺二版。
106. 《韓愈散文藝術論》，孫武昌，天津：南開大學出版社，1986年7月。
107. 《國文經緯貫通大義》，唐文治，臺北：文史哲出版社，1987年11月再版。
108. 《修辭學》，黃慶萱，臺北：三民書局，1988年3月。
109. 《韓愈研究》，鄧潭州，湖南：湖南教育出版社，1991年5月。
110. 《韓愈評傳》，劉國盈，北京：北京師範學院，1991年6月。
111. 《北宋中期儒學復興運動》，劉復生，臺北：文津出版社，1991年7月。
112. 《韓愈文統探微》，鄧國光，臺北：文史哲出版社，1992年。
113. 《中國古代文體概論》，褚斌杰，北京：北京大學出版社，1992年。
114. 《北宋詩文革新研究》，程杰，臺北：文津出版社，1996年12月。

115. 《唐宋時期的公園文化》，侯迺慧，臺北：東大圖書股份有限公司，1997年9月。
116. 《唐宋八大家文集》，郭預衡主編，北京：人民日報出版社，1997年。
117. 《散文鑑賞藝術探微》，馮永敏，臺北：文史哲出版社，1998年2月。
118. 《唐宋古文新探》，何寄澎，臺北：大安出版社，1998年4月一版二刷。
119. 《韓愈研究》，張清華，南京：江蘇教育出版社，1998年8月。
120. 《中國古代文學史》，馬積高、黄鈞，臺北：萬卷樓圖書公司，1998年7月。
121. 《文體論》，薛鳳昌，臺北：臺灣商務印書館，1998年8月臺2版1刷。
122. 《蘇軾研究》，王水照，石家莊：河北教育出版社，1999年5月。
123. 《唐宋八大家》，吳小林，臺北：里仁書局，1999年12月。
124. 《蘇軾的莊子學》，姜聲調，臺北：文津出版社，1999年12月1刷。
125. 《宋代文學通論》，王水照，高雄：高雄復文圖書出版社，2000年6月。
126. 《中國文學的美感》，柯慶明，臺北：麥田出版社，2000年。
127. 《陳石遺集》，陳衍，福州：福建人民出版社，2001年6月。
128. 《唐宋古文論集》，王基倫，臺北：里仁出版社，2001年10月。
129. 《中國分體文學史》，趙義山、李修生主編，上海：上海古籍出版社，2002年6月1版3刷。
130. 《章法學論粹》，陳滿銘，臺北：萬卷樓圖書公司，2002年7月。
131. 《中國文學通論》，兒島獻吉郎著，孫俍工譯，臺北：臺灣商務印書館，2004年5月臺一版二刷。
132. 《中國遊記文學史》，梅新林，俞章華，上海：學林出版社，2004年12月。
133. 《唐宋八大家與佛教》，劉金柱，北京：人民出版社，2004年12月。
134. 《韓愈與中原文化》，張清華，陳飛主編，北京：學苑出版社，2005年4月。
135. 《宋代文學思想史（修訂本）》，張毅，北京：北京中華書局，2006年6月三刷。
136. 《宋代文學論稿》，楊慶存，上海：復旦大學出版社，2007年3月。
137. 《唐五代逐臣與貶謫文學研究》，尚永亮，武漢：武漢大學出版社，2007年9月。
138. 《歷代文話》，王水照編，上海：復旦大學出版社，2007年11月。
139. 《國文文法》，蔡宗陽，臺北：萬卷樓圖書公司，2008年1月。
140. 《中國古代山水遊記研究（修訂本）》，王立群，北京：中國社會科學出版社，2008 年 5 月 1 刷。
141. 《北宋文人集會與詩歌》，熊海英，北京：中華書局，2008 年 5 月。

二、學位論文

（一）歐陽脩散文研究

1. 《歐陽修的生平及其文學》，江正誠，國立臺灣大學中國文學研究所博士論文，1979 年。
2. 《歐陽脩古文之研究》，李慕如，國立高雄師範大學中國文學研究所碩士論文，1990 年。
3. 《韓歐古文比較研究》，王基倫，國立臺灣大學中國文學研究所博士論文，1991 年。

（二）記文研究

1. 《柳宗元的遊記研究》，林井圭，國立高雄師範大學國文研究所碩士論文，1985 年。
2. 《宋代山水遊記研究》，陳素貞，國立臺灣師範大學國文研究所碩士論文，1987 年。
3. 《北宋亭臺樓閣諸記以賦爲文研究》，黃麗月，國立成功大學中國文學研究所博士論文，2005 年。
4. 《元代文人的隱逸態度——以建物命名記爲考察對象兼談其文學》，黃瑋琪，國立臺灣師範大學國文系在職進修碩士論文，2005 年。
5. 《柳宗元遊記觀物方式研究》，黃以潔，私立佛光人文社會學院碩士論文，2005 年。
6. 《明代園記散文研究》，湯愛芳，國立高雄師範大學國文研究所碩士論文，2005 年。
7. 《柳宗元與蘇軾山水遊記研究》，李純瑀，國立臺灣師範大學國文研究所碩士論文，2006 年。
8. 《北宋園亭記散文研究》，陳怡蓉，私立東海大學中國文學研究所碩士論文，2007 年。

（三）唐宋散文研究

1. 《蘇軾政治生涯與文學的關係》，陳英姬，國立台灣師範大學國文研究所碩士論文，1989 年 6 月。
2. 《蘇軾文論及其散文藝術研究》，黃美娥，國立臺灣師範大學國文研究所碩士論文，1989 年。

3. 《東坡詩文思想之研究》，李慕如，國立臺灣師範大學國文研究所博士論文，1999 年。
4. 《北宋山水小品文研究》，張瑞興，私立玄奘人文社會學院中國語文研究所碩士論文，2001 年。
5. 《柳宗元謫永期間山水小品文研究》，童好蘭，國立彰化師範大學中國文學研究所碩士論文，2003 年。
6. 《蘇軾記遊作品研究》，徐浩祥，國立中興大學中國文學研究所碩士論文，2004 年。
7. 《韓愈之古文變體研究》，謝敏玲，國立政治大學中國文學系博士論文，2006 年。

三、單篇論文

（一）歐陽脩散文研究

1. 〈醉翁亭記研究中的幾個問題〉，于大成，古典文學研索，臺北：木鐸出版社，1984 年，頁 196～197。
2. 〈歐陽脩雜記文的思想內涵與表現特色〉，劉少雄，中國文學研究，1 期，臺北：國立臺灣大學中國文學研究所，1987 年 5 月。
3. 〈論「六一風神」——歐陽脩散文的審美特質〉，周明，江蘇教育學院學報（社會科學版)），南京：江蘇教育學院，1999 年 7 月。
4. 〈試論「以賦爲文」——以歐陽脩諸記爲例〉，黃麗月，新竹師範學院語文學報，新竹新竹師範學院 2002 年 12 月。
5. 〈歐陽修名號別稱考略〉，劉德清，井岡山師範學院學報（哲學社會科學）第二十五卷第三期，井岡山師範學院，2004 年 6 月。
6. 〈歐陽「修」？抑或歐陽「脩」？〉，蔡根祥，中國學術年刊，第二十九期，臺北：國立臺灣師範大學國文系，2007 年 3 月，頁 43～84。
7. 〈歐陽脩古文的創作階段及風格嬗變〉，王基倫，紀念歐陽脩一千年誕辰國際學術研討會論文集，臺北：國立台灣大學中國文學系，2009 年 6 月，頁 361～401。

（二）歷史類

1. 〈宋代正統論的形成背景及其內容〉，陳芳明，宋史研究集（八），臺北：國立編譯館，1976 年 1 月。

（三）文學類

1. 〈柳宗元與歐陽脩山水記比較〉，鐘小燕，中國古代、近代文學研究，北京：中國人民大學書報資料中心，1986 年 7 月。

2. 〈淺談命名文學及其在北宋的開展〉，黃明理，建構與反思——中國文學史的探索學術研討會論文集，臺北：臺灣學生出版社，2002 年 3 月。
3. 〈試論「以賦爲文」——以歐陽脩諸記爲例〉，黃麗月，新竹師範學院語文學報，新竹，新竹師範學院，2002 年 12 月。
4. 〈北宋士大夫的謫宦遷徙與散文創作〉，洪本健，第二屆宋代文學國際學術研討會論文集，南京：江蘇教育出版社，2003 年 6 月。
5. 〈醉翁亭記與北宋中期的文壇〉，熊海英，江漢大學學報（人文科學版），武漢，江漢大學，2004 年 10 月。
6. 〈「變」、「正」之間——論韓愈到歐陽脩亭臺樓閣記之體式與美感歸趨〉，許銘全，中國文學研究，十九期，國立臺灣大學中國文學研究所，2004 年 12 月。
7. 〈柳宗元的臺閣名勝記略論〉，郭春林，柳州師專學報，柳州，柳州師範高等專科學校學報編輯部，2005 年 3 月。
8. 〈蘇門文人私人建物記之美學意涵〉，蓋琦紓，漢學研究，24 卷 1 期，臺北：漢學研究中心，2006 年 6 月。

附表　歐陽脩二十六篇建物記一覽表

編號	篇　名	寫作時間〔註1〕		出　處
		宋　紀　元	西元紀年	
1	河南府重修使院記	明道元年	1032	《歐集》卷六十三
2	叢翠亭記	明道元年	1032	《歐集》卷六十三
3	非非堂記	明道元年	1032	《歐集》卷六十三
4	河南府重修淨垢院記	明道元年	1032	《歐集》卷六十三
5	李秀才東園亭記	明道二年	1033	《歐集》卷六十三
6	陳氏榮鄉亭記	明道二年〔註2〕	1033	《歐集》卷六十三
7	東齋記	明道二年	1033	《歐集》卷六十三
8	浙州縣興化寺廊記	景祐元年	1034	《歐集》卷六十三
9	泗州先春亭記	景祐三年	1036	《歐集》卷三十九
10	湘潭縣藥師院佛殿記	景祐三年	1036	《歐集》卷六十三
11	夷陵縣至喜堂記	景祐三年	1036	《歐集》卷三十九
12	峽州至喜亭記	景祐四年	1037	《歐集》卷三十九
13	游儵亭記	寶元元年	1038	《歐集》卷六十三
14	穀城縣夫子廟記	寶元元年	1038	《歐集》卷三十九
15	御書閣記	慶曆二年	1042	《歐集》卷三十九

〔註1〕繫年依劉德清《歐陽脩紀年錄》（上海：上海古籍出版社，2006年7月）排定，參見該書頁44、49、56、59、82、84、87、91、101、130、132、176、195、197、201、216、240、329、401、452。

〔註2〕原無繫年，置於明道、景祐作品之間，劉德清《歐陽脩紀年錄》將之繫於明道二年。

16	畫舫齋記	慶曆二年	1042	《歐集》卷三十九
17	吉州學記	慶曆四年	1044	《歐集》卷三十九
18	豐樂亭記	慶曆六年	1046	《歐集》卷三十九
19	醉翁亭記	慶曆六年	1046	《歐集》卷三十九
20	偃虹隄記	慶曆六年	1046	《歐集》卷六十三
21	海陵許氏南園記	慶曆八年	1048	《歐集》卷四十
22	眞州東園記	皇祐三年	1051	《歐集》卷四十
23	有美堂記	嘉祐四年	1059	《歐集》卷四十
24	相州晝錦堂記	治平二年	1065	《歐集》卷四十
25	筠州學記	治平三年〔註3〕	1066	《聖宋文選》卷二、《新刊國朝二百家名賢文粹》卷一百十六
26	峴山亭記	熙寧三年	1070	《歐集》卷四十

〔註3〕 劉德清《歐陽脩紀年錄》未列〈筠州學記〉，依〈筠州學記〉內容將該篇文章繫於治平三年。